ein Ullstein Buch

ÜBER DAS BUCH:

Ein bunter Reigen humoristischer Geschichten aus der Feder des großen Erzählers, Dramatikers und Essayisten, des bedeutenden Chronisten der einstigen Donaumonarchie. Der Satiriker Roda Roda deckt die Machenschaften eines Versicherungsvertreters auf und zeigt, wie ein ehrlicher Mensch, der sich an Fundamt und Polizei wendet, tagelangen Kreuzverhören ausgesetzt wird. Heiter-melancholisch gestaltet er seine Liebesgeschichten, und natürlich läßt der Autor des *Feldherrnhügels* auch das k.u.k. Militär mit all seinen Simulanten und allzu diensteifrigen Pflichterfüllern humorvoll Revue passieren. Und oft ist es der Mann mit dem Monokel, der über sich selbst augenzwinkernd lachen kann.

DER AUTOR:

Roda Roda, eigentlich Sándor Friedrich Rosenfeld, am 13. 4. 1872 als Sohn eines k.u.k. Wachtmeisters in Mähren geboren und in Slawonien aufgewachsen. Jura-Studium in Wien. Ausbildung als Berufsoffizier, im Ersten Weltkrieg Kriegsberichterstatter. Mitarbeiter des *Simplicissimus*. Veröffentlichung von Anekdoten, Humoresken, Schwänken, satirischen Romanen und Komödien (*Der Feldherrnhügel*). Der Autor, der auch als Vortragskünstler Erfolge feierte, lebte in Berlin, München und Paris. Als das Dritte Reich seine »Unschädlichmachung« forderte, emigrierte er über die Schweiz in die USA, wo er am 20. 8. 1945 starb.

Roda Roda

Das Schmuckkästchen

Erzählungen

ein Ullstein Buch

ein Ullstein Buch
Nr. 22689
im Verlag Ullstein GmbH,
Frankfurt/M – Berlin

Vom selben Autor
in der Reihe
der Ullstein Bücher:

Polo (22341)

Ungekürzte Ausgabe

Umschlagentwurf:
Theodor Bayer-Eynck
Illustration: Joel Spector –
Agentur Irmeli Holmberg

Taschenbuchausgabe mit Genehmigung
von Langen Müller in der F. A. Herbig
Verlagsbuchhandlung GmbH

Printed in Germany 1992
Druck und Verarbeitung:
Clausen & Bosse, Leck
ISBN 3 548 22689 2

März 1992

Die Deutsche Bibliothek –
CIP-Einheitsaufnahme

Roda Roda, Alexander:
Das Schmuckkästchen: Erzählungen / Roda
Roda. – Ungekürzte Ausg. – Frankfurt/M;
Berlin: Ullstein 1992
(Ullstein-Buch; Nr. 22689)
ISBN 3-548-22689-2
NE: GT

Inhalt

»Lachen ist nichts Lächerliches«

Ein Vorwort von Horst Pillau

Einmal, irgendwann, hat Roda Roda notiert: »Ich habe mir nie einen Namen gemacht, ihn aber vierzig Jahre zu erhalten gewußt.« Was für ein Glück, diesen wahrhaftigen, hellsichtigen und präzise denkenden Schriftsteller endlich einmal bei einem Irrtum ertappt zu haben. Er hat sich sehr wohl einen Namen gemacht, und seine besten Zeiten stehen ihm noch bevor. Schließlich hat er als einer der ersten erkannt, daß ein Schriftsteller tot sein muß, um berühmt zu werden. Aber Roda Roda war es schon vorher. Und seine Geschichten sind lebendiger denn je.

Wer sie liest, unternimmt einen Ausflug in eine erloschene, nicht aber in eine verstaubte Welt. Die Menschen und die Gesellschaft gibt es nicht mehr: aber was für ein Vergnügen ist es allein, die Vergangenheit an der Gegenwart zu messen! Junge Mädchen werden feststellen, daß die *jungen Mädeln* von damals von ihren Eltern verheiratet wurden: unausdenkbar für die Töchter von heute. Junge Männer erkennen, daß Militär und Krieg damals einen anderen, höheren Stellenwert hatten und daß der Krieg nicht als etwas Verwerfliches, sondern als etwas Erstrebenswertes, Heißersehntes galt: ebenso unausdenkbar. Und mit einiger Erleichterung registrieren wir, daß es evtl. das lebensgefährliche Ehrgefühl von damals nicht mehr gibt.

Dafür haben sich damals aber offenbar viel komischere Geschichten als heute ereignet, und es gab einen grandiosen Autor, der sie entdeckt und aufgeschrieben hat. Roda Roda hat eine Welt voller heiterer Geschichten erfunden. Für ihn ist Lachen nichts Lächerliches. Und wer Humor hat, der hat, nach Roda Roda, auch Genie. Roda Roda hat Figuren wie Schnitzler erfunden, aber er hat sie mit sehr kraftvollem Humor ausgestattet. Roda Roda muß sehr viele Menschen kennengelernt, gekannt und erkannt haben. Das Personal seiner Geschichten: was für eine verschwenderische Fülle! Haupt- und Nebenhandlung einer einzigen Anekdote wären eine wahre Fundgrube für manchen Theaterautor von heute.
Aufgefallen ist mir, daß es bei Roda Roda keine Nebenfiguren gibt. Jeder kleine Leutnant, der dem Obersten eine Meldung macht, jedes Zimmermädel, das die Tür öffnet: eine Hauptperson. Sofort präsent. Dem Leser vor Augen. Rodas Formulierungen: bündig und präzis. Ein Dackel ist für ihn ein Nationalpark für Flöhe, die eilig hin und her schießenden Schwalben erklärt er zu den Oberkellnern der Natur. Ein Redakteur, so behauptete er, habe ihm einmal geschrieben: »Wir haben Ihr Gedicht verloren, senden Ihnen anbei drei andere.« Journalismus in drei Zeilen! Und in manchen Ländern, so meinte er, seien Satiriker überflüssig: die Regierung mache sich da selbst lächerlich.
Roda Roda hat unzählige Anekdoten, Satiren, Grotesken und Erzählungen geschrieben. Heiter, lustig, bitterböse, aber auch sentimental und traurig. Dem Meister der Satire, dem Virtuosen der Groteske vergeht das Lachen, wenn er

mitleidet. Er kann an seinen Figuren leiden wie ein Hund. Dann steht er nicht mehr über der Situation. Da zeigt sich mit einemmal der, der das viele Elend nicht mehr ertragen kann, die Einsamkeit und die Krankheit, den Krieg. Und die Schuld seiner Figuren, die nicht so viel wiegen sollte, wie sie wiegt. Die Verstrickungen der Liebe bewegen ihn immer wieder. Die Seele ist auch bei ihm ein weites Land. Wenn der Doktor Arthur Schnitzler seinen Hotelbesitzer Aigner sagen läßt: »So vieles hat zugleich Raum in uns –! Liebe und Trug... Treue und Treulosigkeit... Anbetung für die eine und Verlangen nach einer andern oder nach mehreren. Wir versuchen wohl Ordnung in uns zu schaffen, so gut es geht, aber diese Ordnung ist doch nur etwas Künstliches...«, wenn Schnitzler das feststellt, dann ist es das, was Roda immer wieder in seinen Geschichten konstatiert. Dann dreht sich alles um Bindung und Verlust, um das Wechselhafte in den menschlichen Beziehungen. Ein Ehemann, hat er einmal vermerkt, ist seiner Frau ausgeliefert auf Geweih und Verderb. Die Frauen, ist irgendwo notiert, sind ein Rätsel. Auflösung in der nächsten Nummer. Und Jugendeindrücke haften: *Ich bin als Knabe einmal von einem verheirateten Mann verhauen worden. Seitdem besuche ich Frauen nur, wenn ich den Mann weit weg weiß.* Und den Frauen gegenüber, meint er, solle man immer das Maß von Zudringlichkeit an den Tag legen, auf das sie von seiten eines Herrn Anspruch hätten.

Roda Rodas Formulierungen haben etwas Berlinisches. Denn der Berliner Witz lebt von äußerster Verknappung, die kürzeste Pointe ist die beste. Wenn der Berliner etwa

über die Zeit philosophiert, sagt er: »Die Zeit verjeht, wat soll se ooch sonst tun.« Der Wiener drückt sich eleganter, aber ausführlicher aus. Johann Nestroy würde zum selben Thema anmerken: »Die Zeit, das ist halt der lange Schneidergesell, der in der Werkstatt der Ewigkeit alles zum Ändern kriegt.«
Das Berlinische in Roda ist kein Zufall, auch dort hat er Jahre verbracht: »Wenn ich nochmals auf die Welt komme, suche ich mir einen Beruf, wo ich in Berlin wohnen kann, in Paris leben und in Wien essen.«
Über ein Jahr lang lebe ich nun mit Roda Roda: Ich arbeite mit ihm zusammen. Dramatisiere seine Geschichten und Anekdoten für eine zwölfteilige Fernsehserie, glücklicherweise von ihm selbst dazu legitimiert: »Jeder Autor sollte einen älteren Autor bearbeiten, säubern.« Ich bin dankbar für die fast unerschöpfliche Fülle dessen, was er mir da zur Verfügung stellt. Oft, so fällt auf, sind seine Geschichten sehr knapp, skizzenhaft, geradezu fragmentarisch. Lauter Entwürfe eigentlich, wert, ausgeführt zu werden. Vielleicht unter Zeitdruck geschrieben oder unter dem Zwang, sie einer kurzen Zeitungsrubrik anvertrauen zu müssen. Und vielleicht aus der Fülle heraus, aus der Sehnsucht, schon die nächste, übernächste Geschichte in Angriff zu nehmen und auszuführen. Diese Knappheit läßt dem, dem sie anvertraut sind, viele Möglichkeiten. Ins Bild umgesetzt werden sie von der ersten Garde der heutigen Wiener Schauspieler. Von Jane Tilden und Lotte Ledl, Barbara Wussow und ihrer Mutter Ida Krottendorf, Marianne Mendt und Mijou Kovacz, Marianne Nentwich und Hilde Volk.

Stars, oft nur in winzigen Episoden: Heinrich Schweiger, Fritz Eckhardt, Bert Fortell und Kurt Sowinetz. Peter Weck gibt den Mann mit der roten Weste: ich denke, er *ist* es. Alle Beteiligten haben versucht, in der Groteske das Menschliche zu entdecken. Das Vergnügen am Ausbau von Roda Rodas charmanten, heiteren, zugleich aber auch melancholischen Geschichten ist hinzugekommen. Wien und der übrige Balkan, Norddeutschland und die jugoslawische Küste waren die Drehorte. Im k. u. k. Seebad Abbazia, das heute Opatija heißt, entstand die Welt von damals wieder: hoffentlich zu seiner Zufriedenheit. Ein Ballsaal in Abbazia, in dem sich ein Wiener Mädel unsterblich verlieben muß, hatte den Glanz der Kaiserzeit, immer noch: nur das große Titobild an der Stirnseite mußte abgenommen werden. Für die zerfallende und die zerfallene Monarchie hat Roda Roda eine gescheite und herzliche Formel gefunden: *Ja, Österreich-Ungarn ist von elf, zwölf oder noch mehr Völkern bewohnt worden. Von Germanen: Deutschen; von Slawen: Tschechen und Slowaken – Polen – Rutenen – Slowenen, Serben und Kroaten; von Romanen: Italienern, Ladinern, Rumänen; von asiatischen Ariern: Zigeunern; von Semiten: Juden; endlich von den mongolischen Madjaren. – – – Doch ginge man fehl, wenn man den Kitt alten politischen Zusammenhängens übersähe. Im Tiefsten ihres Charakters sind all die Völker eins – wenigstens nicht wesentlich verschieden.*
Roda Roda hat sich nicht an seine untergegangene Welt geklammert, er hat sie ja auch lange überlebt, überlebt sie immer noch. Er hat sie aber auch nicht verdammt und

verleugnet, weder damals noch nachträglich. Denn, so meinte er überzeugt, es gebe ein Weltgesetz: was da war – wenn auch noch so absurd – war nötig.

Das Schmuckkästchen

Spätnachmittag. Mama sitzt im Schaukelstuhl und streift mit einigermaßen verlangenden Blicken einen Leihbibliothekband, der da nebenan auf dem Tischchen liegt. Sie hat die Lektüre unterbrechen müssen, gerade auf dem Höhepunkt der Spannung.

Zilla schießt nervös durchs Zimmer; hat verzweifelte Augen und würgt an ihrem letzten Schluchzen.

Mama: »Kleine, du bist mitschuldig an dem häßlichen Vorfall. Man findet nicht zufällig Briefe in der Rocktasche seines Mannes.«

»Mama! Das ist dein Mitgefühl? Du hast keine andern Worte?«

»O ja, Zillachen. Ich werde dir zureden, dich beruhigen. Du sollst klug sein und Robert nie wissen lassen, daß du den Brief dieser Stutzi gelesen hast. Du kannst gar nicht ermessen, wie sehr du dir in Roberts Augen schadest, durch das Bekenntnis einer Indiskretion.«

Zilla: »Was? Robert nichts sagen? In die Ohren schreien werde ich es ihm. Er muß ja erfahren, warum ich hier bei euch bleibe. Für immer.«

Mama: »Sei vernünftig. Du wirst natürlich nicht bei uns bleiben. Bliebest ohnehin kaum eine Woche. Ich liebe Skandale im engen Familienkreis nicht; bin nicht gern der

Gegenstand teilnehmender Klatschereien guter Freundinnen.«

»So klein denkst du, Mama? – Höre, ich bin nicht ehrlos. Ich werde nicht mit einem Mann leben, der eine Geliebte hat. Ich esse nicht das Brot, das er mir aus Pflichtgefühl gibt und lieber einer andern gäbe. Dieser Stutzi vielleicht. Du kannst das nicht nachfühlen, hast diesen Schmerz nicht mitgemacht. Die ungeheure Beschämung, betrogen zu sein. Du bleibst stolz in deinem saubern Haus und treibst mich zurück zu dem ... infamen Weiberjäger.«

»Na, na, Zilla, reg dich nicht wieder auf! Hast du nicht selbst hundertmal – in Gesellschaft und hier zu Haus – in Gegenwart deines Mannes darüber gewitzelt?«

»Worüber?«

»Daß er – wie soll ich es sagen? – mal einen kleinen Seitensprung machen könnte vom Pfad der Tugend.«

Zilla: »Das war Scherz. Wenn man aber vor der Wirklichkeit steht, wenn man es schwarz auf weiß vor Augen hat ...? Schrecklich. Ich dachte, ich würde sterben.«

»Wär schade um dein junges Leben; und dein Glück.«

»Glück???«

»Sieh, Zilla, zu Großmutters Zeiten, da setzten sich die Mütter am Abend vor der Hochzeit an das Bett ihrer Tochter und enthüllten ihr die Geheimnisse der Biologie. Wir haben das nicht mehr nötig. Wir sollten euch aber unsre Erfahrungen in der Ehe mitteilen, damit auch alltägliche, fast unvermeidliche Ereignisse nicht überraschen.«

»Mama! Du entschuldigst Robert? Findest selbstverständlich, daß er mich betrügt? Abscheulich.«

»Zilla, du vergißt dich.«
»Nein. Ich spreche jetzt nicht als Tochter zu dir. Wir sind zwei Ehefrauen. Und du, in deinem Hochmut als immer geliebte, nie verratene Frau, siehst auf mich herab. Pfui!«
Sie verstummt vor einem Lächeln, das plötzlich um Mamas Mund – hübschem Mund – liegt und das Lächeln ist ein wenig bitter.
»So eine Stutzi, mein Kind, ist was Flüchtiges, Unwichtiges in Roberts Leben. Eine gedankenlos gepflückte Feldblume; man spielt damit einen Augenblick – und wenn sie einem durch die Finger gleitet, sieht man nicht einmal hin, wo sie geblieben ist. – Das Wichtige der Liebe teilst du. Du wirst ihm eine Szene machen – er fühlt ein wenig Reue und wird viel Reue zeigen – und wenn alles vorbei ist, schätzt du ihn höher als zuvor. Fühlst dich als Siegerin. Zuletzt macht er dir ein hübsches Geschenk...«
»Ich mag nichts. Ich lasse mich nicht kaufen.«
»Zillachen, keine großen Worte! Du hast dich satt geweint, hast dich mit deiner alten Mama gezankt... Ein Geschenk annehmen, nennen einfache Menschen nicht: sich verkaufen.«
Mama bringt ihr Schmuckkästchen herbei und öffnet es. – »So, nun kannst du dir was aussuchen. Den Türkisschmuck vielleicht? Ist er nicht zart und nett? Papa schenkte mir ihn, als er eine sentimentale Gouvernante liebte. Sie war eine Oldenburgerin und reizte ihn drei Tage. – Einige Jahre später bekam ich die Rubinohrgehänge da. Feurig – was? Eine spanische Tänzerin. – Die Korallengarnitur ist nicht vollständig, es hätten noch Armbänder dazu gehört: Papas

fragmentarischer Roman mit einem Telefonfräulein. Ja, der Smaragdring ist schön. Auf dieses Erlebnis war Papa, glaube ich, sehr stolz. Eine irische Gräfin, die erzählte viel von den grünen Wiesen ihrer Heimat.«

»Und die Brillantbrosche, Mama, um die dich alle beneiden? Hast du auch die...?«

»Das war ein unerhörter Glücksfall. Ich war um einen Tag zu früh aus Karlsbad heimgekommen. Papa war auf meine Rückkehr nicht gefaßt – nicht im mindesten gefaßt, weißt du... die Überraschung trug mir die Brosche ein.«

Zilla läßt Etui um Etui unter ihren schlanken Fingern aufspringen. Auf ihrem Gesicht liegt die naive Freude eines Kindes, das sich die schönste Puppe im Laden wählen darf.

»Die schwarze Perle nimm dir nicht, Zilla. Sie ist gestorben.«

Unten liegt, halb versteckt, ein flaches viereckiges Kästchen aus weißem Leder. Eine dünne Halskette darin mit einem wunderlieben Anhänger.

»Wie reizend, Mama! Das habe ich nie bei dir gesehen. Schenk mir das!«

Mama nimmt ihr das Kästchen aus den Händen, besieht es träumend einen Augenblick und klappt es zu.

»Nein, Zilla, dieses eine nicht. Es ist übrigens... nicht von Papa...«

Die Versicherung

Kaum hatte ich die Villa in Galatz gekauft, im Mai, da rannten mir die Agenten der »Olympia« die Türen ein: ich sollte mich doch versichern.

Lange wehrte ich mich. Endlich mußt ich klein beigeben – wie folgt: die Tante gegen Unfall; die Villa gegen Hagel; die Möbel gegen Brand. Aber ich habe mit der »Olympia« im ganzen wenig angenehme Erfahrungen gemacht.

Was soll ich Ihnen sagen – am 13. Juni, einem Freitag, schlägt der Blitz bei uns ein; schlägt die Tante tot, vernichtet einen Regenschirm, und das Klavier fing an zu brennen.

Gut, sagte ich mir – wo die Tante tot ist – ich selbst bin nicht musikalisch – laß es brennen! Unterdessen sah ich die Police durch, hinten die gedruckten Statuten, und fand da einen Paragraph 19: ich müßte den Schaden sofort anmelden.

Schaden anmelden kann ich doch erst, wenn ich weiß, wie weit die Sache mit dem Klavier gedeihen wird. – Es erlosch von selbst, nachdem die rechte Hälfte, ungefähr bis fis, verzehrt war.

Am selben Tag noch, mit Windeseile kam Dominul Ghizu, Generaldirektor der Olympia-Provinz, und fragte:

»Also! Was is los?«

Schon diese barsche Einleitung ließ nichts Gutes ahnen.

Ich führte ihn zum Klavier und wies stumm darauf. Stumm zeigte ich ihm auf dem Kanapee die Tante.
Er betrachtete sie und sprach mißbilligend:
»Na, die war auch nicht mehr die Jüngste. – Sonst noch etwas?«
»Ja«, antwortete ich. »Was Sie jetzt vielleicht für einen eisernen Besen halten oder eine Vorrichtung zum Schaumschlagen, war heute morgen noch mein Regenschirm.«
»Der ganze Vorgang«, sagte der Direktor, »ist sehr verdächtig, um nicht zu sagen: kurios. Wie soll sich denn das abgespielt haben?«
»Oh, es ist rasend rasch gekommen, gegen drei. Wir sitzen gemütlich . . .«
»Am offenen Fenster?«
»Ja.«
»Am of-fe-nen Fen-ster«, wiederholte der Direktor und notierte sich's in sein Taschenbuch.
»Wir sitzen so – die Tante am Klavier – ich hier auf dem Stuhl – draußen wetterte es ein wenig. Tante spielt ganz sachte die ›Eroica‹ und fragte mich so zwischendurch über die Schulter weg: ›Ißt du eigentlich gern Gänsegrieben?‹ – Das waren ihre letzten Worte. Urplötzlich ein furchtbarer Donnerschlag – mir wird blau vor den Augen – und als ich aufblicke, brennt das Klavier.«
»Mehr als kurios«, grollte der Direktor, schüttelte sein Haupt und sah mich flammend an. »Der Fall will vom Gericht untersucht sein.«
»Herr!« sprach ich. »Wieso? Meinen Sie, ich selbst habe die Tante angezündet?«

Ohne zu erwidern, trat er an das Klavier und schlug der Reihe nach die Tasten an.
»Die tiefen Töne gehen noch«, sagte er.
Ich darauf – nun schon gereizt: »Na, Sie scheinen mir von Musik blutwenig zu verstehen. Die tiefen Töne bedeuten für sich allein gar nichts, das ist doch nur die Begleitung. Wo soll denn die jauchzende Freude herkommen, die unsre Herzen beim Klang eines Liedes durchpulst – wenn die ganze rechte Hälfte des Klaviers, die fröhliche, kaputt ist?«
»Mein lieber Herr Roda, ich bin zwar kein Kapellmeister und kein Komponist – aber soviel weiß ich: wirklich ernste, getragene Musik wird hier links gemacht, mittels der tiefen Tasten. Der Blitz aber hat die Richtung nach rechts genommen – Ihre Tante hat offenbar einen Gassenhauer lasziven Charakters gespielt. Am offenen Fenster, bitte. Bei Gewitter. Hatten *Sie* das Fenster geöffnet?«
»Nein.«
»Wer sonst? Das muß sich doch feststellen lassen. Und was mich stutzig macht, Herr Roda: der Schirm. Woher haben Sie ihn? Ein Schirm fällt doch nicht vom Himmel. Zeigen Sie mir die quittierte Rechnung, wenn Sie behaupten, ihn gekauft zu haben, wo man im Kaffeehaus soviel von geklauten Schirmen hört. Hat übrigens die Tante unterm Regenschirm gespielt? – Das Fenster offenhalten – mein Herr, das lockt den Blitz an. Was meinen Sie, wie oft den Sommer über in Rumänien der Blitz einschlägt?! Wenn unsre Gesellschaft jedesmal einen Schirm zu bezahlen hätte – wo käme die Gesellschaft hin? – Wie hoch bewerten Sie denn die Tante?«

»Die Police lautet auf 10 000 Goldfrank.«
»Hahaha! Die alte Dame – 10 000 Frank! Da muß ich wiehernd lachen. Sie hat doch nichts verdient, die Tante, ist der Familie nur zur Last gefallen. Sie, Sie sollten uns was zahlen, Herr! Und die Dame – traurig, daß sie in ihrem Alter sich nicht schämt, aus Sensationslust im Gewitter unanständige Lieder zu spielen – noch dazu unterm offenen Regenschirm. – Nein, nein, mein Lieber, lesen Sie unsre Statuten, Paragraph 31a: ›Die Gesellschaft ist berechtigt, den Verlust in natura gutzumachen, indem sie einen dem beschädigten Gegenstand gleichwertigen Ersatz beistellt.‹ Zufällig haben wir eben aus einem Brandfall in Bukarest eine Dame dieses Alters übrig – die können Sie haben. Wir lassen Ihnen das Klavier auf unsre Kosten neu lackieren und bespannen – Sie werden mir eine Bestätigung darüber geben, damit basta! Es kann nicht Pflicht einer Aktiengesellschaft sein, Ihnen einen Schirm aus dem Café zu klauen – das besorgen Sie gefälligst selbst.«
Dies meine Erfahrungen mit der Olympia-AG.

Unangenehme Folgen weiblichen Starrsinns

Die folgende merkwürdige Begebenheit hat sich vor zwei Jahren, ungefähr im März, ereignet. Ich gebe sie wieder nach dem Bericht Ben-Akibas:

Da lebte in Enzisweiler, eine halbe Stunde vom Bodensee, der Wirkliche Oberlandgendarm II. Klasse Gottlieb Bamberger, verehelicht mit Klara, geborner Menhardt, Schreinerstochter.

Dieser Oberlandgendarm Bamberger hatte eine fast krankhafte Vorliebe für Sardellenbutter. Um seiner Vorliebe wieder einmal zu huldigen, gab er eines Morgens seiner Frau den Auftrag, Sardellenbutter für fünfzehn Pfennig einzuholen.

Frau Bamberger unterzog sich dem Auftrag nur widerwillig, da sie überhaupt eine streitsüchtige Person war und besonders dem Buttergenuß des Mannes abhold. Jedoch will sie beim Einkaufen ihrer hauswirtschaftlichen Bedürfnisse vom Krämer ausdrücklich auch Sardellenbutter für fünfzehn Pfennig gefordert haben.

Der Krämer überhörte entweder das Verlangen, oder es passierte ihm eine Verwechslung – kurz: Frau Bamberger brachte, als sie heimkam, nebst ihren andern Päckchen statt der Sardellenbutter für fünfzehn Pfennig Hefe mit. Als Bamberger sein Brot damit beschmierte und den ersten

Bissen versuchte, merkte er – als Butterkenner – sofort, daß dieses keine Sardellenbutter war.
Doch kaum hatte er sein Bedenken geäußert, da fiel die Frau über ihn her: er wäre ein Depp und ein vernaschter Bock – es sei die feinste Sardellenbutter, was überhaupt existiert; und wenn ihm die Speise nicht passe, solle er halt die Schnauze davon halten – sie, Frau Bamberger, werde die Sardellenbutter mit Vergnügen genießen. – Trotz den begründeten Abmahnungen des Mannes, in ihrer blinden Wut verschlang Frau Bamberger die vermeintliche Sardellenbutter.
Der Oberlandgendarm zuckte die Achseln, gürtete die beihabende Seitenwaffe um und ging in den Patrouillendienst. Frau Bamberger aber, erschöpft von ihrem Zornausbruch und durch eine leichte innere Unruhe ernüchtert, setzte sich an den Ofen.
Grade unter dem begünstigenden Einfluß der Ofenwärme begann die Hefe rasch aufzugehen. Frau Bamberger besah sich beunruhigt und mußte erkennen, daß sie fast zusehends wuchs.
Als Bamberger um elf vom Patrouillendienst heimkam, blieb er schon zwischen Tür und Angel stehen und fragte: »Ja, was war denn jetzt dös?«
Frau Bamberger saß, die Augen waren ihr entsetzt hervorgequollen, schweißgebadet im Lehnstuhl und ächzte: »I woaß net. Frag mi – i woaß net. Um a achte war i wie-r-a junges Madl, was noch von gar nix woaß. Und schau mi jetz an!«
»Ja, was hast denn toan?«

»Nix. Gar nix. Beim Ofen bin i g'sessen – toan hab i nix.«
»Woher käm's denn aber nachher?«
»I woaß net. I woaß net«, rief Frau Bamberger bedrückt und verzweifelt.
Also holte Bamberger eine intelligente Nachbarin. Sie untersuchte Frau Bamberger, sagte aber: von so was könne hier gar keine Rede sein. Hingegen meinte Doktor Furtwängler, der Gemeindearzt, den man auf Anraten der intelligenten Nachbarin zugezogen hatte: Ja, meinte er, Fälle einer solchen fast plötzlich auftretenden graviditas, der sogenannten graviditas acuta, wären hie und da, wenn auch selten, vorgekommen, aber trotz ihrer Seltenheit dem Auge der aufmerksamen medizinischen Wissenschaft keineswegs entgangen. Bettruhe und die weitere Entwicklung abwarten – das wär' hier das einzige.
Als der Zustand der Patientin nach einwöchiger Bettruhe stationär blieb, brachte Doktor Furtwängler seinen Kollegen Doktor Schmiles mit, um ihm den Fall zu demonstrieren. Sie untersuchten Frau Bamberger aufs neue, fanden jedoch Puls und Körpertemperatur normal – und da eine graviditas nach Aussage der intelligenten Nachbarin ausgeschlossen war, nun, so einigte man sich auf die Diagnose peripheritas elephantica – eine an sich unbedenkliche Vergrößerung des Leibesumfangs, deren Ursachen noch nicht ganz erforscht sind. Frau Bamberger verlangte stürmisch, aufzustehen und ihren Hausarbeiten nachzugehen – was man ihr auch ohne weiteres bewilligte.
Nun war es interessant, Frau Bamberger in ihrem täglichen Leben zu beobachten. Trotz ihren enormen Dimensionen

nämlich hatte ihr Körpergewicht nicht im geringsten zugenommen – im Gegenteil, es ließ sich ein kleiner Auftrieb konstatieren. Frau Bamberger bewegte sich nicht nur leicht, in der Art schlanker Leute, sie war auch imstande, ähnlich wie ein Gummiball, ziemlich hoch in die Luft zu springen und kam dann erst mit wiederholten kleinen Sätzen völlig zur Ruhe. Wenn sie in der ersten Zeit, ihres vergrößerten Durchmessers ungewohnt, zufällig einmal an die Wand prallte, flog sie im Bogen zurück. Nur das Gehen bei Sturmwind war ihr äußerst beschwerlich.
Der Zustand dauerte einige Monate. Schon hatte Bamberger namens seiner Frau einen Vertrag mit einem Berliner Künstlerkabarett geschlossen.
Da kam plötzlich der Umschwung:
Am Morgen vor ihrer Abreise ins Engagement nach Berlin, Glock sechs, tänzelte Frau Bamberger froh und leichthin durchs Haus, trällerte eine Melodie ihres neuen Repertoires:

»Und beim Kramer
sitzt a Lahmer,
hat die Haxen ausgestreckt.
Und dös g'freut den Architekt.«

Dann spitzte sie den Mund und pfiff – pfiff – einen einzigen langgezogenen Ton von sechs Uhr morgens bis sieben, bis elf – bis Mittag – bis Abend. Und nahm immer mehr ab. Um halb neun abends verstummte sie. Und war schlank wie je.
Nur etwas verschrumpft und altbacken.
Der Vertrag mit dem Künstlerkabarett mußte natürlich

gelöst werden, da ja Frau Bamberger in diesem Körperzustand auf das Interesse des Berliner kunstsinnigen Publikums nicht mehr zu rechnen hatte.

Mein erstes Abenteuer

Sie entschuldigen, ich bin vom Land. Es ist ja schließlich keine Sünde – im Gegenteil. Die jungen Leute bei uns tragen zwar Umlegekragen, sind aber viel bescheidener, und die Frauen haben wollene Stümpfe, doch Herz und Gemüt.

Unsereins kennt sich in der Großstadt so schwer aus. Meint man, sie sei eine Gräfin, so ist sie's grade nicht. Fragt man einen Mann, der eben vorbeigeht, um Auskunft, so knurrt er.

Ich hatte zu Hause in Ungarisch-Altenburg viel von den süßen Mädeln Wiens gehört, und sie beschäftigten meine Phantasie so lange, bis ich mich entschloß, endlich einmal herzukommen. Meine Sehnsucht stand nach einem Abenteuer mit einem süßen Mädel oder einer kleinen Frau in Seidenkleidern. Sie glauben nicht, wie sehr ich Frauen in Seidenkleidern liebe – und in Ungarisch-Altenburg trägt man das so wenig.

Sooft Vetter Eugen heimkommt, hat er etwas erlebt. Ich frage ihn immer: »Wie stellst du es nur an, nette Mädchen zu finden? Bekannt mit ihnen zu werden? Ich gehe doch auch durch die Stadt – öfter als du – eben dahin, wo du deine Erfolge hast – und mir will nichts glücken.«

»Du mußt eben zwischen sieben und acht auf der Mariahilferstraße sein – da gehen die Ladenmädchen aus der Innern Stadt nach Hause.«

»Und?«

»Und?!! Wenn eine dir gefällt, sprichst du sie an. Das ist doch keine Kunst? Redet ihr denn in Ungarisch-Altenburg nie mit Weibern?«

Zwischen sieben und acht also war ich auf der Mariahilferstraße. Da gehen nämlich die Ladenmädchen aus der Innern Stadt nach...

Die erste. Kein Zweifel, 's ist eine. Sie trägt das gewisse kleine Beutelchen mit Taschentuch, Spiegelchen und Schlüsseln. Hübsch? Na, es werden wohl hübschere ko...

Oho, die zweite. Blitzsauber – läuft aber sehr geschwind. Sie wird eine Verabredung haben.

Die dritte. Sie lächelt. »Fräu...!« – Ach so – sie hat dem jungen Herrn drüben zugelächelt, und er schließt sich ihr auch schon an.

Die vierte. – Geschminkt.

Die fünfte. Nein, das ist eine Sektionsratsgattin oder dergleichen.

Da, die sechste. Courage, Junge! Deine Väter haben mit Janitscharen gekämpft. – Genaugenommen, ist es eine Keckheit, wenn ich so ohne weiters... Sie ist auch schon davon. P! Andre Mütter haben ebenso schöne Töchter.

Die siebente. Soll ich – soll ich nicht? Es ist halb acht – nur zu, sonst ist der Tag verloren!

»'Abend, gnädiges Fräulein! Erlauben Sie, daß ich... daß ich mich vorstelle? Ich heiße Roda.«

»Schön – und was wollen Sie?«

»... mich vorstellen. Ich heiße Roda.«
»Was weiter?«
»Begleiten möchte ich Sie.« – Prachtvolles Geschöpf. Wie sie den Mund verzieht! Man möchte sie gleich küssen. Sie nickt einladend, lädt mir drei ungeheure Packen auf, sieben mittelgroße und sechzehn kleine Päckchen – und trippelt weiter. Ich mit ihr.
»Gnädiges Fräulein sind wohl in einem Laden der Innern Stadt tätig und gehen jetzt nach Hause?«
»Woraus schließen Sie das?«
»Nun, man sieht das. Ich habe einen Blick dafür.«
»Hm«, sagt sie und lacht.
Ich lache mit. Zu lieb und süß solch ein Mädel! Und so zugänglich. Wirklich, 's ist nicht gar so schwer, was zu erleben... – »Müssen Fräulein sofort nach Hause? Könnten wir nicht zum Beispiel...«
»Was denn?« fragt sie.
»Na... zum Beispiel irgendwohin gehen, wo man sich amüsieren kann? Sagen wir ins Varieté – oder in den Englischen Garten? – Gehe ich zu rasch?«
»O nein, nur weiter in diesem Tempo – dann sind wir früher am Ziel«, flötet sie verheißungsvoll. Wie witzig sie ist!
Vor einem Haustor hält sie.
»Ich muß einen Augenblick hier hinein, Herr Roder.«
»Roda«, verbessere ich.
»Also: Roda. Sie begleiten mich doch?«
»Ich mö... möchte vielleicht lieber... draußen...«
»Nein, nein, kommen Sie nur mit!«
Ja denn – in Gottes Namen. Um so besser. So leicht zu

siegen, hatte ich nicht mal erwartet. – Wir treten ein – gleich in die erste Tür. Ein junger, blonder Herr eilt uns entgegen, freundlich und verwundert.

»Grüß Gott, Schatz«, ruft er und... umarmt sie zärtlich.

Der Schatz stellt vor: »Herr Roda –– Sie kennen wohl meinen Mann schon? Nicht?? Aus dem Varieté?? Er hat doch mit Breitensträter um die Meisterschaft von Wien geboxt? – Lieber Otto, du mußt Herrn Roda vielen Dank sagen. Tu es sofort!«

»Otto« drückt mir die Hand – wie er drückt!! – und sieht mich fragend an. Ich wäre jetzt gern in Ungarisch-Altenburg...

Der »Schatz« fährt fort: »Herr Roda hat mich vor einem Menschen geschützt, der mich für ein Ladenmädchen hielt und in... Lokale einlud.«

Der Händedruck des Hünen steigert sich zur Daumenschraube.

»Ich danke, ich danke Ihnen bestens!« ruft er.

»Ich bitte«, hauche ich – und... der »Schatz« lacht.

Reserls Verlobung

»Resi, was sollen wir heut zu Mittag kochen?« fragte Frau Regierungsrat.
Resi blickte sinnend zu Boden.
»Gedämpfte Schnitzel mit Spinat und vielleicht einen Tapiokaauflauf?« schlug Frau Rat schüchtern vor – schüchtern, wie Frauen mit kargem Küchengeld zu einer wirklich guten Köchin sprechen.
Resi lächelte. – »Wo denken gnä Frau hin? Spinat für unsre drei jungen Herren – wie die hungrig aus der Schul' kommen? Da könnt ich ja gleich für ein Dukaten Spinat kaufen. Und unser Hanserl mag ihn gar nicht. Nein – Kochfleisch mit Bohnen, denk ich, und Nudeln. Es ist ausgiebiger und billiger.«
»Sie haben recht, Reserl.« – Frau Rat blickte ihr anerkennend zu und legte Geld zum Einkauf hin.
– »Und 's Brot, Resi, holen S' beim Bäcker Müller – nicht bei Bröselmayer. Da ist es teurer.«
»Dafür is a jeder Laib extra orndli in Papier eingepackt und mit einer Marken verklebt.«
»Na ja. Beim Müller ist es aber auch ganz nett.«
»'s is gut gnä Frau.«
Reserl nimmt den Marktkorb – einen richtigen Marktkorb mit Deckel und nicht etwa so eine moderne Netztasche. Sie

mag sich nicht gern hineingucken lassen – wie wenig sie manchmal heimtragt.
Und 's Brot wird sie jedenfalls beim Bröselmayer holen. Sie zahlt lieber einen Groschen aus eigener Tasche auf. Resi lächelt plötzlich vor sich hin – die blanken Zähne glänzen zwischen den Lippen: dafür – für den Groschen sieht sie den Rudi. Das ist wohl nicht zu teuer erkauft.
Sie schreitet aus – ihr steifgestärkter rosafarbiger Rock wippt lustig, die weißen Bänder der Faltenschürze flattern hinter ihr drein. Resi ist vom Land und bügelt noch bis Mitternacht geduldig ihre Kretonkleider. Die andern, die städtischen Köchinnen gehen in dunkeln, langen Wollröcken. »Wie die Raupen kriechen s' daher«, pflegt Resi zu sagen.
Sie tritt in den Grünzeugladen. – »Ich bitt ein Büscherl Suppengrünzeug und drei Pfund gelbe Rüben.«
Die Frau Zöllnerin legt ihr's in den Korb. Reserl sieht nach, tauscht drei Rüben um und fordert für einen Groschen Sellerieknollen.
»Frische Kohlrabi wären auch schon da, Fräuln Resi.«
Resi lacht. – »Ich seh's; 's Stück fufzehn Groschen, und so groß sein s' wie die Nüß.«
»Aber fein sein 's, Reserl.« – Die Zöllnerin schnalzt mit der Zunge. – »Ich sag Ihnen – wie a Butter zerfließen s' einem im Mund.«
»Wir warten, bis wir achte um an Sechser kriegen – groß wie die Kindsköpf.«
»Dann sein s' schon nix mehr wert, holzig und spanig wie die Rüben.«

»Macht nix. Wenixtens wird man schneller satt. Man gspürt, daß man was im Magen hat. Und unsre jungen Herrn, die vertragen was. Denen müßt ich heut für zehn Schilling Kohlrabi kaufen – bei die Preise.«
»Was nehmen S' denn sonst noch?«
»Ich danke, ich wär fertig. Oder – bitte, geben Sie noch a Pomerantschen her, fürs Hanserl. Sonst sagt er gleich: ›Mag dich nit, Jesi – hast mi nix mitgebjacht.‹ A so a süßes Kind!«
»No, ja – a liebes Buberl is's. Ich seh' ihn selber gern. Wie ein kleiner Soldat is er. – Aber doch – bei die vier Buben nur ein Dienstmädel – is das nicht zu viel Schdrapaz für Ihnen, Fräul'n Resi?«
»Ich zwing's schon.«
»Hören S', Reserl, jetzt fallt mir grad ein: die Frau Majorin Sieger aus der Adlergassen braucht eine Köchin. Ein leichtes Haus is es – Stubenmadel und der Privatdiener – keine Kinder, vierzig Schilling Lohn – wie wär das?«
»Ich dank' ich wechsel nicht.«
»Sie, Reserl, ich mein's gut: es is schwer für Ihnen – dort beim Regierungsrat. Man sieht's Ihnen an. Sie haben gar keine roten Backerln mehr. Was soll Ihnen die Rackerei? Sagen S' – ich hab doch nix davon – ich bin Ihnen nur gar so gut.«
Die uneigennützige Frau Zöllnerin verschwieg, daß die Majorin ihr fünf Schilling Zubringerlohn versprochen hatte, wenn sie ihr Resi, die Perle, verschaffte. Die gemeinsame Wäscherin hatte von ihr erzählt – aus Geschäftsrücksichten aber abgelehnt, die Vermittlerrolle zu spielen.

»Nein«, sagte Resi noch einmal – »da bin ich, und da bleib' ich. Gott, Frau Zöllner, man hat doch ein Herz. Die gnä' Frau, die ißt eh so schlecht mit ihrem nervösen Magen. Wenn die noch eine schlechte Köchin krieget – und der Ärger schlagt sich ihr auf die Verdauung – die möcht' ja mager werden wie ein Besenstiel.«

»Reserl, Sie sein eine Seel von einem Madel – das wird Ihnen der liebe Gott verlohnen, daß Sie sich für fremde Leut' so abrackern. Die Majorin, die möcht' so ein Madel auf Händen tragen. Die Lina, der Schlampen, was die Geschenke kriegt hat...«

»Oh – ich auch. Und im Herbst krieg' ich die braune Plüschjacke von der gnä' Frau. Ich hätt' s' schon diesen Winter kriegt. Aber die jungen Herren haben Winterröck' gebraucht, da muß die Frau Rat die Jacke noch einen Winter tragen. – Und wer weiß – im Herbst...«

»Was Sie nicht sagen, Reserl! Haben S' einen Freier?«

»Ach nein – man soll nix sagen, bis... Adieu – ich muß noch zum Bröselmayer um Brot.«

Reserl errötete ohne jeden Anlaß, und das verriet sie an die findige Zöllnerin. Aus Rache für die vereitelte Vermittlung sagte sie boshaft:

»O Jegerl – wann Sie sich vielleicht Aussichten auf den Rudi machen – das geben S' nur auf.«

»Was wollen S', Frau Zöllner«, antwortete Reserl wohlgemut, »– wann der liebe Gott will, schießt eine Holzhacken los.«

»Is möglich – aber dann trifft's nicht Ihnen. Der Rudi zeigt sich grad so mit der Lina vom Doktor herum und der Mali

vom Herrn Baron – und noch mit zehn andre. – Ich mein', der nimmt noch einmal die schielende Klara, die was die Wirtschafterin vom Herrn Professor Dick is – sie soll zweitausend Mark Gespartes haben.«
»Vielleicht nimmt er uns alle – wie ein Türk'«, rief Resi, lachte und ging davon.
Ja, sie lachte. Aber ihr Herz wußte nichts davon. Sie lachte ja auch nur gezwungen – um der Zöllnerin, dieser boshaften Ratschen, nun erst recht kein trauriges Gesicht zu zeigen. Ihr Herz aber brannte vor Eifersucht.
An der Ecke begegnete sie der Lina. Lina hatte ein braunverpacktes Brot im Korb, mit Bröselmayers Hahnenmarke beklebt, und in der Hand zwei rote Nelken. Sie roch grade wohlgefällig an den Blumen, als Reserl mit kurzem Gruß vorüberging.
Im Milchgeschäft stand die schielende Klara und kaufte einen halben Liter Schlagrahm und ein Pfund Butter – »Teebutter, von der feinsten«, sagte sie arrogant. Reserl sah auch in ihrem Korb das Brot liegen und sah auf dem Pult die roten Nelken – Klara hatte sie vorsichtig hingelegt. Reserl nahm ihren halben Liter Milch und fegte die Blumen unachtsam herab. »Pardon«, sagte sie. Sie hob sie aber nicht auf – sie trat im Hinausgehen eine tot.
»Bauerntrampel«, schimpfte ihr die Klara nach.
»Selber einer«, rief Reserl zurück.
Dicht vor der Bäckerei kam ihr die dicke Mali entgegen. Da wendete Resi den Kopf steif nach links – um nichts sehen zu müssen: weder die Mali noch das Brot, noch die Nelken.

Sie öffnete die Ladentür bei Bröselmayer. Spiegelsauber war's drin und ein würziger Duft von frischem Kuchen, reschen Semmeln und Vanille. – Resi blieb wartend stehen, der Laden war leer. Sie fühlte ihr Herz in der Brust wie einen ängstlichen Vogel flattern. – »Wann jetzt der krumme Bartel kommt«, dachte sie, »und nicht der Rudi – dann platz' ich los und hör' nit auf – bis am Abend.«

»Geh du hinein«, hörte sie den Rudi sagen. Die Tür zur Vorratskammer öffnete sich einen Finger weit und wurde wieder zugelehnt.

»Nein, es is die Resi – geh du«, raunte Bartel – Resis gespitzte Ohren erhaschten das geflüsterte Wort – »geh du – dich sieht sie lieber.« – So ein guter Kerl – der arme, krumme Bartel! Ist selbst in Resi verschossen, daß er sie manchmal erbarmt.

Und dann trat der schöne Rudi ein. Schön ist er – das muß ihm der Neid lassen. Die braunen, lustigen Haselnußaugen leuchteten froh und sieghaft aus dem mehlbestaubten Gesicht, und über dem lachenden Mund spitzten sich keck die Schnurrbartenden. – Zwischen zwei Knöpfen der weißen Jacke, das sah Reserl zuerst, staken ein paar rote Nelken.

»Jessas, naa – du bist ja bekränzt wie ein Pfingstochs'«, sagte Resi böse.

»Soll das vielleicht ein schönes ›Guten Morgen‹ sein?«

»Nein.«

»Also – was denn?«

»Eine Wahrheit.«

»Schön. Dafür kriegst sie nicht, die Nelken.«

»Ich brauch' sie auch nicht – die was mir die andern stehen gelassen haben.«
»Was für andre?«
»Na, die Lina, die Mali, die Klara – und was weiß ich, wer noch. Bei jeder hab' ich eine Handvoll gesehen. Du schlechter Kerl du!«
»Tschaperl! Kann ich dafür, daß die verruckten Madeln heut alle roten Nelken gekauft haben? Jeder hab' ich eine weggenommen und hab' mir gedacht: Justament gebt's eine her – für mein Reserl! – Jetzt kriegst aber einen Schmarren.«
»Is wahr?« fragte die Resi fast atemlos, »– is wahr? Na – so gib...«
»Oh – nein. Nur für ein Busserl.«
»Ja freilich – da in der Glaslatern', wo jeder hereinschau'n kann.«
Aber in der Ecke hinter dem Schrank küßte er sie doch. Langsam und mit Verständnis. Was die für weiche Wangen hatte – so junge, glatte! Ganz anders als die lederne Mali. Schad', daß sie nicht das Gesparte hatte – von der Mali. Resi hätte gern eine Zusage für den Sonntagnachmittag gehabt.
Rudi wich aus. »Wir sehen uns ja noch, Reserl. Und dann – nicht wahr? – es hängt doch vom Wetter ab...«
»Nein, ich kann nicht mehr herkommen – wir haben Wäsch'.«
»Also weißt, Schatzerl, ich schreib' dir einen Zettel.«
»Ja, Rudi – du hast mir eh noch nie geschrieben. Und Adieu, Rudi – ich muß nach Haus'.«

»Adieu, Engerl!«

Hinter der Tür der Vorratskammer hatte Bartel gestanden und durch ein Spältchen hineingespäht.

Er erfuhr nichts, was er nicht ohnehin schon wußte: daß die Reserl auf den hübschen Rudi fliegt und daß der sie ebenso an der Nase herumführt, wie er's mit Mali, Lina, Klara und Nani tut. Ein dumpfer Zorn erfaßte den Krummen: es muß und muß etwas geschehen, um dem törichten Mädel die Augen zu öffnen. Denn – wer weiß? Ist sie erst geheilt von ihrer blinden Liebe für den Leichtfuß – vielleicht... Die Resi ist ein gutes, kluges Mädchen. – Und er? Er ist krumm und garstig, aber er ist vermögend. Und: er liebt das frische Ding mit allen Fasern. – Rudi ist nicht einmal wert, daß Resi ihm für seinen Gruß danke. – Aber Zureden und Abreden hilft nichts. Da lacht sie nur oder mault gar. Und nennt den armen Bartel einen Neidhammel und sagt – sagt, daß sie Rudi nie vergessen könnte.

Bartel hatte sie nur angesehen mit seinen treuen, demütigen Neufundländeraugen...

»Ich glaub' Ihnen nicht, Bartel. Wann Sie mir beweisen können, was Sie erzählen – dann – dann...«

Zwei Tage dachte er nach – dann war der Entschluß gefaßt. Er kaufte eine Schachtel rosafarbenes Briefpapier und schrieb vier gleichlautende Briefe: an Mali, Lina, Klara und Nani. Darin bat er jedes der Mädchen, ihn, den Absender, Sonntag um vier Uhr nachmittag zu besuchen – er wär leider nicht in der Lage, die holde Empfängerin persönlich abzuholen. Kaltblütig, ohne Gewissensbisse unterschrieb er: »Rudi.«

Auch an Resi richtete er ein Schreiben:
»Wenn Sie neugierig sind, mit wie vielen Sie die Liebe teilen, nehmen Sie sich ein freies Herz und besuchen Sie Ihren Rudi Sonntag um vier Uhr.

Ungenannt, doch gut bekannt.«

Samstag abend brachte ein kleiner, zerlumpter Junge der Reserl den Brief in die Küche. Resi war wie vom Donner gerührt. Aber auch sofort bereit, der Sache auf den Grund zu gehen. Mit dem Ungenannten beschäftigte sie sich keinen Augenblick – vielleicht, weil sie über seine Persönlichkeit im klaren war.

Die Hausarbeit am nächsten Morgen tat sie wie im Traum. Sie hatte anfangs Krautfleckerln machen wollen – dann entschloß sie sich zu einem Apfelstrudel. Vergaß es aber wieder, zerschnitt den Strudel zu winzigen Scheibchen und salzte sie tüchtig. – Die Herrschaft merkte es wohl. Sie nicht. Sie brachte keinen Bissen herunter. – Einen Vorteil hatte sie von ihrer Zerstreutheit: man wurde drin rasch fertig mit dem Essen.

Wohl eine Viertelstunde stand sie vor Rudis Haus und fand nicht die Kraft, einzutreten.

Auf einmal, sie wußte nicht, wie sie durch den Torweg und quer über den Hof gekommen war – auf einmal drückte sie die Türklinke nieder und stand in Rudis Zimmer. Und sah die Lina, die Mali, die Klara und die Nani und hörte sie kreischen und zanken.

Alles wie im Traum. Nur Malis Hut mit den sieben Rosen sah sie deutlich, und deutlich hörte sie Nanis harte, hohe Stimme:

»Da schau her – da is ja auch die Reserl! Hast du auch so einen Wisch gekriegt – so einen elenden – verlogenen Liebesbrief? Daß der Rudi ›einmal in Ruh die Zukunftsaussichten besprechen will – und bereden, wann die Hochzeit sein könnt?‹ – Hehe – hahaha! No, so reden S' was – Sie Rudi, Sie Siebengscheiter!«

Rudi gestikulierte erregt auf die Mädchen ein – jetzt zur einen, dann zur andern – was er sagte, konnte Resi nicht verstehen in diesem Wasserfall von Zwischenrufen. – Bartel stand in der Ecke, rieb sich die Hände – ob vor Freude, ob vor Verlegenheit? – und blickte Resi schuldbewußt und um Verzeihung bittend an. Da wußte Resi, woran sie war: er, er hatte vier Liebesbriefe an die zornigen Mädchen geschrieben – und ihr den anonymen. – Dankbar war sie ihm dafür nicht. Im Gegenteil – sie wandte sich mit finstern Blicken ab.

Rudi litt in Nöten wie ein gehetzter Fuchs. – »Aber meine Damen«, rief er, »teure Mädchen – kann ich dafür, wenn, daß eure Schönheit mich so verwirrt hat? Eine jede von euch is halt lieb und zuckersüß in ihrer Art, und wann ichs Linerl sieh, so glaub ich, sie is die Rechte – und mit der Mali, der Nani und der Klara geht's mir genauso.«

»Mir haben S' aber 's Heiraten versprochen«, rief Mali.

»Mir auch«, schrie Klara, »erinnern Sie sich noch?«

»Und was haben S' mir gesagt?« fuhr Nani auf.

»Alle kann ich doch nicht nehmen, meine Damen – das is vom Gericht leider verboten. – Nur eine. Aber welche? – Und um Gottes willen schreit's nicht so – wenn das der Meister hört, is aus mit der Filiale.«

»Was? Womit is aus?«
»Ich soll doch die Filiale in der Kranzgassen übernehmen.«
»Das haben S' mir schon erzählt. Und haben gesagt, ich soll die Meisterin werden, wann Sie einmal Meister sind.«
»Mir auch.«
»Mir auch.«
»Eine muß es werden«, sagte Mali kalt – denn sie nahm an, daß nur sie es werden würde. Sie war auch bereit, wenn's soweit kam, ihren Ärger im Gefühl des Triumphs über die vier andern zu ertränken.
»So reden S' doch, Rudi!« munterte ihn Lina auf. Auch sie hatte sichere Hoffnungen.
»Sollen wir vielleicht um Sie losen?«
Da schlugen Gift und Galle plötzlich in Heiterkeit um. »Ja, ja – wir spielen Sie aus«, rief Klara und lachte aus vollem Hals.
Rudi bekam plötzlich Luft. Ein Gedanke blitzte ihm auf, der noch einen Ausweg bot: »Meine Damen«, sagte er, »wie ich noch ein kleiner Junge war, hat meine selige Mutter immer zu Weihnachten einen Kuchen gebacken mit einer schwarzen Bohne drin. Wer die Bohne in seinem Stück gefunden hat, war Bohnenkönig. – Übermorgen is Feiertag und mein Geburtstag. Ich lad Sie alle zum Kaffee ein. Im Kuchen wird ein goldener Ehering eingebacken sein. Wer ihn findt, dem gehör ich, und wir feiern gleich Verlobung. Die andern sind als Kranzeljungfern eingeladen.«
Die Mädchen kreischten durcheinander – die Mali nannte es sündhaft, die Klara blöd – und endlich ging der Widerspruch im Lachen unter.
»Alsdann sind wir wieder gut«, sagte Rudi, »und jetzt – jetzt

geht's hinaus, daß ich mich anziehen kann. Wir machen einen Ausflug ins kühle Tal. Ich halte euch alle frei.«
Resi hatte kein Wort gesprochen. Draußen schlich sie unbemerkt davon. Ging langsam, mit gesenktem Kopf nach Haus.
»Sündhaft«, dachte sie – so wie es die Mali genannt hatte.
An der Ecke holte Bartel sie ein. Er schritt neben ihr her und blickte sie hie und da schüchtern an. Zu sagen wußte er nichts.
An ihrem Haustor reichte sie ihm die Hand, und in ihrer Herzensangst sprach sie:
»Herrgott – wann ihn grad die Mali finden tät...«
»Wen?«
»Den Ring...«
Da machte Bartel eine wegwerfende Handbewegung. »Keine Idee. Wo nix is, hat auch der Kaiser 's Recht verloren.«
»Wie meinen Sie das?«
»Oh, ich hab's nur so gesagt... Der Rudi is ein schlauer Patron – ein Spitzbub.«
Er hob den Hut zollhoch und ging davon. Es ist besser, die Resi heut in Ruh zu lassen.
Reserl saß in ihrem Zimmerchen – wie betäubt. Langsam erst kam das Denken zurück und brachte die Empörung mit über Rudis Untreue und das Herzweh über zerstörte Hoffnungen. Sie wies den Gedanken ans Übermorgen weit von sich.
»So eine Affenkomödie, so einen Kreuzerzirkus mach ich nicht mit«, murmelte sie.

Und über allen Zorn triumphierte die Liebe und die Sehnsucht. Warum sollte sie den Ring nicht finden? Tief im Innern fühlte sie, daß Rudi sie, nur sie lieb hatte.
Das Techtelmechtel mit den andern Mädchen? Es war ein Spaß, wie sich ihn eben ein lediger Mann erlaubt. Wenn sie erst seine Frau ist, wird sie ihm den Übermut schon austreiben. – Gott, diese Mädchen! Sie laufen ja dem Mann nach und werfen sich ihm an den Hals und drehen ihm aus den Worten Schlingen. Dann steckt er drin und kann nicht anders, als so ein Spiel vorschlagen, wie's der Rudi heute getan hat.
Nun – er konnte ihr ja einen Wink geben, welchen Schnitt Kuchen sie nehmen sollte... Und er würde es auch sicher tun... wenn sie hinginge...
Dann wanderten ihre Gedanken weiter: Wie hatte er den Mädchen die vier Briefe erklärt? Wen hatte er im Verdacht? Bartel? – Sie wird den armen Bartel gewiß nicht verraten. Was hatte Bartel wohl gemeint mit seinen letzten Worten? Was war zu tun? Sich ganz allein auf Rudis Wink verlassen? Oder auf den Zufall? Soll sie überhaupt hingehen? – Natürlich wird sie's tun. Sonst denkt Rudi, daß sie ihn gar nicht lieb hat. Und wer weiß? Die Mädchen schämen sich am Ende, und es kommt keine außer ihr.
Den Nachmittag, den Abend saß sie still für sich. Die Herrschaft war mit Kind und Kegel bei der Großmama. Spät erst schlief sie ein und träumte tolles Zeug, das ihr die Stirn feuchtete und schwere Seufzer erpreßte.
Am andern Tag hieß es kochen und waschen, putzen und räumen – kein Atemzug Zeit zu eigenen Gedanken. Erst

nach der Vesperzeit schlich sich Resi auf einen Augenblick davon.
Es zog sie fort. Sie lief die Straße hinab nach der Hedwigskirche. Links vom Eingang, in der kleinen Kapelle wollte sie Hilfe suchen.
Eifrig betete sie, daß ihr Herzenswunsch, den Ring in dem Kuchen zu finden, in Erfüllung gehen möchte.
Getröstet ging sie nach Haus. – Im Kinderzimmer auf dem Teppich saß Hanserl und baute einen Turm aus Kartenblättern und Klötzchen.
Eine Weile half sie ihm zerstreut. Wird der heilige Florian ihr helfen? Ihr war, als müßte etwas geschehen, was ihr recht sichtbar die Hilfsbereitschaft des Heiligen bewiese.
»Jesi, gib mir Tuchen«, lallte der kleine Hans.
»Du hast doch Kaffee getrunken und Semmel gegessen. Der Kuchen is für morgen.«
»Dib mich Tuchen – bitte, bitte, liebe, dute Jesi!«
Sie ließ sich erweichen und holte ein Stück Kuchen.
Der Kleine drehte es unzufrieden um und um. »Sind teine Josinen nich drin.«
»Iß so!«
»Nein – ich möcht mit Josinen.«
Resi ließ sich noch einmal erweichen, brachte eine Handvoll Rosinen und legte sie vor Hanserl auf den Tisch.
Hanserl brach ein Stück Kuchen ab und tat gewissenhaft eine Rosine hinein. »So«, sagte er, »was nich im Tuchen is, steckt man hinein.«
Und Hans begriff durchaus nicht, warum es geschah:
Resi nahm ihn auf den Schoß und küßte ihn stürmisch ab.

Hans begriff es nicht, aber er ließ es sich gefallen.
Am Abend erzählte sie ihm sogar willfährig eine lange Geschichte – und kam nicht zu Ende – weil Hanserl mitten darin einschlief.
Das war der Reserl grade recht. Sie wollte früh zu Bett gehen, um am Morgen ihr rosafarbenes Kleid zu bügeln und zu falten.
Langsam schlich der Vormittag hin. Endlich läuteten die Kirchenglocken. Als der Herr Rat eine Minute ausblieb, lief Resi wohl zwanzigmal ans Fenster, um nach ihm auszuspähen.
Eine frohe Zuversicht war in ihr. Wenn sie dachte, daß Rudi jetzt einen Kuchen buk, da mußte sie lachen...
Rudi war fleißig gewesen. Um ein Uhr mittags war der Kuchen fertig. Groß und wunderschön wie der Hochzeitskuchen eines Märchenprinzen. Drei Stockwerke hatte er: unten schwerer Mandelteig, inmitten eine flaumige Schicht und oben dunkelglänzende Schokoladenmasse. Rosen umkränzten ein weißes Turteltaubenpärchen, das auf dem Gipfel saß.
Als Rudi den Kuchen auf die Schüssel gleiten ließ, die Schüssel mit dem spitzengezackten Papierdeckchen, war's wie der Stapellauf eines Kriegsschiffes.
»Was meinst, Bartel – zu fünfen essen sie ihn doch nicht auf?«
Bartel sah ihm finster zu. – »Die Resi kommt gar nicht.«
»Woher weißt du das?«
»Oh – die! Die gibt sich zu einer Dummheit nicht her. Die is zu gescheit, zu solid, zu stolz.«

»Na, da schau an! Woher kennst du denn die Resi so gründlich?« – Rudi pfiff durch die Zähne. So was! Der Bartel ist in die Resi verschossen. So ein frecher Kerl! Grad das schönste Mädel möcht der Krumme haben!
Er wünschte glühend, daß Resi kommen möchte, das liebe Ding.
Als der Tisch eben gedeckt war, traten die vier Mädchen fast gleichzeitig ein, und ein paar Minuten darauf auch Resi. Rudi saß zwischen ihr und Mali. Er hatte sich den Platz gewählt. Der Lehrjunge brachte den Kaffee. Die Mädchen wurden nicht müde, zu versichern, daß sie den Spaß nur zum Spaß mitmachten und gar nicht »daran« dächten... Lina log, sie hätte die Verabredung überhaupt vergessen und sich grade heute mittag ungewöhnlich »vollgespeist«. Klara behauptete, Magenschmerzen zu haben, sie wollte den Kuchen nur versuchen. Alle aber starrten das Schokoladenungetüm an. – Resi sagte gar nichts. In ihren lustigen Augen leuchtete eine stille Zuversicht – fast ein wenig Spott.
Rudi konnte seinen Blick nicht von ihr wenden. Und wie der Bartel sich die Augen nach ihr aussieht! Rudi wurde es ganz warm ums Herz: Schadenfreude ist die reinste Freude. Als Rudi den Kuchen zerschnitt, entstand eine fast feierliche Stille, alle spitzten die Ohren. Das Messer konnte knirschen und zum Verräter werden. Es glitt aber glatt durch. Da wählte erst Mali. Sie zählte sieben nach links – links sitzt das Herz – und nahm eine Schnitte. Dann suchten sich die andern ihr Teil. Klara eignete sich das Stück zu, wo die Täubchen obenauf saßen. – Reserl griff rasch zu. Sie eilte

auch nicht mit dem Essen. Sah ruhig hin, wie mächtig die andern schlangen.
Lina brummte mit vollen Backen: »'s ist eigentlich eine tolle Sache.«
»Eine Narretei – man macht halt mit«, zischte Klara. Sie fühlte, es langte nicht zu einer dritten Schnitte. Man kann doch nicht riskieren, zu zerplatzen.
»Aber meine Damen, beeilen Sie sich doch, mahnte Rudi, »ich kann es kaum erwarten.« – Er strich den Schnurrbart und wischte damit ein Lächeln weg, das ihm in den Mundwinkeln saß.
»Wer Sie zum Mann kriegen will, muß halt einen guten Magen haben«, murmelte Nani.
Reserl sagte: »Wie ich noch Kindermädchen beim Doktor Sahle war, hat die Gouvernante immer das Märchen vom Schlaraffenland erzählt. Jeder hat sich da durch einen süßen Breiberg fressen müssen.«
Sie sah sich um: die Mali hatte schon blaurote Wangen, Nani stierte tonlos das Kuchenwrack an, Klara atmete hörbar schwer – nur Lina, die gefräßigste, kaute immer noch weiter, grade sie, die sich zu Mittag so »vollgespeist« hatte.
Reserls Blicke begegneten Rudis Blicken. Da steckte sie ihr letztes Stückchen Kuchen in den Mund, beugte sich über ihren Teller und ...
... »pink!« sprang der Ring goldglitzernd auf den Tisch.
Zuerst war ein Schweigen. Rudi blickte dumm das Ringlein an.
Dann kam Leben in die Gesellschaft. Resi steckte sich den

Ring an den Finger. Alle wollten ihn sehen, den Vielbegehrten.
»Na, hören S' Rudi, Sie sein ja ganz lamlackelt – so küssen S' doch Ihre Braut!«
Da ermannte sich Rudi und küßte das Reserl. Im Flug erhaschte er Bartels Blick und küßte sie noch einmal.
»Ein Spaß war's doch«, stellte Nani fest, »ich für mein Teil, vergönn der Resi ihr Glück – sie is ein Waisenkind.«
»Ich auch – sie is ein armes Mädel – und ich hab zweitausend Mark Gespartes.«
»Nur das eine müssen S' uns versprechen, Rudi, daß Sie nix über die Sache reden.«
Das Brautpaar stand in der Ecke einen Augenblick allein.
»Reserl, jetzt sag, wie is das gekommen? Ich hab ja ohnehin nur dich wollen – aber weißt, im Kuchen war doch kein Ring. Ich hab doch Angst gehabt, daß ihn die alte Scharteken erwischt, die Mali!«
»Das hab ich eh gewußt – darum hab ich den Ring selber mitgebracht.«
»Ja, Reserl, du bist ein Schlaukopf! Mit einer so klugen Meisterin – da fürcht ich mich nicht... Und den Ring bezahl ich, du kriegst noch was Hübsches geschenkt.«
»Gib mir ein Busserl, Rudi – sag, daß du mich gern hast – dann sein wir quitt.«

Cucumeto

Der »Velasquez«, 1370 Tonnen, Kapitän Señor Vidal, hatte in Valencia – wie prosaisch – Rohhäute für Genua geladen und obenauf etliche Fässer Öl nach Barcelona und Oneglia.
Wenn man den Duft der Ladung beiseite läßt, war's die reine Idylle – so freundlich hielt sich das Wetter, so lieb und warm die Wintersonne. Sie schien – wir waren ja im Reich Karls des Fünften – gar nicht untergehen zu wollen und ging dann doch zu Bett, schämig, rot und zögernd wie eine Braut.
Barcelona spielte mit tausend gespiegelten Bogenlampen venezianische Nacht, als wir einfuhren. Die Krane rasselten, wir löschten die Häute und nahmen statt ihrer eine piepsende Brut von Frauenzimmerchen an Bord. Mister Smith riet auf Singvögel, Señor Don Barnils, der baskische Maler, auf einen Ballettrattenkönig, und recht hatten beide: Die Opernstagione im Barceloneser Liceo-Theater war nämlich eben zu Ende, und was da – fünf niedliche Dämchen, zusammen kein Jahrhundert alt – die widerhaarigen Junggesellen schmunzeln machte, hatte gestern an der Rampe des Liceo zum letztenmal gesungen und getanzt.
Noch graute der Tag nicht. Die blau-weiße Flagge P, das

Zeichen der Ausreise, hing naß am Fockmast. Vor dem Fallreep ruhte der königliche Aduanawächter und zuckte hie und da zusammen. War's der Taufall, der ihn frösteln machte, oder träumte er von Kämpfen mit den Schmugglern? – Da schlich mit seinen Filzsandalen Señor Barnils vorsichtig auf Deck. Oh, der Schwerenöter! Wenn er aber gemeint hatte, der Neugierigste und Schlaueste zu sein, so irrte er gewaltig – die andern standen ihm durchaus nicht nach: Mister Stork, englischer Possenfabrikant – ich – und sogar der Kapitän, der alte Seebär. Lispelnd und erwartungsvoll umstanden wir die Kajütentreppe, um sie kommen zu sehen. – Ja, wen denn? Die Damen natürlich. Sie mochten gestern in der Stadt ausführlich Abschied gefeiert haben, daß sie so lang schliefen. Nicht einmal das lärmende Gangspill störte sie mit dem Ankerlichten. Spät vor Mittag wurde das Cabo San Sebastian über Backbord sichtbar mit den Schneegipfeln der Pyrenäen dahinter und in ihrem Schoß die Mauern und Türme von La Puebla. Da hörte man plötzlich Schritte unten...

Mister Stork schob die Perücke grade, Señor Barnils den Schal. Doch welche Enttäuschung! Es kam bloß ein verschlafener, mürrischer Mann herauf, der Maestro.

Endlich, endlich – sie, die Signorine – einzeln und in so langen Zwischenräumen, daß man jede für sich abschätzen konnte auf ihre Fähigkeit, himmlische Rosen zu flechten.

Zu Mittag haben sich die Ansichten schon gefestigt: Giuseppina ist die hübscheste von allen, Mademoiselle Alice die munterste und Ester die feinste. – Die Unterhaltung ist im

Gang. Der Kapitän, dieser iberische Schurke, muß das vorausgesehen haben, so schlecht hat er heute kochen lassen.

»Dio mio«, ruft die Munterste, »im Golf du Lion hat das Menü nicht viel zu sagen...« Ehe sie noch vollendet hat, wird Ester fahl, bekommt eine hellgrüne Nase und schwankt hinaus...

»Diese Weiber! Diese Weiber! Wenn man den Golf nur nennt, auf dem gnädigsten Meer werden sie seekrank.« Also murrt der Kapitän, und die Stimme bleibt ihm halben Weges zwischen Hohn und Staunen stecken.

Da – wir sind eben bei den sauern Orangen, haben über den Maestro was zu lachen – da geschieht etwas, was uns ersteinen macht: ein blutiger Mann steht in der Tür.

Ein Mann, dem vor Angst die Augen aus dem Kopf quellen, der uns sprachslos anstarrt.

Und Blut, lauter Blut der ganze Kopf.

Der Kapitän findet das erste Wort:

»Was ist dir, Juan?«

Der Unglückliche glotzt nur.

»Um Himmels willen, was ist geschehen – was ist's, Juan?«

Als kämpfte er mit den Wellen, gurgelt er mühsam und ringend: »Cucumeto!«

Cucumeto, der milchweiße Schiffskater, war in einem Anfall von Tollwut dem alten Steuermann ins Gesicht gesprungen und hatte ihn zerfleischt.

Nun, allzu gemütlich war der Zustand eben nicht. Man denke nur: eine wütende Katze im Schiff. Was – Schiff? – 1370 Tonnen sind ein kleiner Trog. Ein Ferkeltrog. Vom

Bug zum Heck kaum drei Sprünge. – Der Maestro hat kurz vorher schauerliche Balladen zum besten gegeben, deren Held er in Sizilien gewesen war – er hat die Geistesgegenwart der Feigen und schließt sofort die Tür. Der Maler beruhigt die kreischenden Fräulein. Mister Stork bemerkt eine offene Luke und verschraubt sie.
»Pardiez«, brummt der Kapitän, »man wird Cucumeto töten müssen. Wo ist er denn?«
Ja, wo ist er?! Such auf einem Frachtschiff von 1370 Tonnen einen Kater! Zwischen den Ölfässern auf Deck kann er sein oder achtern im Tauwerk. Berühr einen Sack, so springt er auf dich hervor, lüft eine Leinenhülle, und er ist darunter. Wie kann man einen tollen Kater finden?
Aber: getötet muß er werden – das ist klar. Am Ende haben's die Matrosen schon besorgt.
Der Kapitän besinnt sich auf seine Pflicht, plissiert die Stirn und steht waghalsig auf. Die Damen kreischen. Er zögert ... drückt entschlossen die Klinke ... blinzelt durch den Spalt in den Flurgang – und draußen sind sie: er und der Steuermann. Der Maestro sperrt fürsorglich fest die Tür.
Zuerst ein beklemmendes Schweigen, einer sieht den andern an. Dann beginnen die Männer die Lage zu erwägen.
Es ist Nachmittag. Daß man Cucumeto nicht finden und unschädlich machen wird, daran ist leider kein Zweifel. Oneglia, den nächsten Bestimmungshafen, aber erreichen wir vor übermorgen nicht. Wir werden also vom Kapitän verlangen, daß er noch heute entweder Narbonne oder Cette anlaufe und uns auschiffe. So viel Rücksicht dürfen wir

Passagiere wohl erwarten. Denn daß wir mit einem wütenden Tier an Bord weiterfahren, kann uns doch niemand zumuten, besonders nicht den Damen.
Der weibliche Chorus stimmt begeistert ein:
»Jawohl, jawohl – Narbonne anlaufen und alles ausschiffen.«
Indessen waren Barnils und ich ungeduldig geworden und gingen allen Abmahnungen zum Trotz, Umschau halten. Wir fanden den Kapitän auf der Kommandobrücke. Da schritt er auf und ab, der gereizte Grimmbär, spuckte nach Lee und betete die unaussprechlichsten spanischen Flüche auf Katzen und Weiber ab wie das Vaterunser.
»Was ist's Padrone?«
»Was ist's! Was ist's! Einen tollen Kater haben wir an Bord, und in Oneglia werden sie uns die Pratica verweigern. – Oh, diese Frauenzimmer! Diese Frauenzimmer!«
»Padrone, was können die armen Frauenzimmer dafür? Die haben doch, weiß Gott, Ihren Steuermann nicht gebissen?«
»Aber schwätzen werden sie. Sie werden in Oneglia an Land gehen und von Cucumeto umplärren – bis es die Sanita erfährt – und die Suppe ist fertig.«
Meiner Treu, er hat recht: man wird uns gar nicht landen lassen, oder doch erst nach vielen Schwierigkeiten.
»Wissen Sie was, Padrone? Wir machen eine regelrechte Treibjagd – alle Herren und die verfügbare Mannschaft. Wenn der Kater erschlagen ist, bekommen wir sicherlich die *liberia pratica*. Vor dem Steuermann wird man sich wohl nicht fürchten?«

Zeit ist Geld, sagen die Amerikaner, die so wenig Zeit und so viel Geld haben. Bei den Südländern ist's anders. Der Seebär schloß sich in seine Kajüte, trank altspanischen Wein im Urtext, den er für uns nur in einer volkstümlichen Bearbeitung herausgibt, und ... erschien endlich nach zwei Stunden mit einem Entschluß:

Treibjagd.

Jedermann mußte ausrücken. Im ersten Treffen standen vier Matrosen mit wackern Tauenden; im zweiten Señor Don Barnils mit einem Mantel *à la torero* – ich – und der Schiffskoch mit der Flinte, die er vornehmen Passagieren gewerbsmäßig zum Möwenschießen borgt; weiter hinten hielten sich die übrigen.

Es war um 17 Uhr italienischer Zeit. Schlaff hing die Logleine, drehte sich stockend, und die Loguhr zeigte – klim ... bim! – acht oder neun Knoten Fahrt.

Da winkte der Kapitän. Unsre vier Brackierer verschwanden in der Tiefe des Laderaumes. Man hörte sie rufen und mit den Tauenden lärmen. Und ehe wir noch begriffen, woher es gekommen war, leuchtete etwas Weißes auf den Wanten – höher – höher: Cucumeto. Der Koch schoß zuerst – dann knatterte meine Mauserpistole ihre zehn Patronen in einem Augenblick hinaus – so schnell, wie Don Barnils den Revolver grade einmal abzog.

Und Cucumeto? Der war unsichtbar. Alles Pulver hatte umsonst geraucht.

»Maestro! Maestro!« rief es jammernd: Fräulein Alice. Ein Gefühl, das stärker war als der Trieb des Lebens, hatte sie aus der bombensichern Deckung des Salons herauf in die

Schlacht gezogen. Weinend ergriff sie des teuern Mannes Hand, und er mußte ihr folgen... nicht, ohne uns andern durch Blick und Achselzucken anzudeuten: »Sagt selbst – kann ich anders, da sie es so will?«

Der erste Flüchtling macht die Niederlage. Wir folgten dem Maestro.

In dieser Nacht – kein Zureden veranlaßte die Damen, ihre Kajüten aufzusuchen – in dieser Nacht war nur von der Wutkrankheit die Rede. Cucumeto, versicherte Alice, sei jetzt weniger zu fürchten als der Steuermann. Denn auch bei ihm werde die Tollheit – sieben Minuten waren schon vorbei – sieben Stunden nach dem Biß ausbrechen. Señor Barnils bestritt es: die Krankheit könne auch später kommen. So blieben die Damen immer in ihrer Angst – die Nacht über und den folgenden Tag.

Uns andre hatten die Stunden der Spannung fast gleichgültig gemacht. Am nächsten Abend wagte sich Señor Barnils sogar auf Deck, und ich mit ihm. Die Sterne funkelten, das Drehfeuer von Planier schlitzte den Horizont, man sah seine Strahlenbündel über den Meeresspiegel fegen. Ein frischer Levante blies. Ach was, Cucumeto! Der Satan hole alle tollen Kater!

Auf dem Rost über dem Maschinenraum, wo es so schön warm ist, hockte Georgios, der griechische Schiffslausbub, und pfiff seine Lieder in die südliche Nacht; aufreizend trübsinnig.

Ein Dampfer kam uns entgegen. Im Nähern wichen seine Positionslaternen auseinander, man hörte das dreifache Gradeaussignal von den Uferbergen widerhallen; sah die

Lichtzeilen der Rivierakurorte wie einen großartigen Fakkelzug huldigender Vereine vorübergleiten – und so verging die lange, lange Qual und Weile.

Als wir Glock zwölf unter Deck stiegen, saßen sie alle noch wach im Salon, unsre Reisegenossen, und zitterten vor dem tollen Kater.

Früh am Morgen ging die Sonne auf und galvanisierte die See mit einer Schicht von poliertem Kupfer. Im Kielwasser spielten die Delphine.

Da, dicht vor Oneglia, gab's neuerlichen Schrecken: »Cucumeto ist in der Kombüse.«

Zuerst war's ein Gerücht, eine Vermutung. Dann mußte der Schiffsjunge an einer Strickleiter außerbords hinabklettern und durch die Luke in die Kombüse gucken. Richtig, der Kater lauerte drin.

Langsam wie der Kunktator – doch in der Bedächtigkeit stak seine Größe – traf der alte Seebär die Anstalten zur Schlacht. Und als jeder auf seinem Posten stand, als alle die Gefahr des Augenblicks begriffen hatten: da mußte der Schiffslausbub die Tür aufstoßen.

Und als er sie aufgestoßen hatte, hingen vier Tauenden schlagfertig in der Luft, drei Läufe waren gerichtet.

Auf der Schwelle aber stand der Kater Cucumeto mit einer Maus in den Zähnchen und äugte uns mit verwunderten Lichtern an.

Der – und toll? Ach, das fiel ihm gar nicht ein. – Was andres war's: den Schweif hatte ihm der Steuermann abgetreten – und das läßt sich der zehnte Kater nicht gefallen.

Dieser Schurk, der Matkowitsch

Man bewundert Gabriel Matkowitsch heute als den größten Schurken des Dreieinigen Königreichs – eigentlich aber ist er ein behäbiger Spießer gewesen. Wenn er nicht eben aß oder jagte, verkaufte er Seife, Leder, Eisen und Tabak, Briefmarken, Sämereien, Taschenmesser, Schnittwaren – und alles, was sonst in diese Fächer und dazwischen fällt. Er war Sparkassendirektor, Gemeinderat und zweiter Ehrenoberkommandant der Dolinaer Feuerwehr. Er hatte auch einen Pflaumengarten, einen Gemüsegarten – und im Vorort Sokowgaj ein Bauernlehen. Vor allem aber war er ein Wucherer ersten Rangs. Brauchten die armen Slowaken von Sokowgaj im Frühjahr Geld, da borgte er ihnen ein Faß künstlichen Pflaumenbranntwein und riet ihnen, das Faß bei Schandor Banjanin zu Geld zu machen. Banjanin aber war Gabriels Zapfenwirt. Denn Gabriel hatte auch einen Gasthof. Im Herbst fuhr er dann nach Sokowgaj und heimste ein Faß echten Schnaps ein. – Wenn aber ein wohlhabender Bauer um Geld zur Sparkasse kam, wies Gabriel ihn als nicht kreditwürdig ab und gab ihm dann das Geld zu Haus aus dem eigenen Schrank – nur aus reinem Mitleid und ganz ohne Zinsen. Zinsen nahm er nämlich nie, das ist gemein. Er nahm nur Mais oder Weizen.

Weil er nun niemals Zinsen nahm, verkehrte er in der

besten Gesellschaft von Dolina – mit den Offizieren der Batteriedivision, mit den Beamten vom Komitat und mit der abgetakelten Baronin, die obenan zur Gesellschaft gehörte. Er hätte auch da prächtige Geschäfte machen können. Doch er hatte Grundsätze. Er machte nie Geschäfte in »seinen« Kreisen.

Wie oft nahm ihn ein Oberleutnant beiseite oder ein politischer Adjunkt! Gabriel Matkowitsch lächelte liebenswürdig, zog bedauernd die Brauen hoch und schüttelte leise den Kopf. Sprach man dann länger auf ihn ein, ward seine klägliche Miene schmerzlich-süß – man sah, wie gewaltig er mit den Gefühlen kämpfte, die er für die bessern hielt – und schließlich, ja schließlich schüttelte er zusagend die pumpende Freundeshand.

Gabriel Matkowitsch borgte. Ungern und wenig, immer erst nach heldenmütiger Gegenwehr. Doch er mahnte nicht, verlangte nie sein Kapital, und am allerwenigsten verlangte er darüber.

Denn Gabriel Matkowitsch hatte eine krampfhafte Liebe für die »beste Gesellschaft«. Vom Gerichtspraktikanten gegrüßt zu werden, war ihm ein Fest. Er stand auf der Straße und sah den Praktikanten kommen. Flugs wandte er sich herum. Er blickte nicht gradezug weg – sonst hätte sich der Praktikant vielleicht den Gruß erspart. Er sah auch nicht gradezu hin – sonst hätte er vielleicht zuerst grüßen müssen. Er schaute angelegentlich zum Kirchturm auf, und sowie der Praktikant daranging, nur die Hand zu rühren, kam er ihm freudig zuvor:

»Ah, guten Tag, guten Tag, mein lieber Herr von Treschetz!

Wie steht das werte Befinden? Gut geschlafen, Herr von Treschetz? Ebenfalls – danke sehr, danke sehr, Herr von Treschetz!«
Für die abgetakelte Baronin hatte er eine abgöttische Verehrung. Die Baronin nahm bei ihm Waren auf Quartalsrechnung. Das Viertel war um, da kam sie rauschend in den Laden, legte das Buch hin – und er rechnete zusammen. Sie stand dabei mit der Börse in der Hand. Gabriel Matkowitsch machte einen artigen Strich unter die Summe, schrieb »Dankend saldiert« hin, und die Baronin erzählte ein Langes von ihren vornehmen Gewohnheiten und leiblichen Zuständen ... bis sie das Buch nahm und ging – ohne bezahlt zu haben.
Gabriel Matkowitsch hatte eine Frau, die er eigens der besten Kreise wegen gefreit hatte. Schon der Name: Angelina. Was könnte eine Angelina andres tun, als Dame sein? Und das war sie, weiß Gott – da tat ihr's niemand zuvor. Sie brauchte nur unter die Frauen Dolinas zu treten, und augenblicklich war's still – denn man hatte von ihr gesprochen. Sie brauchte nur ein himmelblaues Kleid anzuziehen, und die himmelblauen Stoffe stiegen im Preis. Sie brauchte nur an der Kaserne vorbeizugehen, und sogar der Herr Major nahm eine Pose an.
Frau Angelina war auf der Pußta aufgewachsen. Diese Augen hatten all die Mädchenjahre sinnend und sehnend ins Weite geblickt – nach dem großen Abenteuer. Da hatte Gabriel Matkowitsch sie entdeckt.
Angelina wußte: er war nicht der Rechte. Doch da ihr Glaube ein wartender war, hielt sie die Heirat mit dem

Bauernhans für eine Stufe ihrer Himmelsleiter, sträubte sich nicht lang und sagte ja. So kam sie nach Dolina. Der Ort war ihr ein kleines Paris. Die gesellschaftlichen Erfolge, der langbegehrte junge Liebesgenuß betäubten sie. Ihr war's eine Zeitlang, als habe sie gefunden ... Als sie erwachte, sah sie ihre Wünsche größer als alles, was man ihr bieten konnte. Da wurden die seligen Augen wieder sinnend und erwartend und blickten ins Weite – an all den armseligen ländlichen Anbetern vorbei nach dem Rechten. Gabriel Matkowitsch erwachte nicht. Er hatte alles, wonach ihn verlangte: das größte Vermögen, eine schöne, unnahbare Frau, die schönste im Komitat, und vornehme Leute, die ihn um der Frau willen doppelt und dreifach schätzten. – Er erwachte auch nicht, als Hauptmann Conte Callini in Dolina erschien und Frau Angelina sich sichtbar vor aller Augen veränderte. Gabriel Matkowitsch hätte es doch merken müssen: so heiß hatten ihre Küsse nie gebrannt – wie jetzt, da sie einem andern galten. Ihre Wärme, die ihn hätte warnen sollen, wiegte ihn nur in noch tiefere Sicherheit. Die Welt voller Herrlichkeiten, nach der es Angelina so oft über die Kimmung der Pußta hinausgezogen hatte – die Welt, die sie in schlaflosen Nächten geschaut – Callini hatte sie leibhaft durchwandert. Ehe ihn ein unbekanntes Ereignis, vielleicht auch galantes Ereignis an die Peripherie vertrieb, war er bei Hof gewesen und drehte nun vor der aufhorchenden Runde seine Schnurren – so ruhig, als sei es etwas Alltägliches, den Kaiser und die Fürstlichkeiten, die Magnaten und Minister am Werk zu sehen, im Heim zu belauschen. Was er lachenden Mundes erzählte, war Welt-

geschichte, der Geheimschlüssel zu den Ereignissen. Man hatte sie ja in der Zeitung gelesen. Daß sie aber so kleinlich zustande gekommen waren, hatte man nicht geahnt.
Gabriel Matkowitsch schwelgte in der Gegenwart des Hauptmanns. Er wurde so klein vor ihm, daß Callinis Verlangen nach Angelina über Gabriel wegsprang, ohne ihn zu berühren. Drüben aber die schöne Frau schien die Arme zu öffnen, und ihr Mund sagte:
»Küsse mich, du mein großes Abenteuer, nimm mich, Herr, ich will deine Sprache reden.«
Zwei Monate später war Angelina mit dem Conte eins: sie würde sich scheiden lassen, und sie wollten fort – zusammen in die Ferne.
Sie rechneten gut. Als Gabriel Angelina heimführte, da hatte er nicht nach ihrem Vermögen gefragt. Wozu auch – wenn doch keins da war? Doch er hätte nicht vollkommen den Edelmann zu spielen gemeint, wenn er ihr nicht das seine zur Gütergemeinschaft verschrieben hätte. Es wird ein schwerer Reichtum werden: der Conte hat etwas und Angelina viel; sie werden in Freuden leben.
Eines Tages kündigte die Broder Vermögensgemeinde ein ungeheures Gebiet der alten kaiserlich-königlichen Grenzwälder zum Verkauf an. Dutzendmal hatte man vordem Grenzwälder verkauft, ohne daß sich Gabriel Matkowitsch an die Sache gewagt hätte. Er war den sichern Bauernhandel mit Pflaumenbranntwein und sauern Heringen zu lang gewohnt, als daß ihm Unternehmungen mit Hunderttausenden in den Sinn gefallen wären. Heute zum erstenmal dachte er an so riesige Möglichkeiten. In Callinis Gesprä-

chen hallte der Geist einer Millionen verschleudernden Menschenklasse, der Millionen erwerbende Schlaufüchse gegenüberstanden. Gabriel Matkowitsch verlor die Lust am Kreuzerwucher.
Er sann und sann – dann ging er hin und verlangte von der Bank in Esseg eine unerhörte Summe.
Lang ehe man ihm zusagte, rief ihn sein Advokat, Doktor Urban, zu sich ins Bureau. Gabriel Matkowitsch kam mit unglaublich würdevollem Gesicht. Man ist jetzt Großhändler – man verklagt nicht mehr Slowaken auf Branntwein.
»Herr«, begann der Advokat, »halten Sie mich für Ihren Freund?«
»Gewiß«, sagte Gabriel Matkowitsch mit dem Ton eines Menschen, der Gnaden zu vergeben hat und erwartet, darum angesprochen zu werden.
»Na also – wenn Sie mich dafür halten, dann sage ich Ihnen: Sie sind im Begriff, eine große Dunmmheit zu machen.«
»Herr...?« – Matkowitsch fühlte nicht sich beleidigt, sondern etwas, was er mehr liebt: sein neues Unternehmen.
»Jawohl, eine Dummheit. Sie haben schon einmal eine gemacht – trotz meiner Warnungen. Sie wissen doch?«
Matkowitsch weiß und lächelt: die Vermögensgemeinschaft im Heiratsvertrag.
»Was Sie jetzt tun wollen, ist ganz und gar überspannt. Sie nehmen soundsoviel Tausender aus der Bank?«
»Woher wi...?«
»Lassen Sie – woher ich's weiß, ist gleichgültig. Esseg ist ein Nest, man erfährt alles. Hören Sie mich an, Matko-

witsch: Sie dauern mich. Sie haben gerackert und all Ihre Tage mit Bauern herumgebalgt. Jetzt sind Sie daran, mit einem Schlag alles zu verlieren. Das möchte ich verhindern. – Ich sage Ihnen etwas, was Sie noch nicht wissen: Ihre Frau will sich von Ihnen scheiden lassen. Wenn Sie nun trotzdem die Broder Wälder kaufen wollen, tun Sie's. Aber Sie werden Ihre Frau nicht auszahlen können – und der Krach ist da.«

Gabriel Matkowitsch zuckt mit keiner Wimper. In rasender Eile schießen ihm die Gedanken. Was er monatelang nicht verstanden hat, versteht er. Hundert Einzelheiten treten ihm auf einmal ins Hirn. Das unendlich verwickelte Räderwerk greift im Nu Zahn um Zahn ein und schwirrt.

Gabriel Matkowitsch steht auf und hält sich an der Tischkante fest, um den Zusammensturz seiner Träume zu überdauern.

Er beißt seine Unterlippe blutig, sieht Urban fest in die Augen und geht stumm.

Ja – und tausendmal ja. Der Mann redet wahr: Angelina will sich scheiden lassen. Darum jenes Lächeln vorgestern – darum das Erröten heute morgen. Es stimmt, es stimmt.

Er wankt zu seinem Wagen. »Nach Sokowgaj!« krächzt er. Und kaum setzt sich der Wagen in Bewegung – hier mitten in der Stadt, ganz Rétfalu entlang, heult und krümmt sich Gabriel Matkowitsch, daß die müßigen Leute stehenbleiben und nachgaffen und der Kutscher sich für ihn schämt. Vor der Maut wird das Heulen – Irrsinn. Ängstlich treibt der Kutscher die Gäule an – mit blitzenden Blicken von der Straße weg rückwärts nach dem verzweifelten Herrn.

In Sokowgaj springt Gabriel Matkowitsch aus dem Wagen und stürmt in die Stube seines Pächters. Niemand ist zu Haus. Matkowitsch sperrt sich ein und läuft um den kleinen Tisch – zwei, drei Stunden. Draußen fährt der Kutscher auf und ab und kühlt die dampfenden Pferde.
Die Pächtersleute kommen heim und möchten eintreten. Matkowitsch schreit sie an und verscheucht sie. Sie wechseln einen Blick mit dem Kutscher.
»Geht hinein und fragt ihn, ob ich warten soll«, sagt der Kutscher. Es kostet ihm aber Zureden, eh sie sich getrauen.
»Warten!« gibt Matkowitsch kurz zurück.
Dem Kutscher wird's zu lang – er spannt in der Schenke aus und füttert. Auch den Pächtersleuten wird's zu lang – sie gehen auf den Heuboden schlafen.
In der Bauernstube aber am Fenster steht Gabriel Matkowitsch und späht in den Abendhimmel. Ihn blendet nicht das blendende Gold, ihm glitzern nicht die glitzernden Sterne – er fühlt nichts, er sieht nichts, er denkt nur.
Sein Zorn ist verraucht. Er hat so lichterloh gebrannt, daß er alles in ihm verzehrt hat.
In der kühlen Dämmerung erst findet Matkowitsch seine Vernunft wieder. Die gackernden Hühner, das muhende Vieh, die Tritte erwachter Menschen, ein knarrendes Tor – all die Geräusche des Morgens im Bauernhof erwecken ihn.
Um sechs Uhr fährt er nach Dolina. Die neuen Sonnenstrahlen wärmen ihm wohlig den Nacken. Gabriel Matkowitsch weiß genau, was er tun will.

Angelina ist eben aufgestanden. Er begrüßt sie mit einem Kuß. Ihn freut's, daß er ihr an Schlauheit über ist.
»Du bist doch nicht besorgt gewesen, Schätzchen – wie? Aber daran wirst du dich jetzt gewöhnen müssen – ich werde öfters ein paar Nächte wegbleiben.«
Daß ein schlecht verhehltes Frohlocken unter ihren Wimpern aufleuchtet, merkt er mit teuflischem Behagen.
Dann geht er in sein Bureau und arbeitet fieberhaft.
Zu Mittag pocht er an die Tür der Offiziersmesse. Die Herren sind über den ungebetenen Gast nicht wenig erstaunt – und auch verlegen. Man verkehrt ja mit Gabriel Matkowitsch, gewiß. Doch für so vollwertig, daß er hierher dringen dürfte, hat man ihn nie genommen.
Gabriel Matkowitsch setzt sich einfach neben Conte Callini.
»Lieber Freund«, beginnt er – man höre nur: lieber Freund – »ich muß für einige Wochen verreisen. Meine arme Frau bleibt allein zurück.«
Callini wird unruhig.
»... Allein zurück. Und da braucht sie doch einen Schutz.«
Callini wird's peinlich. Schon darum, weil ihn der Kerl in der nächsten Sekunde öffentlich duzen wird.
»Wer sollte sie schützen? – Du.«
Die Leutnants grinsen, die Hauptleute schmunzeln. Der Herr Major ist indigniert.
»Ich verlange viel von dir, lieber Graf, ich weiß. Doch da ich mit niemand auf so gutem Fuß stehe wie mit dir, kann ich mich auch an niemand andern wenden.« Er erhebt sich, hält die Hand hin – Collini legt verblüfft die seine hinein.
»Dein Ehrenwort also, lieber Freund, daß du meine Frau

wie eine Schwester hüten wirst – wie lang ich auch wegbleibe. Wie eine Schwester. Dein Ehrenwort – die Herren haben es gehört.«
Gabriel schüttelt die willenlose Hand des »Freundes« und ist schon davon, ehe Hauptmann Collini noch Luft erschnappt hat.
Nachmittags behebt Gabriel Matkowitsch zweimal hundertfünfzigtausend Gulden auf der Bank zu Esseg.
Seine ganze Habe hat er für das Darlehen verpfändet – und ist jetzt über alle Berge.
Dieser Schurk, der Matkowitsch! Auch die vielen Dutzende von Wechseln aus den »besten Kreisen« hat er der Bank übergeben, ehe er nach Amerika ging.

Wie der Herr Oberst das Gruseln lernte

Die Geschichte hat zwei Kapitel. Sie spielt in einem Kurbad.

I.

Es regnete in Strömen und war noch bitter kalt. Erster Gast, uranfangs der Saison, war Missis Rahel Fergusson, sie konnte vierzig, aber auch sechzig sein, überschlank, augenscheinlich nervös. Kam mit dem Omnibus 17.11 Uhr, ganz allein; stürzte mit grundloser Hast auf den Portier zu und fragte: ob noch ein Zimmer zu haben sei? Der Portier hatte 223 Zimmer frei, alle – faltete aber die Stirn, suchte in seinen Büchern und fand nach einiger Zeit: ja, ein Zimmer sei gerade noch da, Nr. 123 im ersten Stock. Missis Fergusson besah es, fand den Preis angemessen und hieß das Gepäck heraufkommen. Nur müsse, gebot sie, das Plumeau raus. »Es wird der Dame kalt werden . . .« wandte das Stubenmädchen schüchtern ein. – Nonsens, zischte, jawohl zischte Mrs. Fergusson . . . Das Stubenmädchen trug das Plumeau davon; sollte aber die Dame im Lauf der Nacht, meinte das dienstbeflissene Mädchen vorsorglich, sollte die Dame eine Decke benötigen . . . – »Ich schlafe immer bei offenem Fenster, immer«, sagte die Missis und ließ ihre Augen funkeln. – Unbeirrt fuhr das brave Mädchen fort: ». . . so wird die Dame eine Decke im Nebenzimmer finden.«

II.

Der Oberst – Kurorts zweiter Gast – war nach 36stündiger Fahrt gestern mit dem Zug 23 Uhr eingetroffen und hatte das Frühstück erst für zehn bestellt. Tauchte aber schon um sieben morgens auf, etwas verstört, und sprach zum Portier:

»Ich bin über sechzig alt worden, habe Feldzüge mitgemacht im Sudan und Indien, dennoch nie an dergleichen geglaubt. Aber dieses Erlebnis: Genau um Mitternacht – ich war vom Knarren der äußern Stubentür wach geworden und zählte die Schläge der Turmuhr – da erscheint in langem weißen Gewand das Gespenst: dürr, bleichblau, mit wirrem weißen Haar, weitaufgerissenen Augen; schwebt wortlos an mein Bett, ergreift die Decke – und wortlos, wie es gekommen ist, schwebt es davon mit meiner Decke. Ich muß geträumt haben, dachte ich und kniff mich ins Bein, in die Backe. Aber nein, ich hatte nicht geträumt: die Decke war und blieb verschwunden.«

Großvaters Vademecum

Die acht Stunden Bahnfahrt waren endlich fast vorüber. Herrgott, war das eine Qual gewesen! Die unmenschliche Hitze, der Staub und Rauch. Auf dem Flurgang drei oder vier Damen, die immerzu draußen standen, um ein wenig Luft zu erschnappen. Er konnte sich ihnen nicht zugesellen, er hätte die Bluse zuknöpfen und die Krawatte umnehmen müssen. In dieser Glut! Lieber versuchte er es nacheinander auf allen sechs Samtsitzen, blieb auf jedem eine halbe Stunde, rauchte – und seufzte vor Langeweile, Hitze und Ungeduld.
Da tauchten die seltsam geformten Berge auf, die der Stadt zu ihren Füßen den Namen geben. Ohne Übergang steigen sie aus der Ebene empor, die Zeltberge, und im ungewissen Licht des Abends gleichen sie wirklich großen Lagerzelten.
Vor vielen Jahren, als kleiner Junge, kam er jährlich hier vorüber mit Papa und Mama, wenn es in die Ferien ging. Damals dachte sich seine Knabenphantasie ein großes Heer in diese Riesenzelte. Das Stampfen des Zuges klang ihm wie Schlachtenlärm. Schauernd vor Grauen und Lust hatte er sich ausgemalt, wie sich im Morgennebel die Zeltwände öffnen würden: Trompeter voran, und hinterdrein, funkelnd im roten Frühlicht, die Panzerreiter; der

glitzernden Riesenschlange streckt von Zeltstadt her eine andre ihr züngelndes Haupt entgegen – Schwerter sprühen, tausend Wunden brennen; und am Abend zieht der Held, der als erster hinter den Trompetern in den jungen Morgen ritt, als Sieger ein in Zeltstadt.

Georg sah lächelnd nach den verschwindenden Bergen zurück. Die Sonne schien heute hell und verscheuchte alle Phantasiegebilde. Die Schlacht war nie geschlagen worden – Zeltstadt lag friedlich da, wie vor zwanzig Jahren, und erfreute sich, dank der Fürsorge des Bürgermeisters, eines gedeihlichen Fortschritts.

Endlich, endlich die kleine Haltestelle, Georgs Ziel. Von Beamten ehrfurchtsvoll begrüßt, durchschritt er die Pforte des Bahnsteigs, trat auf die Straße und blickte suchend um. Im selben Augenblick hielt Mathes, sein alter Kutscher, die Pferde an.

»Verzeihung, Euer Gnaden, der Zug ist heut pünktlich kommen...« – Mit solchen Zufällen hatte Mathes nicht gerechnet.

»Grüß Gott – wie geht's?« wollte Georg fragen – und verschluckte es. Wozu Klagen provozieren, auf die er keine Antwort weiß?

Er warf nur einen kurzen Blick auf Mathes. »Es macht nichts. Ich bin eben erst ausgestiegen.« – Ein kurzes Nicken. Mathes verließ seinen Platz auf dem Kutschbock und setzte sich auf den Dienersitz. Der junge Herr übernahm die Zügel.

Sonst, in alten Zeiten, hatte Mathes neben dem jungen Herrn sitzen dürfen; der schenkte ihm dann eine von den städtischen Zigaretten und ließ sich was erzählen. Nun saß er hinten – abgetan, zum Schweigen verdammt. – Und Mathes' Herz ward noch trauriger.

Sie fuhren über Land zwischen Feldern und Wiesen. Die Felder waren abgeräumt, dunkle Knäuel von Schafen genügten sich an dem armseligen Unkraut. Ein besonders guter Wirt hatte seine Stoppeln schon gestürzt. Der Streifen Neuriß zog sich wie Verheißung durch das traurig ermüdete, eintönig gelbe, hoffnungslose Stoppelland.

Nun das erste Dorf. Gänse, Hühner und Kinder, die miteinander im Staub gespielt hatten, flüchteten in das sichere Gehege des Hofes. Die Hunde sprangen kläffend an die Räder, begleiteten den Wagen ein Stück und blieben dann im Bewußtsein erfüllter Pflicht zurück.

Die Bauern grüßten mit tiefgezogenen Hüten.

Sie grüßten nicht Georg. Sie zogen den Hut vor dem gelben Wagen, vor Mathesens blauem Rock – wie es vor vierzig, fünfzig Jahren ihre Väter vor einem andern gelben Wagen, einem andern blauen Rock getan hatten – ohne auf Gegengruß und Dank zu warten. Auch damals hielt ein Baron Neudorf die Zügel in den Fäusten. Der oder ein andrer – den Bauern gilt das gleich, ihr Gruß gilt dem Geschlecht.

In der Mitte des vierten Dorfs wendete Georg scharf nach rechts, in seinen Park, und hielt an der Rampe.

Ohne sich nach Mathes umzusehen, schritt er die zehn Stufen der Treppe empor ins Haus.

Des Kutschers Frau – ehemalige Köchin seiner Eltern – kam ihm entgegen. Auch ihren Gruß erwiderte er flüchtig,

einschüchternd. – Man muß die Sache möglichst kurz, möglichst nervenschonend abtun.
Es gibt da nämlich ein langweiliges Riesendokument, das zwei spitzfindige Advokaten aufgesetzt hatten – eifrig bemüht, einander irgendwie besonders listig übers Ohr zu hauen. Morgen setzt er seinen Namen darunter – und fertig...
Alles, was da war, ist dann versunken: Elternhaus – Jugenderinnerungen – ja, auch Sorgen und Schulden. Versunken, als wär es nie gewesen. Wie der Reiter im Moor unter dem Zeltberg – die Sage klang schaurig einst in seine Kinderstube. – Hier die Eckstube rechts von der Halle war seine Kinderstube.
Grade noch Zeit zu einem Gang durch den Park. Georg trat aus dem Salon auf die kleine Terrasse, die dem Garten zugewandt war.
Hier hatten sie immer Kaffee getrunken...
Von beiden Seiten streckten große Fichtenbäume einander die Äste entgegen wie ewig getrennte Verliebte. Als wären sie dem Nadelwald entlaufen, der den großen Rasenplatz des Parks umschloß. Arabesken von rosenfarbenen Astern flossen den Hang herab. Vor den schwarzen strengen Fichten aber stand – weit oben – ein Ahornbaum in kokettem, hellem Seidenkleid – wie eine kleine, blutarme, nevöse Herzogin im Kreis ihrer Kavaliere.
Ziellos strich Georg umher. Er hatte die Kastanienallee durchmessen und den Rosenweg, vor dem der Blütenstrom der Astern respektvoll haltmacht.
Da rief eine heisere Glocke zum Abendessen.

Mathesens Frau hatte es bereitet. Es wollte ihm nicht recht schmecken. »Henkersmahl« fiel ihm ein, und der Bissen blieb ihm in der Kehle stecken.
Er saß allein – zu Häupten der Tafel, die in seinen Kinderjahren so oft eine heitere Runde gesehen.
Wo waren sie alle, die hier gesessen hatten? Was werden sie zu der Kunde sagen, daß er sein Elternhaus verschachert hat?
Sein Blick glitt über die Borde, die rund um die Wände des Speisezimmers liefen. Die Meißner Teller, der Stolz des Großvaters – müssen auch sie...?
Gott, was soll er mit ihnen beginnen?
Die Uhr? Das müde Frauenporträt, das auf ihn herüberlacht? Wer ist sie? Und wer war sie?
Georg ließ plötzlich das Essen sein und zog sich in die Bibliothek zurück.
»Du mußt schlafen gehen, Mathes. Morgen früh holst du zwei Herren von der Bahn... deine neuen Herren.«
»Oh, Euer Gnaden – Herr Georg...«
Georg winkte so herrisch ab, daß der Kutscher wortlos verschwand. Dann saß er in der stillen, stillen Nacht allein. Und saß auf demselben Platz, wo vor ihm Vater, Großvater und Urgroßvater gesessen und gesorgt und gerechnet, erwogen und beschlossen hatten.
Eigentlich – gerechnet, erwogen und beschlossen hatte nur der Großvater. Vater und er – sie hatten nicht mehr erwogen. Sie hatten allen Launen die Zügel gelassen.
Georg starrte auf die altbekannten Dinge vor sich: die Mappe, das Papiermesser – den Briefbeschwerer, der ein

natürlicher Pferdehuf war – und den andern, eine Glaskugel, die bunte Gebilde einschloß, erstickten Blüten vergleichbar. Ein unbegriffenes Wunder seiner Kinderzeit.
Ja, dort in der Stadt, in der staubigen Kanzlei, wo es nach Tinte und Siegellack roch, da war leicht sich von all dem zu trennen. Da dachte er nur daran, Wechsel einzulösen, die Sorge des Tages zu bannen. Leichten Herzens hatte er die Champagnerkiste bestellt, die nun draußen in der Halle stand. Morgen wird der Wein in den Kelchen schäumen, zum Glückauf der fremden Leute.
Es schien so leicht in der gepflasterten Stadt. Hier aber? Kann man das alles mitnehmen? Erinnerungen, Familienstolz, die Meißner Teller, den Pferdehuf, die Glaskugel? Und kann man es fremden Menschen lassen? Ah, das hätte man früher bedenken müssen, viel früher! Schon der Vater...
Er richtete sich stramm auf. Ist es nicht mehr zu ändern, so muß man es tragen. Ein Hund winselt, ein Mann verbeißt es. Und er zog die Schublade auf, um den Schreibtisch auszuräumen. Uralte Rechnungen fielen ihm in die Hände, uralte Briefe. Familienpapiere, der Trauschein seiner Eltern, der Taufschein des Brüderchens, das vor Georgs Geburt gestorben war. Besser, dieser Johann wär am Leben geblieben! Vielleicht wär er geworden, wie der Großvater war: arbeitsam, streng, berechnend und langbärtig. Er hätte eine knarrende Stimme gehabt, Weib und Kind, hätte nicht verhaut, was Papa noch stehengelassen.
In einer Schublade, allein für sich, lag ein altes Buch. Es war in festes Schweinsleder gebunden. Georg nahm es zur

Hand. Er kannte es dem Aussehen nach gar wohl. Es war ein Wegweiser für Landwirte. In dieses Buch hatte Großpapa, der fleißige Alte, in seinem letzten Jahr, als ihn die Gicht ans Zimmer fesselte, die Erfahrungen seines Lebens verzeichnet. Und er hatte den Sohn und den Enkel ermahnt: »Die Reden alter Leute muß man wert halten. Wenn ihr euch einmal nicht zu helfen wißt, lest dieses Buch!«

Keiner hat es gelesen, weder Sohn noch Enkel. Jetzt, da es zu spät war, nahm Georg die guten Lehren des alten Herrn vor, las, wie der Landwirt von früh bis spät arbeiten müsse, und eine Erläuterung des Sprichwortes: »Des Herrn Auge macht die Kühe fett.« Ratschläge für Frühling, Herbst und Winter, für Krankheit bei Rindvieh, Schwein und Pferd, elf Rezepte gegen Kälberruhr und siebzehn gegen Schweineseuchen.

Es war drei Uhr früh. Mitten im siebzehnten Rezept brach der Text ab. Der Großvater aber schrieb mittendrin, ganz unauffällig weiter: »Lieber Sohn oder Enkel oder – Gott gebe es! – Urenkel! Ich kenne Euch. Ihr leichtfertiges, modernes Volk. Wenn ihr die Lehren Eures Großvaters bis hierher geduldig gelesen haben solltet, dann müßt Ihr schon im Dreck sitzen bis über beide Ohren. Dann wißt Ihr nicht mehr aus noch ein. Wenn ich noch auf der Welt wär, Ihr kämt zu mir. Ich bin nicht mehr. Doch ich strecke Euch noch aus dem Grab meine Hand entgegen. Vielleicht haben Euch die Sorgen gebessert – wenn nicht, dann geht unter! Lieber Enkel oder Urenkel – ich hoffe doch, daß es nicht schon der Sohn ist – zieh die Schublade des Tisches auf, drücke auf den kleinen Knopf, den Du tastend an der linken Seitenfläche findest, dann öffnet sich Dir ein Geheimfach mit einem Depotschein der Amsterdamer Bank. Dort habe ich am 5. August 1875 zu Deinen Händen 30 000 Gulden hinterlegt. Bezahle Deine Schulden, lebe fleißig und arbeitsam und denke in Liebe Deines Großvaters! – Wenn die Sehnen gezerrt sind...«

Es folgte ein Rezept gegen Sehnenzerrung.

Lange schaute Georg versonnen das vergilbte Schriftstück an, das ihn zum Herrn eines Schatzes machte. Heiße Dankbarkeit erfüllte sein Herz. Oh, er wird den beiden Herren morgen mit kaltem Lächeln seinen Entschluß verkünden, ihr spitzfindiges Dokument zerreißen! Alles bleibt sein: das Haus, der Garten, der Schreibtisch mit Großvaters Vademecum, die Meißner Teller, der Pferdehuf, die Glaskugel mit den wundervollen Blumen...

Er stand auf und holte eine Flasche aus der Schaumweinkiste und ein altes Spitzglas, füllte es und trank ein stilles Gedenken, ganz allein. Dann saß er wieder still und wartete des Morgens und dachte an vergangene und kommende Tage.

Als der erste Sonnenstrahl durchs Fenster fiel, ging er in sein Zimmer. Dort nahm er eine derbe Leinenbluse aus dem Schrank. Er tat es feierlich, wie eine symbolische Handlung.

Der Morgenwind strich frisch und frei. Oben in der alten Reisigwiege klapperte der Storch den Jungen Mut zu – zum ersten Flug.

Muttis Geburtstag

»Kinder«, sagte der Hausvater, ich also, »heute ist Muttis Geburtstag, da wollen wir alle recht, recht fröhlich sein.« Wir küßten Muttis Mund und Hände, wünschten ihr Glück und gingen in die Eßstube, da waren die Geschenke aufgebaut: ein Kamelienbäumchen, das hatte sich Mutti besonders gewünscht, eine schöne blaue Vase, eine Teekanne und ein Paar schwedische Handschuhe.
»Ach«, jauchzte Mutti, als sie die Handschuhe erblickte, und versuchte, sie anzuziehen. »Leider eine Spur, gerade eine Spur zu klein. Vielleicht kann man sie umtauschen?« Ein fragender Blick ging rundum.
»Natürlich kann man sie umtauschen. Wie ist aber möglich, daß sie zu klein ausgefallen sind? Du hast doch Nummer 6½ – nicht wahr?« »Nein«, gab Mutti kleinlaut zu, »ich brauche 6¾ – 6½ habe ich nur so gesagt...«
Über die blaue Vase glitt Mutti weg, sie schien ihr nicht sonderlich zu gefallen. Gegen die Teekanne hatte sie nur ein Bedenken: sie würde schwer zu reinigen sein, eine glatte wäre brauchbarer gewesen.
»Aber das Kamelienbäumchen!« rief ich, um ihre Laune zu heben, schob es in die Mitte und drehte es hin und her, damit es Eindruck mache. Mutti lächelte fadendünn: »Es ist eine Hortensie.« Ich darauf: »Liebste, jeder Mensch sieht

doch, daß es eine Kamelie ist.« Mutti schüttelte den Kopf: »Nein, eine Hortensie.«

Der botanische Hader sollte sich nicht zuspitzen, heut ist doch Geburtstag – da versuchte ich abzulenken: »Du bist irgendwie unzufrieden, Liebste. Fehlt dir etwas?«

»Ja«, sagte sie und fiel mir um den Hals, »mir fehlt etwas. Alle Jahre hat man mich mit einem Telegramm von Großmama geweckt. In ihrem letzten Brief war von Schnupfen die Rede... Am Ende ist sie krank.«

»Deine Mama ist, Gott sei Dank, gesund wie ein Fisch. Sie wird einfach vergessen haben. Oder das Telegramm hat sich verspätet. Kinder, heut ist Muttis Geburtstag, da wollen wir alle recht, recht fröhlich sein. Fix in die Schule, Kinder – und nachmittag machen wir einen Ausflug.«

Aristoteles – das ist unser Junge, er ist vierzehn – saß auf dem Sofa, hatte die Arme verschränkt und zog ein finstres Gesicht. »Ich gehe nicht in die Schule.«

»Was soll das heißen?«

»Das soll heißen«, sprach er, »daß ich gestern durchgefallen bin. In Geographie. Sie haben mich gefragt, wer Newton war.«

»Und du?«

»Ich hab geantwortet: Newton war ein Seeheld.«

»Aber das war doch falsch.«

»Ja, falsch. Aber Newton oder Nelson – es gehört nicht in die Geographie – einen das in Geographie zu fragen, ist ungerecht, und Ungerechtigkeit mach ich nicht mit.«

»Ich geh auch nie mehr in die Schule«, murrte die Tochter, sie ist neun.

»Sondern?«
»Sondern ich werde einen praktischen Beruf ergreifen.«
»Kinder! Seid vernünftig! Seid fröhlich! Denkt daran: heut ist doch Muttis Geburtstag.«
Ich hatte es noch nicht gesagt, da erschien der Hauswirt und maulte: unser Koks sei in den falschen Keller geräumt worden, der Koks müsse sofort wieder raus, noch heute – und überhaupt sei das Haus verkauft, wir hätten die Wohnung am Ersten zu verlassen.
Und ein Bote rückte mit zwei Quittungen an – 17 und 56,10, sofort zu bezahlen – die 45,09, die ich letzthin geschickt hatte, seien auf das vorige Steuerjahr gebucht worden.
Um elf kam die Aufwärterin – sie hätte schon um halb acht dasein sollen – und brachte mit herzlichem guten Morgen ihr Geschenk für Mutti, eine Geburtstagstorte. Mutti pflegte anzudeuten, sie sei 33 – habe schon mit 16 geheiratet, daher der große Sohn... Die Aufwartefrau hatte 44 Lichter auf die Torte gesetzt. Gott, sie habe es sich nach dem Aussehen von Frau Roda so zurechtgereimt. Darüber wurde Mutti ernstlich ungehalten und schob die Torte weg – auf den Kater zu. Der Kater fuhr erschreckt auf und zertrümmerte die Vase. Na, macht nichts, Scherben bedeuten Glück. Seien wir fröhlich!
»Das hat mir die Aufwartefrau eigens angetan«, greinte Mutti, »weil ich vorgestern zu ihrem Bräutigam ›Herr Bill‹ gesagt hab, und der neue heißt Robert. Oh, ich durchschaue dieses Frauenzimmer.«
»Aber, aber, Mutti, wer wird sich mit einer ungebildeten

Person befassen? Was ist schließlich eine Aufwärterin? Sie geht, und nach einem Monat weiß man nicht einmal mehr ihren Namen.«
»Schöne soziale Ansichten hast du, ich danke. In welchem Jahrhundert lebst du denn? Die Person ist übrigens durchaus nicht ungebildet, sie hat es sogar faustdick hinter den Ohren – und das Ganze, glaubt mir, ist eine abgekartete Sache zwischen ihr und Frau Needle. Sie will zu Frau Needle und dort alles über uns ausklatschen.«
Ob diesem Gespräch hatte man vergessen, daß das Bad für Vati eingelassen war. Unser Badezimmer liegt in der Mansarde. Erst durch ein Knistern in der Zimmerdecke wurden wir aufmerksam – ich eilte hinauf, um den Hahn abzudrehen. Zu spät. Das Wasser kam mir die Mansardentreppe entgegen, oben stand es knöchelhoch. Im Eßzimmer unten war es leis die eine Wand herabgerieselt, wo die beiden Aquarelle hängen. Bedauerlich, daß Aquarelle sich so leicht abwaschen. Auch das Tischchen unsres Biedermeierspiegels hatte sich aufgelöst, plötzlich fiel die Marmorplatte heraus. Der Kater muß Schaden gelitten haben, er hielt sich beharrlich die Vorderpfote ans Mäulchen und äußerte Unzufriedenheit.
»Armes Tier«, klagte Mutti und herzte ihn. Worauf er ihr mit den Krallen eine Hakenquart durch das Antlitz zog. »Es ist heute schon alles verhext«, sagte sie, »ich fürchte mich.«
Ja, aber endlich müssen wir unsern Kaffee haben. »So kalt, wie er ist, mag ich ihn nicht trinken – an meinem Geburtstag«, sprach Mutti. Ich rief nach der Aufwärterin, sie soll den Kaffee wärmen. Wir warteten. Warteten lange, die Aufwär-

terin kam nicht. Ich schellte. Vergebens. Mutti war schon ungehalten – da ging ich nachsehen, wo die Aufwärterin bleibt. Der Herd in Unordnung, der Kaffee vergossen, es roch nach Gas. »Es ist explodiert«, erklärte die Aufwärterin, sie lag auf Muttis Bett. »Ich hab mich verbrannt.« »Wo, wo haben Sie sich verbrannt?« fragte ich besorgt. »Ich soll es Ihnen wohl zeigen?« zischte sie. »Das tät Ihnen so passen, Sie alter Unhold! Ich muß ins Krankenhaus.« Wir telefonierten um den Rettungswagen – er kam nicht und kam nicht. »Sie hat sich gar nicht verbrannt«, sprach Mutti mit dem Erzklang der Überzeugtheit, »sie hat einfach vorhin an der Tür gehorcht und tut alles mir zum Tort.« Richtig sprang die Aufwärterin mit einemmal hoch; in einem Haus, wo man nicht einmal gerettet wird, wenn man sich schwer verletzt hat, da möge sie nicht bleiben; verlangte den Lohn für zwei Wochen und die Verpflegskosten und zog ab. »Zu Frau Needle«, setzte sie höhnisch hinzu.

»Also! Hab ich recht gehabt?« sagte Mutti.

Wir standen da, und von Essen war fürs erste keine Rede.

»Liebste«, ich suchte sie zu begütigen, »du bist vielleicht etwas zu erregt gewesen.«

»Sehr begreiflich. Wo bleibt nur das Telegramm von Großmama?«

Die Lichter der Geburtstagstorte waren beinah niedergebrannt, und wir hatten es leider, leider nicht beachtet. Drei, vier Lichter fielen um. Wer es nicht selbst erlebt hat, wird nicht glauben, daß eine Gardine so brisant aufflammen kann; geradezu wie Schießbaumwolle.

Eben unterhandelte Mutti an der Flurtür mit zwei Polizisten

– die verlangten, wir sollten ihnen einen gewissen Tom Fliss ausliefern, genannt Big Tom, einen Verbrecher, der halte sich bei uns versteckt.
»Hilfe!« brüllte ich. »Herbei die Feuerwehr!«
»Alles mit die Ruhe«, entgegnete der Ältere von den beiden Polizisten, zückte Taschenbuch und Bleistift und begann: »Name? Wo und wann geboren? Was ist verbrannt, wie hoch schätzen Sie die Gegenstände im einzelnen, wie können Sie Ihre Forderung begründen?«
»Ist schon vorbei«, berichteten die Kinder – sie waren hervorgekommen – »wir haben alles gelöscht. Nur Muttis Persianermantel ist hin und der Deckel vom Klavier.«
Traurig betrachtete Mutti die Reste ihres Persianermantels und putzte mit Spucke die Brandflecke auf dem Klavierdeckel.
»Und kein Telegramm von Großmama, kein Telegramm«, jammerte sie.
»Dieses blödsinnige Telegramm! Denk nicht immer daran! Heut ist dein Geburtstag – da wollen wir recht, recht fröhlich sein.«
»Kinder«, sagte Mutti, »geht mal hinaus, ich habe mit Vater zu sprechen.« Und als die Kinder gegangen waren: »Wie kannst du nur von Blödsinn reden? Wer ist blödsinnig? Das Telegramm? Du hast es doch nicht gesehen, es ist ja noch gar nicht da. Wen also meinst du mit dem Blödsinn? Meine Mutter? Oder mich? Oder wen sonst?«
»Ach, es war eine Redensart, nichts weiter.«
»Eine taktlose, sogar eine blödsinnige Redensart, mein Bester.«

»Erlaub einmal? Bin ich, ich blö...«
In diesem Augenblick schrillte die Klingel – ich ging öffnen. Unser Freund Francis Horche, Rechtsanwalt. Er wollte gratulieren.
»Sie kommen mir wie gerufen«, begrüßte ihn Mutti. »Vom Fleck reichen Sie die Scheidungsklage ein gegen meinen Mann – wegen grausamer Behandl...«
Doch auch sie konnte nicht fertigsprechen.
Endlich, endlich, endlich war das langerwartete Telegramm da von Großmama:
»Möge jeder Tag Eures Lebens, Ihr geliebten Kinder, so heiter, so glücklich und harmonisch wie dieser verlaufen.«
Amen.

Tante Hedwig und der Luftdruck

Ich habe noch nicht von Tante Hedwig erzählt. Ihre hervorstechendste Eigenschaft: daß sie alles hat kommen sehen.
Hatte ich da – vor Jahren einmal – ein winziges Landhäuschen gekauft, ohne Anzahlung. Es gehörten dritthalb Tagwerk Grund dazu.
Nicht viel also – doch Grund genug für Tante, sich als Ökonomierat dauernd bei mir niederzulassen. Der Ertrag meines Bodens konnte eine so kostspielige Kraft wie Tante Hedwig gar nicht lohnen. Ich erntete selbst in einem guten Jahr nie mehr als eine Fuhre Heu.
Tantchens Fähigkeiten gingen aber auch, das muß ich sagen, über die Bedürfnisse meiner kleinen Wirtschaft weit hinaus. Tante hatte eine – bei so mangelhafter Fachbildung – doppelt wunderbare Sicherheit in Bodenanalysen à la vue. Sie fand aus zwei Säugetieren, eins davon konnte eine Kuh sein, ohne Zögern das bessere Pferd heraus. Sie verstand sich auf Zwetschgen, Schweine, Rade und Räder, Ziegen und Ziegel – auf beinah alles. Was sie nicht gründlich verstand, beherrschte sie wenigstens oberflächlich, jedenfalls besser als ich.
Und alles hatte sie kommen sehen.
Die falschen Wettervorhersagen durch den Rundfunk gab

es damals noch nicht. Tantchen fand mein Quecksilberbarometer unverläßlich. Mit solch einem altertümlichen Instrument, sagte sie, könne man eine moderne Wirtschaft nicht führen – sie sehe da ein fürchterliches Ende kommen. Flugs setzte sie ihren Kapothut auf das Haupt, tat Mokassins an ihre flinken Sohlen und eilte zum Häuptling der Optikerbande, dem Roten Hirsch, um ein Aneroid zu kaufen.

Packte es aus und stellte es mir auf den Tisch.

Da glotzte mich nun das Ding mit einem blitzblanken Auge an und wußte alles besser – genau wie die Tante.

Der Himmel draußen trüb, zu jeder Schandtat bereit. Mein altes Barometer stand auf »Veränderlich«. Das neue 10 mm höher: »Schön«.

»Merkst du?« sprach die liebe Tante. »Gleich ist das Wetter ganz anders, seit wir ein ordentliches Aneroid haben. Man kann es kommen sehen.«

Richtig begann ich mit dem Heumähen – auf Nickelmanns Rat. Nachmittag – was hatte Tante kommen sehen? Einen kleinen Spritzer. In der Zeitung stand aber: das mache gar nichts, vom östlichen Grönland her komme ein starker Hochdruck angewandert, der werde spätestens 8.10 Uhr hier eintreffen. Mein altes Barometer senkte warnend die Mundwinkel. Nickelmann stieg; Tante strahlte vor Zuversicht. Da raffte ich das Heu noch nicht ein, sondern ließ es weiterdunsten.

Wir in Mitteleuropa haben der Statistik zufolge jährlich 418 Regentage, davon entfallen 91 auf den Juli. Bis Mittwoch, den 23. (wo ich das Heu mähte), hatten wir erst 79 gehabt

– so daß ich nicht recht wußte: ist dieser Sommer als mehr trocken zu bezeichnen? – oder als mehr feucht?
Um vier Uhr morgens meldete sich der Bezirkskuckuck besonders laut. Ein Käuzchen erschien und jammerte. Das Aneroid stieg.
Um sieben das erste Gewitter. Aber was für eins! Meine kleine Nichte blickte auf vier Sommer hier zurück, hat also schon die kompliziertesten Unwetter erlebt – selbst sie erschrak und stürzte zu mir ins Zimmer. »Sapperlott«, rief sie, »donnert es wegen mir?«
Gegen acht hatten wir Hagel; mittags Regen und Graupen; dann halb aufgelösten Schnee; endlich gefrornen Nebel. Auf dem Postamt – behauptete Tantchen – war die Vorhersage der Wetterwarte angeschrieben: »Weitere Aufklärung und wachsende Hitze.« Doch der Regen hatte die Schriftzüge abgewaschen.
Es kam ein Sturzbad, ein zweites Gewitter, ein Rieselschauer, ein Guß mit Schloßen, ein Schneegestöber mit Donnerschlägen, ein Gewitter schlechthin und eins mit Dampfwolken. Ich spähte nach einem Meteorstein aus – er fehlte mir noch. Fiel auch erst um halb drei. Tantchen hatte ihn kommen sehen.
Zur Teestunde herrlichster Sonnenschein mit Regenbogen, Blitz aus heiterm Himmel und eine Art Alpenglühen. Petrus hatte an diesem einen Tag all seine Register gezogen; als er sich überzeugt hat, daß die Atmosphärilien in Ordnung sind, tat er sie befriedigt wieder in die Lade. Mein Heu lag draußen. Nickelmann stieg, als wollt er aus dem Gehäuse klettern.

So ging es nun immerzu. Mein Heu war ja unter Dach – ich hatte glücklich eine Stunde abgepaßt, wo die Herren amtlichen Wetterpropheten die Nase hängen ließen. Doch mein Leben ging vor die Hunde. Tantes Aneroid war schwer wahnsinnig; die Tante – um es mild auszudrücken – hysterisch. Das Wetter sträubte sich gegen die Anordnungen der zuständigen Behörden.
Ich hatte die Hölle im Haus. Wirrnis, Aufruhr – manchmal etwas Verzweiflung – Murrsinn und Gram. Tantes Barometer sah immer andres kommen als mein altes.
Bitte, denken Sie die Sache mal in Ruhe durch: Das alte Barometer hing an der Wand – das neue Aneroid stand dicht daneben auf dem Tisch. Sie wissen, wie solch ein Ding gebaut ist: mit leerer Kapsel innen, deren Deckel sich vom Luftdruck auf- und einwölbt; ein blaues Zeigerchen gibt den Grad an. Himmellaudon und Austerlitz: zwei Uhren brauchen nicht zu stimmen – die eine zögert, die andre eilt. Gut. Aber zwei Barometer? Die haben doch, Kreuzteufel und Tanten, keine Veranlassung, eigene Wege zu gehen – ob sie nun länglich oder rund sind – nicht wahr?? Es gibt doch nur einen Luftdruck – wie??
Nein, Tante und ihr Aneroid sahen es anders kommen. Der Kuckuck rief – der Regen drosch – sämtliche Luftdruckmesser auf Meilen in der Runde fielen – die Tante stieg. Der Himmel lachte – die Sonne schien – Tante stand auf »Sturm«. – Ich konnte keine Entschlüsse fassen – ich konnte nicht reisen, säen, pflanzen, die Mauer tünchen, nicht das Dach ausbessern. Ich konnte überhaupt nicht leben. Die Spannung in mir wuchs zum Bersten.

Am 15. endlich: die Explosion.
Um zehn Uhr morgens verkaufte ich das Landhaus. Um ein Viertel auf elf zog ich aus.
In den kurzen Minuten dazwischen ließ ich mich hinreißen, das Tantchen anzugreifen. In der Rechten schwang ich das lange alte Barometer, in der Linken das Aneroid.
Tante sprang durchs Fenster. Ihre letzten Worte waren: »Ich hab es kommen sehen.«

Der Damm

Es war ein phantastischer Zug, der sich da im späten regnerischen Nachmittag bewegte, auf der Straße von Dobnerhof nach Güssing. Voran im Dreck stapfte ein Junge, er zerrte ein magres Pferd hinter sich und eine imposante Kuh. Pferd und Kuh wieder waren vor einen Karren gespannt und der Karren turmhoch beladen mit Kisten und Kasten. Auf der Spitze des Turms saß ein Kater.
Das war des Zuges Vortrab. Dann die Haupttruppe: ein Auto. Herrgott, ein Auto! Es muß zehn Jahre vor Erfindung der Autos gebaut worden sein. Am ärgerlichsten an dem Fuhrwerk: daß die Kotflügel im Kot schleiften und beide Türen aufsprangen, wenn der Autolenker auch nur einen Augenblick die Drähte losließ, die da bestimmt waren, die Türen zuzuhalten. An das Auto gebunden aber folgten ein gesatteltes Reitpferd, drei Hunde und – merkwürdig genug – willig und gehorsam eine fette Sau.
Im Auto saß der Führer und Eigentümer des Zuges, Herr von Dobner. Er fluchte: dem Jungen, der mit Pferd und Kuh nicht vorwärts kam; fluchte der Regierung, die den Weg erschaffen hatte; fluchte besonders heiß und innig dem Regen – der wiederum hatte diesen Weg in diesen Dreck verwandelt.
Und mit einem Zauberschlag war alles anders. Kuh und

Zugpferd hielten dampfend; hielten vor dem Herrenhaus des Gutsnachbarn – man war am Ziel. Die Sonne brach durch die Wolken. Herr von Dobner ging aus dem letzten, dem saftigsten Fluch unmittelbar über in herzlich-dröhnende Begrüßung:

»Prosit, Alter! Hier bin ich. Daß du es nur gleich weißt: als dein Logiergast.« – Zur Dienerschaft, die da mit dem Hausherrn herbeigeeilt war: »Ihr könnt abladen.« – Zum Jungen: »Du reib das Reitpferd trocken! Die Kuh kommt in den Stall.« – Wiederum zum Hausherrn: »Nämlich die Kuh, weißt du, möcht ich behalten – ich bin gewohnt, täglich früh und abends ein Glas Milch zu trinken – ein halbes Glas bekommt mein Kater.« – Herr von Dobner hatte sich ihn vom Wagen gelangt und auf die Schulter gesetzt. – »Er heißt Babu, sehr gescheites Tier. Die Sau gehört dir, Alter – als Kostgeld für uns alle. Hab ich dir's nicht schon gesagt? Wir wollen nämlich einige Monate bleiben. Pflegen der Pfarrer und der Forstmeister noch zu dir zu kommen? – zur Spielpartie? Wenn nicht, dann laß sie holen. Heute könnt ihr mich rupfen – ich hab ein geniales Geschäft gemacht.«

»Geschäft –? Erzähl!«

»Dazu müssen wir erst in die Stube, uns ruhig hinsetzen – und vor allem: einen Schnaps. – Also: Ich hab meinen Meierhof verkauft, den Dobnerhof.«

»Der Teufel! Und sagst mir vorher keine Sterbenssilbe?«

»Vorher verrät man nichts. Sonst hättest du ja dem Mann *dein* Landgut angehängt. – Wem? Na, diesem Doktor Kohl aus Oedenburg. Er ist Rechtsanwalt. Denk dir: Rechtsanwalt – und kauft den Dobnerhof!«

»Wieso, warum, wozu?«

»Wozu, weiß ich selbst nicht«, sprach der geniale Dobner. »Vor einigen Wochen lese ich im landwirtschaftlichen Blatt: ›X.Y. 770 sucht kleines, einträgliches Gut mit Wald und angenehmem, sommers und winters bewohnbaren, geräumigen Herrenhaus.‹ – Halt, denk ich mir, die Beschreibung paßt ja auf meinen Dobnerhof wie dem Fuchs sein Pelz.«

»Haha! Der Dobnerhof – einträglich!«

»Ich könnte dir eine Buchführung zeigen, weißt du – du würdest staunen. Auch der Rechtsanwalt hat nicht wenig gestaunt.«

»Soso. Darum warte ich seit Ostern auf die alte Spielschuld.«

»Zu Buch steht ein Reingewinn, schwarz auf weiß. Wald? Davon ist genug da.«

»Die Schweine forsten ihn das ganze Jahr durch.«

»Das Herrenhaus ist fraglos sehr geräumig.«

»Und wird immer geräumiger, weil die Wände auseinandergehen.«

Dobner ließ sich nicht beirren. »Man kann winters und sommers darin wohnen.«

»Nur regnet es einem im Sommer auf den Kopf, und im Winter pfeift es durch.«

»Kurz, Doktor Kohl, der X.Y. 770 ist gekommen, hat sich die Klitsche angesehen – zum zweitenmal hat er seine Frau mitgebracht – die war ganz entzückt vom Gemüsegarten, und die Hühner hat sie geradezu süß gefunden – vorigen Donnerstag war der Vertragsabschluß – ich hab mir nur die paar Kisten mit Wäsche und Kleidern ausbedungen, Ge-

wehre, Reitpferd und die Kuh. Die Sau ist zufällig durch den Vertrag gerutscht – so bring ich dir sie zum Andenken.«
»Und wohnen wirst du ...?«
»Lieber Freund, bei dir.«
Und Dobner blieb. Bei seinem Freund Simay. Man vertrug sich vorzüglich. Die Spielpartien mit Pfarrer und Forstmeister werden den Beteiligten lebenslang in angenehmster Erinnerung bleiben.
Zwischendurch oblag Herr von Dobner einer sonderbaren Beschäftigung und nannte sie »Beobachtung des Kriegsschauplatzes«. Täglich ließ er sein Reitpferd satteln und umkreiste das ehemalige Besitztum. Seinen Luchsaugen entging keine Bewegung des Feindes. Des Abends berichtete er; immer wußte er Neues.
»Dobner, ich verstehe nicht, was du vorhast – aber das alles kannst du unmöglich selbst gesehen haben. Du hast dort Spione.«
»Simay! Höchstens eine und die andre anhängliche Seele ...«
Herr von Dobner lachte breiter von Tag zu Tag und zählte die erfreulichsten Dinge an den Fingern her:
»Ha, ein Prachtkerl, der Kohl! Heute sind zwei nagelneue Sämaschinen eingetroffen, gestern Phosphat aus Deutschland und eiserne Eggen – alles bar bezahlt.«
Ein andermal wieder ein Traktor – ein Traktor, bitte, was das Geld kostet! – Ringelwalzen, Sacksche Pflüge. »Und Simmentaler Vieh wird er züchten – eine ganze Stammherde ist schon da. Und eine Dreschmaschine schafft er an; borgt sie nicht von dir im Oktober, wo man mit dem Drusch

in die kurzen Tage kommt.« – Dobner spuckte aus vor Verachtung seiner ehemaligen eigenen Wirtschaftsweise. – »Auf eins aber, Alter, auf das Wichtigste kommt er nicht, dieser Doktor Kohl – darauf kommt niemand als der hochwohlgeborne Herr von Dobner selbst.«

Eines Abends – er war nun schon elf Monate zu Gast bei Simay – da kehrte er freudestrahlend vom Beobachtungsstand zurück.

»Mein Advokat sitzt in der Falle. Er hat dreißig Waggon Weizen gekauft – jetzt im Mai. Weißt du, wo die wachsen sollen? Auf den Tafeln 4, 5, 7 – die stehen beim leisesten Regen unter Wasser.« – Plötzlich schlug er sich auf den Mund. – »Um des Himmels willen – plauder es nicht weiter, Simay!«

»Der Advokat hat aber Abzugskanäle gezogen.«

Dobner lachte nur.

Da kam der Hochsommer und brachte dem pessimistischen Landwirt Dobner starke Eidhelfer. Auf der Fruchtbörse zu Wien wurde Weizen »gefragt«, und es regnete in Strömen. Der arme Dr. Kohl hätte auf den Tafeln 4, 5, 7 richtig eher können Hechte fangen als Weizen ernten – die schöne Dreschgarnitur klapperte leer. Diese Ernte war auch in den kürzesten Herbsttagen leicht auszudreschen. Die Differenzen allein fraßen ihn auf – nun hatte er auch nichts zu liefern.

Dr. Kohl war ein Mann kurzer Entschlüsse. Eines Tages erblickte Dobner im landwirtschaftlichen Blatt die Anzeige: »Einträgliches Gut mit angenehmem, sommers und winters bewohnbaren Herrenhaus und schlagbarem Wald um jeden annehmbaren Preis zu verkaufen. Anträge unter X.Y. 770.«

Dobner verschwand unverzüglich.

Kam nach etlichen Stunden wieder und umarmte seinen Freund.

»Ich hab ihn wieder, ich hab ihn.«

»Den Irrsinn?«

»Nein, Bruderherz, den Dobnerhof. Hat der Dummkopf, der Rechtsanwalt, Tennen gebaut, Maschinen über Maschinen angeschafft, den Weizen auf dem Halm verkauft – in der Stunde, wo er nimmer hat schnaufen können, gibt er mir meinen Hof um bare 80 000 billiger zurück. ›Herr Doktor‹, hab ich ihm gesagt, ›Sie hätten bei Ihren Prozessen bleiben sollen! Ich habe lange gewußt, daß Sie gegen das Wasser nicht aufkommen. Abzugskanäle wie Ihre sind schon zu meines Vaters Zeiten dagewesen. Auch ihm ist durch sie das Wasser, statt abzurinnen, erst recht hereingeströmt, wenn sich der Strom an der Schütt gestaut hat. Da hab ich die Kanäle wieder zuwerfen lassen. Alle möglichen Ingenieure und Kommissionen haben die Sache geprüft und haben gesagt: Solang man nicht einen Damm baut von der Tafel 4 bis zur Kirche von Nowoselo, wird es nicht besser.‹

›Warum haben Sie mir das nicht gleich gesagt, Herr von Dobner?‹ fragt er mich.

›Ja, dann hätten eben Sie den Damm gebaut.‹

›Nun – und?‹

›Und ich hätt meinen Hof nicht um 80 000 billiger zurückbekommen.‹

›Nun – und?‹
›Wovon hätt ich dann sollen meinen Damm bauen?‹ antworte ich ihm. ›Ich hab fast ein Jahr gewartet.‹
Und meinst du, dieser Doktor Kohl ist mir dankbar für die Aufklärung gewesen? Keine Spur. Hinausgeworfen hat er mich. Zum Glück hatte ich den Rückkaufvertrag schon bei mir. – Ich danke dir schön, lieber Simay, für Kost und Quartier. Wenn sich für dich was ähnlich Hübsches trifft, stehe ich dir zur Verfügung.«
Dann ließ Dobner Kisten und Koffer packen, das Reitpferd an den Wagen binden und fuhr heim in sein schönes Herrenhaus, wo man sich bei Regenwetter nicht mehr den Schirm mußte übers Bett spannen, alle Fenster hatten Scheiben und die Türen Klinken; im Flur ragte ein Marmorkamin, im Garten war ein Springbrunnen und eine Laube. So wohnlich hatte Dr. Kohl das Gut für den Nachfolger hergerichtet.

Flüchtiges Erlebnis mit einer Köchin

1.

Vor etlichen Jahren – das war noch in Berlin – gerieten wir in die Pension International – Lichterfelde, Zieblandstraße. Die Pension war recht kärglich möbliert – sonst fiel uns im ersten Augenblick nichts auf, meiner Frau und mir.
Erst nach zwei Tagen festigte sich in uns der Eindruck allgemeiner Ungenüge. Die Stubenfrau konnte nicht aufräumen; der Hausbursche nicht Stiefel putzen; der Frühstückskaffee war verregnet.
Eigentümer der Pension, Nikolaj Wassiljewitsch genannt, erwies sich als ein Fürst Arloff. Die Stubenfrau – Baronesse Nadjeschda. Ein Kellner bediente: kaukasischer Prinz.
Sie strotzten, glühten alle von bestem Willen. Als ich einmal die Stiefel nicht vor die Tür stellte, flehte der Hausbursche, rang beinahe die Hände: »Abberj ihj biite! Gejne Riiiksihjt! Wennj ihj auhj ehemalls Gouvernerr warr: ihj putze Stiffel.«
Eines Abends wollten die Gäste der Pension tanzen. »Wer kann Klavier spielen?« fragte man. Aufgeregt lief der Portier umher, »Voller General«, also »Hohe Exzellenz«, ruhte nicht, bis er das Abwaschmädel am Schlafittchen hatte, eine Gräfin Bobrinskij. Sie kam in ihrer Amtstracht, mit einem Zipfel der Schürze im Rockbund.
Setzte sich ans Klavier, blickte verlegen und lispelte:

»Ich kann aber nur klassische Musik.«
Machte nichts aus – das Klavier hatte ja auch keine Saiten.
– – – Emigranten. Damals konnt ich sie noch ein wenig komisch finden und sehr rührend; jedenfalls objektiv betrachten. Jetzt kann ich es nicht mehr; bin selber einer.

2.
Fürst Arloff, der Pensionsvater, zeigte sich nur wenig. Er schrieb die Rechnungen.
Es machte ihm offenbar unendlich Mühe – er schrieb Tag und Nacht.
Seine Rechnung im Pensionsbetrieb fand er nicht – im Gegenteil: ohne es zu merken, zahlte er auf bei Tag und Nacht. Der Gerichtsvollzieher erschien so oft, daß von seiner Hand die Türklinken glänzten; von seiner Hand allein; ein Glück: der General hätte die Klinken doch nicht so schön blank gekriegt.
Betrübt mußte uns der Fürst eröffnen: wir sollten uns um eine andre Bleibe umsehen; denn das Unternehmen fliege am Ersten auf.

3.
Nun wollten wir, meine Frau und ich, uns ohnehin am Ersten niederlassen, in einer bürgerlichen Wohnung.
»Was aber aus diesen armen Leuten wird?« fragte ich in einer weichen Stunde.
»Oh, die haben alle ihre Pläne«, wußte meine Frau. »Der Fürst kommt in eine Bank als Bote; die ältere Prinzessin wird Mannequin; die jüngere steckt Hüte. General Dimi-

troff chauffiert, das Abwaschmädel ist habilitiert als Privatdozentin auf der Universität, der Hausbursche begleitet mit dem Sprachrohr ein Fremdenauto – und Nadjeschda tritt bei uns als Köchin ein.«
»Kann sie denn kochen?«
»Sie wird es bis dahin lernen.«

4.
Am Ersten trat Nadjeschda bei uns ein. Triumphierend verkündete sie: sie könne Kümmelkuckelchen backen.
Wir aßen Kümmelkuckelchen.
Nie habe ich abwechslungsreichere Kost gehabt. Die Kümmelkuckelchen gerieten einmal groß und einmal klein; einmal fett und einmal mager.
Donnerstag kam Nadjeschda weinend und sagte:
»Frau Roda! Sehen Sie nur, was heute daraus geworden ist!«
Nämlich: Suppe.
Am Abend hatten wir eine Art Schiffszwieback.

5.
»Weinen Sie nicht«, sprach meine Frau, »mein Mann ißt gern Kümmelkuckelchen – und nach und nach werden Sie schon daraufkommen...«
»Ach«, rief Nadjeschda, »es ist nicht deswegen, Frau Roda. Sondern lesen Sie das da!«
Eine Vorladung zu Gericht. Für morgen.
Voriges Jahr hatte Nadjeschda einen Arzt befragt – wegen eines Betriebsunfalls, den sie sich noch in der Pension als

Stubenmädchen zugezogen hatte. Der Arzt war gütig – um seiner Hilfsbereitschaft willen bekannt... Leider führte er ein Tagebuch seiner Wohltaten... Nun war er angeklagt – und mit ihm 250 Frauen, deren Adressen die Polizei aus seinen Tagebüchern kannte.

»Still, Nadjeschda! Beichten Sie nur meinem Mann! Er wird Rat wissen.«

Sie beichtete mir. Ich schickte sie zu einem befreundeten Anwalt.

Sie kam weg mit einer geringen Gefängnisstrafe und Bewährungsfrist.

6.

»Nun also«, ermunterte ich sie, »wenn Sie nun klug sind und sich drei Jahre brav halten, ist Ihnen die Strafe erlassen.«

Sie schlug die Augen unter sich und seufzte:

»Ja. Aber drei Jahre...?«

7.

Nadjeschda konnte nun auch Fleisch und Eier kochen. Wenn das Ei sollte weich werden, trällerte sie ein übermütiges Kosakenlied; zu harten Eiern sang sie schwermütig großrussische Weisen. Öfters war der kaukasische Prinz zu Besuch da; dann sang er die zweite Stimme.

Einmal vermaß sie sich, eine Schokoladetorte herzustellen. Eine Minute konnte man denken, es würde ein braunlackierter Zylinderhut. Aber nein. Reden wir nicht darüber! Der Zylinder sank plötzlich zu einem Kuhfladen zusammen.

8.
Meine Frau war nicht zu Hause – da trat Nadjeschda bei mir ein und sprach:
»Sie haben mich damals gut beraten, Herr Roda. Ich habe Vertrauen zu Ihnen. Und an wen sollt ich verlassenes Mädchen in der Fremde mich wenden – als an den einzigen Menschen, zu dem ich Vertrauen habe? Es ist viel Unglück in der Welt. Man muß einander beistehen.«
»Nadjeschda! Um des Himmels willen – Sie werden doch nicht schon wieder...?«
»Nein.« – Sie lächelte fadendünn. – »Aber ich weiß nicht, was es ist: Vielleicht sind meine Adern verbogen.«
»Nadjeschda!!«
»Oder die Milz ist verstopft. Kurz: Irgend etwas ist bei mir nicht in Ordnung. Da wollte ich Sie bitten... –––«
»Nadjeschda! Davon verstehe ich doch nichts. Sie müssen zu einem Arzt.«
»Wenn er aber Tagebuch führt?«

9.
Die Ereignisse überstürzten sich:
Um drei nachmittags – meine Frau mochte wieder ausgegangen sein – flog Nadjeschda in mein Arbeitszimmer, wo ich eben schlief, kniete neben mir nieder, küßte mich heiß und schluchzte:
»Ich habe dich immer geliebt. Du aber hast mich nicht verstanden.«

10.
In diesem Augenblick kam meine Frau heim und kündigte der Köchin; fristlos.
Ich muß meiner Frau bescheinigen: sie tat es sehr nobel; ganz leise – und ohne Nadjeschda oder mich im geringsten zu kränken.

11.
Um fünf ging Nadjeschda; vielmehr: sie fuhr – meine Frau wollte den Chauffeur bezahlen.
Er weigerte sich, den Fuhrlohn anzunehmen; es war General Dimitroff.

12.
Nadjeschda fuhr geradenwegs nach der geburtshilflichen Klinik.
»Kann ich ein Bett haben?« fragte sie.
»Wir sind zwar komplett«, antwortete der Portier, Fürst Arloff, »aber unsre Nadjeschda ist uns immer willkommen.«
Die Krankenschwester, Gräfin Bobrinskij, nahm sich der Bedürftigen liebreich an und führte sie in das Aufnahmebüro.

13.
Bald war alles überstanden.

14.
Nadjeschda war nun Diseuse im Kabarett »Staraja Rossija«. Der kaukasische Prinz machte den Ansager; die beiden

Fürstentöchter tanzten; der Gouverneur war Inspizient; das Abwaschmädel von ehemals – bei Tage Universitätsdozentin – saß am Klavier; der General chauffierte noch immer; und schleppte die Kunden.
Nadjeschda im Rampenlicht und geschminkt: eine Göttin.

15.
So manchesmal, wenn ich allein bin, stehe ich sinnend vor dem Spiegel . . .
Sie war damals hoch in der Hoffnung gewesen. Solche Frauen haben bizarre Launen.
Immerhin: Sie hat nur mich geliebt, sagt sie.
Daß mir so etwas passieren konnte? Mir? In meinem Alter?

Der Fall Berta Klausner

Frau Berta starrte manchmal minutenlang in die Luft; nahm ein Blatt Papier, beschrieb es mit zwei Reihen Ziffern; prüfte die Beträge mit trostlosem Blick und zerriß das Blatt in kleine Stückchen. Sie dachte über alle Möglichkeiten nach, das knappe Haushaltungsgeld und ihre kleinen Schulden in ein angenehmeres Verhältnis zu bringen.

Sie konnte in der Klassenlotterie gewinnen, oh, nur einen kleinen Treffer. – Frau Berta kaufte ein Los, versprach dem heiligen Antonius einen Gewinnanteil und baute eine Woche lang Luftschlösser. Ihr Los kam nicht heraus.

Frau Berta verfiel andern Träumen: Sie wird spazierengehen, auf einer Bank im Stadtwäldchen sitzen, und plötzlich sieht sie eine Brieftasche, halbversteckt im Herbstlaub – rotes Juchtenleder mit Silberecken. Sie nimmt das Geld an sich, verscharrt die Tasche im Laub und geht schnell davon. Fundverheimlichung? Gott, die Tasche hat natürlich einem furchtbar reichen Mann gehört... Und sie kann ja die Hälfte oder... oder... einen Teil den Armen geben. – Frau Berta fand aber auch keine Juchtentasche.

Blieb noch Ottos Remuneration. Sie konnte diesmal doppelt, dreifach ausfallen. Hat die Bank nicht ein Millionengeschäft gemacht mit der großen Anleihe? – Das Neujahr brachte, wie gewöhnlich, drei Banknoten. Otto legte seiner

Frau das Geld hin und gab ihr einen Kuß.
Und beide besahen die Noten. Er mit dem Stolz des Erwerbers, sie mit dem Trotz der Enttäuschung.
»Da«, sagte Berta und hielt einen Schein dicht an die Augen, »da steht was auf den Rand geschrieben.«
Sie lasen die halbverwischte Zeile: »Mein Engel, wie gern würde ich Dich allein...« Der Rest war nicht zu entziffern.
»Ein Lebemann hat es einem Dämchen geschickt«, sagte er.
»Einer Dame?«
»Na ja. Er hat sie irgendwo gesehen – im Orpheum vielleicht... Geld hat ein buntes Schicksal; wandert vom Gerechten zum Ungerechten.«
»Das Geld wandert«, sagte Berta träumerisch.
Otto lachte. »Ich möchte so viel haben, wie unser Direktor zu den Frauen wandern läßt.«
»Lackner?«
»Ja, Generaldirektor Lackner. Herr von Lackner. Man sagt, im letzten Jahr hat ihm das Fräulein Rosé ein Vermögen gekostet.«
Nächsten Sonntag gingen Klausners ins Theater. Frau Berta wandte keinen Blick von Fräulein Rosé, die so keck und sicher sang; der schöne Körper schimmerte durch die Seidenhülle. Brillanten umzuckten die Frisur. Wieviel das wohl gekostet hatte? Die Seidentoilette und die Brillanten? Ja, Herr von Lackner ließ das Geld zu den Frauen wandern...
In dieser Nacht fand Frau Berta keinen Schlaf. Beim Frühstück sah sie ihren Mann heimlich an. Er war nicht hübsch – mit seinen großen Ohren, die rechts und links an

dem blassen Gesicht Schildwache standen. »Könnt ich«, dachte sie, »da ruhig neben ihm sitzen, wenn ich ihn betrogen hätte?« Und sie fühlte, daß sie es wohl könnte. Von nun an begleitete sie ihren Mann nachmittags auf die Bank. Im ganzen dreimal gelang ihr, grade zurechtzukommen, als das große gelbe Auto Herrn von Lackner vor dem Portal absetzte. Klausner riß den Hut vom Kopf – Berta brachte zuwege, das Haupt zu beugen und dabei einen tiefen Blick auf Herrn von Lackner abzuschnellen. Der Generaldirektor griff an den Hut und verschwand schnell über die rote Direktionstreppe.

Berta änderte ihre Taktik. Sie holte ihren Mann zu Mittag ab. Klausner war entsprechend gerührt – er ließ sich gern verwöhnen. Schon am zehnten Tag kam der Direktor herab, als Berta wartend vor dem Tor stand.

Sie sah ihm so fest und fordernd ins Gesicht, daß er das undeutliche Gefühl hatte, grüßen zu sollen. Aus dem Auto blickte er noch einmal zurück.

Das nächste Mal grüßte er fünf Schritt vorher.

Einmal fiel ihm schon im Herabgehen ein: ob die kleine Schwarze wieder dasteht? Und er blinzelte links hinüber. Klausner schob eben seinen Arm in Bertas Arm – mit der selbstsichern Gebärde des Ehemanns.

»Ah, so ist das!« dachte der Direktor – zufrieden, daß sich da von selbst eine Erklärung für ihr Warten ergeben hatte. Ein harmonisches Familienleben der Beamten war dem Herrn Generaldirektor sehr sympathisch. Und die kleine Frau schien ja geradezu rührend, wie sie Tag um Tag getreulich dastand. Darum zog er auch noch einmal so tief

den Hut vor ihr und sah nach ihr, grade in ihre schwarzen, beschwörenden Augen.
Und trat lächelnd auf sie zu. Der Chauffeur saß am Steuer.
»Gnädige Frau warten auf den Herrn Gemahl?«
»Nein«, sagte Berta entschlossen.
Der Direktor war verdutzt. »Nein? Wie... also warum stehen Sie da?«
Da schaute Berta ihren tiefsten Blick und sagte sehr deutlich, sehr tapfer: »Ich komme, um Sie zu sehen.« Wandte sich rasch ab und ging davon.
Der Herr Generaldirektor war zwei Schritt zurückgewichen – so, als hätt ihm die Frau einen Stein ins Gesicht geworfen.
»Sie«, sagte er dem Portier, »da vorhin die Dame – das war doch Frau...?«
»Zu Befehl – die Frau des Unterkassierers Klausner, Zahlkasse Nr. 5.«
»So, so.«
Ganz betreten saß der Direktor im Auto. Im Spiegel der Rückwand sah er sein Ebenbild: die Kartoffelnase, den goldgefaßten Kneifer darauf und den weißen Wangenbart...
Er fuhr sich über die Stirn. – »Teufel, Teufel – um mich zu sehen! Daß es so was gibt?«
Er stieg die Treppe empor zu Fräulein Rosé. Sie empfing ihn zwitschernd, eilte davon und kam wieder – mit einem schwarzen Fuchspelz; die bloßen Arme waren bis an die Ellenbogen in einem Riesenmuff vergraben.
»Guck, Engelsschatz – ist das nicht reizend? Dahn hat es heute aus Paris bekommen und gleich hergeschickt. Nicht

wahr, es steht mir prachtvoll?« Sie wollte ihm die Arme um den Hals legen. »Das wirst du deinem Bébé kaufen, Zuckerherz – nicht wahr?«
Das Zuckerherz schob sie unwirsch zurück: »Du denkst immer nur nach, was du aus mir herauspressen könntest.«
»Na, was heißt denn das?« Bébé riß die Augen auf. »So eine Kleinigkeit...? Maxl! Gelt, ich krieg es?«
»Meinetwegen«, knurrte der Direktor – nahm seinen Hut und ging.
Er ging am Vormittag scheinbar ziel- und zwecklos durch die Arbeitssäle. Nachlässig quittierte er die ergebenen Grüße und die erstaunten Blicke.
Da saß, richtig, Herr Klausner.
Der Direktor schloß sich in sein großes Arbeitszimmer und verfaßte einen Brief an Berta. Er schickte ihn durch einen Boten ab.
Ob sie wohl kommen wird, die Kleine?
Berta antwortete: sie *könne* nicht widerstehen – und unterstrich das Wort dreimal, um ihre innern Kämpfe anzudeuten und den schweren Sieg über tugendhafte Bedenken.
»Wie reizend naiv und blöd unvorsichtig!« dachte Lackner, als Berta über die Schwelle seiner Wohnung trat; nicht der offiziellen Wohnung, sondern der intimen andern.
Und sie war unverschleiert gekommen, und ihr junges Gesicht leuchtete.
Der Generaldirektor faßte ihre Linke und küßte die Hand zwei-, dreimal. »Ich bin bewegt. Ich hatte auf dieses Glück gar nicht mehr zu hoffen gewagt, ich alter, garstiger Kerl.«

»Oh«, sagte Berta, »Sie sind nicht alt, nicht garstig.«
»Du süße, kleine Frau!« rief der Direktor begeistert und wollte sie küssen.
Da wich sie erschreckt zurück. Ihre Gedanken ballten sich zu der Frage: »Wie sag ich es? Das Geld, das Geld!« Weit her hatte sie ihre Bürde geschleppt auf wunden Schultern.
»Sag«, flüsterte er, »sag, kannst du mich ein wenig liebhaben?«
»Ja, ich könnte wohl, und lustig könnt ich sein – wenn ich nicht so große Sorgen hätte.«
»Du hast einen so hübschen, weichen Mund. Komm, komm ganz nah zu mir...«
Berta eigensinnig: »Ich habe Sorgen, weil ich Schulden habe.«
Das Wort durchbrach seine selige Vergessenheit. Er wiederholte noch ein wenig gedankenlos: »Schulden...«
»Ja.« Leis und zaghaft kam es hinterher: »Ein ganzes Vierteljahrgehalt meines Mannes hab ich vorausgebraucht.« Und ein heischender Blick glitt über sein Gesicht.
Der Herr Generaldirektor erhob sich plötzlich, zog seine Weste stramm und ging ein-, zweimal im Zimmer auf und ab. Berta sah ihm ängstlich nach, wie ein Hündchen seinem Herrn.
Da griff der Direktor nach einem Stuhl und setzte sich ihr ruhig gegenüber.
»Liebe gnädige Frau«, sagte er, »lassen Sie das sein. Sie verstehen das nicht. An Ihrer kindischen Ungeschicklichkeit merke ich, daß es Ihr erster Versuch ist. Lassen Sie's. Das ist nichts für anständige Frauen. Sehen Sie, wenn ich

mich einer Frau nähere – einer kleinen Artistin oder einer von der Welt, die Sie nicht kennen – da weiß ich, was ich zu erwarten habe – und die Dame weiß es ebenfalls. Von Liebe ist da nicht die Rede. Wir tun zwar beide so, doch glauben wir nicht daran. Und kostet es mich auch ein Stück Geld – ich genieße alles mit. Und handelt es sich um eine Dame, die man in der ganzen Stadt kennt, so befriedigt das meine Eitelkeit. Der Handel ist ehrlich. – Ein Verhältnis mit einer anständigen Frau aber bedroht den Mann mit einer Menge Unannehmlichkeiten. Dafür wäre dann Liebe die Kompensation. – Ich glaube, gnädige Frau, wir sprechen darüber nicht weiter; gehen auseinander und hoffen, daß uns ein Wiedersehen erspart bleibt. Es wäre für beide Teile gleich peinlich.«

Berta erhob sich. Sie brachte keinen Ton hervor. Der Direktor reichte ihr das Jäckchen, den Hut und geleitete sie höflich an die Tür.

Der Herr Direktor ging noch ein Weilchen auf und ab; er schämte sich vor sich selbst. Und er wußte, daß er sich ärgern wird, sooft ihm das dumme Ding in den Weg läuft. Der Teufel! Der Herr Direktor zerdrückte die Zigarre im Aschenbecher. Dann trat er ans Telefon und rief den Vizedirektor auf.

»Hallo! Sie selbst, lieber Weißmann? Hören Sie, ich habe eine Idee: den Leiter der Filiale 10 versetzen wir in die neue Filiale – und in den zehnten Bezirk schicken wir den Unterkassierer von der Zahlkasse 5 . . . Ja, Hugo Klausner meine ich. Wie? Das Avancement wäre zu plötzlich, zu groß? Aber! Für den Geschäftsverkehr da draußen genügt der Mann bestimmt. Er wird sich schon einarbeiten... Ja, ich hab einen Protegé für seinen Posten in der Bank. Ich hab es dem... dem Minister versprochen. Übrigens – hallo! – ich werde von nun an Wert darauf legen, daß die Herren Leiter in der Nähe ihrer Filialen wohnen. Klausner muß sofort in den zehnten Bezirk übersiedeln... Auf Wiedersehen, lieber Weißmann! Auf Wiedersehen!«

Die Base

Wahrscheinlich, erzählt der Herr Rechtsanwalt, wahrscheinlich wäre mir nie eingefallen zu heiraten, hätte mir das Schicksal nicht in Tante Malvine eine Art irdischer Vorsehung beigegeben. Tante Malvine ist zwar dick, sie schnupft, sie hustet immer – sonst aber ist sie der wahre Schutzengel, gerade nur die Fittiche fehlen.

Sicherlich wollte Tante Malvine mich weder schädigen noch kränken, als sie mir eine Frau aufschwatzte. Und daß sie es nur getan hätte, um fürderhin nicht mehr von mir angepumpt zu werden, kann ich noch weniger glauben. Im Gegenteil, Tantchen fühlte sich sichtlich geschmeichelt, sooft mein Vertrauen mich in Zeiten der Bedrängnis zu ihr zog.

Untersuchen wir nicht umständlich die Motive! Im September vorigen Jahrs war es soweit – ich stand errötend vor dem Altar, um mein Ja zu flüstern. Unser Pfarrer versicherte später, ein Bräutigam, der so schämig, so reinen Herzens den Bund fürs Leben geschlossen, sei ihm in seiner parochialen Praxis noch nicht begegnet.

Er versicherte es in weiten Kreisen – schließlich geriet ich in den Ruf, besonders gemütvoll und zartfühlend zu sein. Wer immer mir – ich bin Strafverteidiger – einen Prozeß übertragen hatte, entzog mir ihn wieder. Die Leute sagten sich mit Recht: Was ein tüchtiger Jurist sein will, muß ein robustes Gewissen haben. Grade in unsrer Gegend führt man meistens Prozesse, bei denen Weichheit des Gemütes eher störend wirkt.

Als mich der Pfarrer einst sogar in der Stadtratsitzung einen glockenreinen Charakter genannt hatte, würdigen Neffen der engelgleichen Tante – da war mein Ruin als Verteidiger besiegelt.

Doch eben diese Lobrede des Pfarrers hatte mir das Zutrauen einer Schicht gewonnen, die mich für alle Verluste auf strafrechtlichem Gebiet entschädigte: ich wurde Schutz und Schirm der unverstandenen Frauen. Glockenreiner Charakter – engelgleicher Mensch – das war ja grade, was sie suchten. In meinem Büro begannen all die Blonden und Braunen einander die Türklinke zu reichen – die Blonden und Braunen, so sich verkannt fühlten und betrogen. Ich wurde der begehrteste Spezialist für Vivisektion unglücklicher Ehen.

Leider hatte meine Frau für die Eigenheit meiner Praxis so gut wie gar kein Verständnis. Und daß sich Minka, meine im Ehejoch so laut seufzende Gliedbase, fast täglich im Büro einstellte, gefiel meiner Frau am wenigsten.

Darüber kam es zu Hause zu einer bedauerlichen Szene.

Es war knapp vor Weihnachten. Die Schneeflocken taten die ihnen in den Familienblättern vorgeschriebene Pflicht: Sie »tanzten in dichtem Reigen an den Fenstern der bürgerlich-luxuriösen Villa vorbei und blickten im Niedersinken erstaunt hinein«. Am Fenster saß meine Frau und nahm übel.

»Base oder Nichtbase – kannst du mir verbieten, Minka gefallsüchtig zu finden?«
»Petronella« – meine Frau heißt so – »Petronella, ich werde doch meine Base juristisch beraten dürfen?«
»Haha! Beraten nennst du das? Sie denkt gar nicht ernstlich daran, sich scheiden zu lassen; sie läuft nur dir persönlich nach. Wenn sie sich untersteht, noch einmal den Fuß über die Schwelle zu setzen – tritt sie durch eine Tür herein, gehe ich durch die andre hinaus.«
»Himmelkreuzdonnerwetter!« rief ich und stürmte aus dem Zimmer.
Eine Minute darauf sah ich meine Frau davongehen; stilgemäß verschleiert und eilends – offenbar der Wohnung ihrer Mutter zu.
Diese Wendung des ehelichen Konflikts entzückte mich keineswegs. Schwiegermama ist Geheimratswitwe und legt Gewicht auf ihren hohen Stand. Ihre Umgangsformen sind wahrhaft fürstlich – ich aber liebe das Eingreifen so hoher Sphären in häusliche Dinge nicht. Da ihre Intervention nun aber schon unausbleiblich geworden war, wollt ich das Verfahren wenigstens abkürzen und begab mich sofort in das gegnerische Parteilager.
Der Diener meldete mich an. Schwiegermama ist so – sie hat einen Diener, der einen anmeldet.
»Sagen Sie dem Herrn Doktor, die Gnädige habe Kopfschmerzen und könne ihn nicht empfangen.«
Ich hörte draußen deutlich, wie Mama Geheimrat die Anordnung wiederholen mußte, ehe der erstaunte Diener sie begriff.

– Die Dämmerung des Heiligen Abends, ein Hauch von Festtagsfreude und seliger Erwartung lag... und so weiter. Und ich sollte eine Stunde, die jeder Landstreicher mitfeiert – ich sollte den schönen angebrochenen Abend allein verbringen? Fällt mir nicht ein. Wozu habe ich meine Base Minka? Wozu gibt es Eifersucht, wenn sie immer sollte grundlos bleiben?
Ich nahm mein glockenreines Gemüt hervor, das ich mir im Lauf der Zeit schon angewöhnt hatte, und schrieb einen hübschen Brief an Minka: von Tannenduft und Kinderglauben, einsamem Fühlen und Anteilnahme – zum Schluß lud ich Minka ein, den Abend bei mir zu sein.
Ich machte alles bereit; wählte in der Konditorei ein Bäumchen – beschenkte Köchin und Stubenmädchen und beurlaubte sie human zu ihren Verwandten – Urlaub sofort anzutreten –, ich kaufte für Minka, meine Trösterin, einige Kleinigkeiten, die ihr Freude machen mußten...
Und wartete ungeduldig, mit der Uhr in der Hand, daß Glock acht würde – da sollte Minka kommen.
Pünktlich um acht schrillte die Klingel.
Sie trat ein. Natürlich – selbstverständlich meine Frau. Das hätt' ich mir ja gleich denken können.
Eine Sekunde starrte ich sie an, wie man eben Gespenster anstarrt – dann breitete ich weit die Arme aus.
Ihr Blick war auf das zweite Gedeck gefallen.
»Für dich«, rief ich lebhaft. »Für dich, angebeteter Schatz.«
Weinend sank sie an meinen Busen.
»Ich wußte, daß du kommen würdest«, beteuerte ich. »Sieh her – ich habe dir beschert.«

Auf dem Tisch lag, beschienen von schwachen Kerzchen, was eines liebenden Gatten Zartsinn aufgestapelt hatte. Ähum. Ich feierte also den Weihnachtsabend nun doch im häuslichen Kreis.

Nicht eben sehr ruhig. Denn ich erwartete jeden Augenblick die Ankunft der Base.

Daß die Sache dennoch ungestört verlief? Ich habe den Grund erst andern Morgens erfahren: Minka, die Schlange, war für den Abend schon vergeben gewesen; an ihren legitimen Hausfreund.

An ihn – der, den Gerichtsakten zufolge, nur ein Phantom in der erregten Phantasie ihres Gatten war.

Grete Müller

»Was sagst du zu Mamas Idee?« fragte Irma von Horkay ihren Bruder.
Andor antwortet nicht. Er sitzt im Schaukelstuhl faul hingestreckt und wechselt unter zwei Genüssen ab: einem Zug aus der Ägyptischen, dann einem Schluck Eislimonade und wieder einem Zug Zigarettenrauch.
Es ist grausam heiß, selbst hier auf der schattigen Veranda rein zum Verschmachten.
Wenn er aus dem Blättergewirr der wilden Reben über den Park blickt, sieht er draußen in der Ebene eine Unzahl von Menschen, die sich im Schweiß ihres Angesichts bemühen, den goldnen Weizen für Herrn von Horkay einzuernten.
»Hörst du denn nicht, Andor? Was sagst du zu Mamas Idee?«
»Lieber Gott, wenn sie gelingt...? Ist die Idee nicht schlecht«, brummt er endlich, verdrießlich, weil man ihn aus seiner hindämmernden Ruhe gescheucht hat.
»Warum sollte sie nicht gelingen?«
»Na, du bist zu siegesgewiß. Denn ob Mikloschy dich wirklich heiraten will...? Ich glaube, er flirtet nur.«
»Aber, Andor!« fährt Irma empört darein. »Ich spreche doch von Mamas Idee mit der deutschen Gouvernante.«

»Ach so.« – Andors ohnehin matte Teilnahme ist vollends erloschen.
»Woher weißt du überhaupt etwas über Mikloschy?« forscht Irma unruhig.
»Von Mama natürlich.«
»Diese Mama! Mich hat sie gewarnt, grade dir ein Sterbenswort von meinen... Chancen zu sagen.«
»Du kannst Gift darauf nehmen, daß auch schon sämtliche Tanten eingeweiht sind. Mama vertraut ihre Geheimnisse immer der ganzen Welt an und verlangt dann von jedem einzelnen tiefste Diskretion.«
»Was sollen wir mit einer deutschen Gouvernante?«
»Nun... vielleicht ist sie hübsch...«
»Haha, mein Lieber! Da kennst du Mama schlecht. – Wozu braucht Dalma Deutsch zu lernen?«
»Laß mich schlafen!«
»Langweiliger Kerl!«
Irma erhebt sich und geht ins Haus. – Andor schläft ein. – Drinnen erklingt das Klavier – ein wenig schleppend, als erdrücke die Schwüle des Sonnenbrands die Töne. Ein paar Minuten. Dann wird es still.
Nur vom Wirtschaftshof knarren die Wagen, schwer beladen. Ab und zu knallt ein Knecht mit der Peitsche.
– Frau von Horkay hat eine Schwester, die hat sich vor vielen Jahren an einen deutschen Gutsbesitzer verheiratet. Diese reichsdeutsche Schwester Ilona heißt in ihrer neuen Heimat Helene von Lennewitz. Sie ist kinderlos.
Frau von Horkay nimmt Familienfragen sehr ernst. Sie hat ihre beiden großen Kinder, Andor und Irma, immer wieder

ermahnt, die Erbtante zu besuchen. Die schlechten Kinder wollten aber niemals gehorchen und führten als letzten und triftigsten Grund ihrer Weigerung an, daß sie nicht genug Deutsch könnten.

Das Schicksal erwies sich der eifrigen Frau von Horkay geneigt: Nach fast zehnjähriger Pause kam der Storch zum drittenmal in das Landschlößchen derer von Horkay und lud ein Mädchen ab. Von Stund an nahm sich Frau von Horkay vor, die kleine Dalma mit den Geheimnissen der deutschen Grammatik so weit vertraut zu machen, daß sie dereinst als Sendbote in jenes ferne Land ausgehen könnte, das – o Wunder! – Mecklenburg heißt.

Nun ist sie endlich soweit, die kleine Dalma, daß man sie ohne Sorgen den Gefahren der deutschen Sprache aussetzen darf. Sie kann leidlich reiten, vorzüglich tanzen; kann Cocktails mixen, Niggersongs singen – Bridge, sogar Poker spielen – erstaunliche Menge Wissenschaft für ein zehnjähriges Fräulein.

Mama hat einst ihre ältere Tochter, Irma, auf diesem einmal betretenen Pfad weiterschreiten lassen. Mit Dalma aber hat sie andre Pläne: Dalma soll häkeln, nähen, Gedichte deklamieren und Deutsch sprechen. Um ein Wesen zu finden, das diese Zauberkünste lehren kann, hat sich Frau von Horkay an ein Wiener Vermittlungsbüro gewendet.

Nach einigen Tagen hält sie sechs Angebote in der Hand und sechs Fotografien. Jedes der Bilder zeigt die Bewerberin glatt frisiert, mit einem Buch in der Rechten, in einfachem Kleid und schlichter Haltung. Unscheinbare und würdevolle Gesichter voll milder Energie.

Frau von Horkay betrachtet die Bilder sinnend eine lange Weile und entschließt sich endlich, um Rat zu fragen.
»Irma«, sagt sie und tritt in den kleinen Salon, »hier sind... – Ah, guten Tag, Mikloschy!«
Irma blickt zu ihrer Mutter auf und ist sehr unzufrieden. Gott, dieser Baron Mikloschy ist ohnehin ein eiskalter Frosch, und Mama hat auch keine Spur von Taktik...
Als er sich zum Kuß über Mamas Hand beugt, gewahrt Irma in seinem Gesicht einen leichten Zug von Befriedigung. Über die Unterbrechung eines Gesprächs, das persönlich zu werden drohte? Jetzt haßt sie ihn fast. Sie, die schöne, vielumworbene Irma Horkay nimmt sich die Mühe, mit diesem Mikloschy eine Stunde von seinen Afrikareisen zu reden, langsam und vorsichtig in die Kulturstaaten zurückzukehren, um über Paris und London daheim anzulangen – und grade da kommt Mama mit ihren albernen Fotografien!
Trotz ihrem Ärger fragt sie artig nach Mamas Wünschen.
»Es sind die Bilder der Gouvernanten für Dalma. Sie können mir helfen, Mikloschy – Sie mit Ihrer Erfahrung.«
Natürlich bewegt ihn die große Sache. Er setzt sein Glas auf und mustert die Bildnisse.
»Ich werde überschätzt – immerhin – ich bin bereit. Kritisieren wir! Da ist eine junge Dame – kleines, schmales Gesichtchen; farblos; offenbar helle Augen, blondes Haar. – Ich komme mir wie ein Henker vor«, fährt Mikloschy mit einem Lachen des Unbehagens fort. »All diese Mädchen möchten eine Stellung haben. Fünf der Hoffnungskeime soll ich ersticken. Nur einer wird gedeihen und Früchte

tragen dürfen in Gestalt einer herrlichen Erziehung unsrer Dalma.«
»Sie machen Faxen, Baron.«
Mama hat Eile. Sie will um eine der Fräulein telegrafieren. Seit Dalma sich gestern mit Speck eingeschmiert und an die Sonne gelegt hat, um ein Zigeunerkind zu werden, sieht Mama der Zuchtmeisterin mit einiger Ungeduld entgegen.
Mikloschy besieht die Bilder abermals und nochmals. Das Bild der Schmächtigen, Farblosen behält er schließlich in der Hand.
»Nehmen Sie diese, Gnädigste. Sie blickt so ruhig drein, sanft und bescheiden.«
»Ruhe und Sanftmut braucht Dalmas Gouvernante nicht so dringend wie Strenge«, unterbricht Irma. Sie hat grade heut unbezähmbare Lust, diesem Mikloschy zu widersprechen.
Es hilft ihr nichts, der schönen Irma. Baron Mikloschy siegt – man telefoniert ans Postamt eine Depesche, die Fräulein Grete Müller beruft. Grete Müller stammt aus der Gegend, wo Lannewitzens wohnen. Das hat den Ausschlag gegeben.
– Baron Mikloschy irrte gründlich, als er Grete Müller farblos und unbedeutend nannte. Sie ist keins von beiden. Der Fotograf freilich trägt ebensowenig Schuld; seine Platten malen nun einmal grau in grau, fälschen leuchtendes Blau und nehmen den Lippen ihre Röte.
Baron Mikloschy ist verblüfft, als man ihm »unser Fräulein« vorstellt – und Grete merkt das, wie jedes andre junge Mädchen es bemerkt hätte. So ein Fräulein hat auch ihre

kleine Eitelkeit. Sie errötet. Die luchsäugige Irma hat es gesehen.

Übrigens sind eben Gäste bei Horkays: ein paar Offiziere mit Andor, eine Schar junger Mädchen im Salon und die »Suppenhühner« – Mütter – in Mamas Zimmer.

Man schwatzt und lacht; Andor spricht ein leises Wort mit dem Diener, und silberhalsige Champagnerflaschen erscheinen.

Der lange Julius, der so gut und gern aufspielt, weil er mit seinem lahmen Bein nicht tanzen kann, setzt sich ans Piano – und vor Grete Müllers erstaunten Augen rollt sich eine Szene ab aus der Welt, in der man sich nicht langweilt. Sie allein ist Publikum; sie kann nicht Csárdás tanzen, bekommt nicht Champagner serviert, man kann ihr auch nicht den Hof machen, denn sie ist Dalmas Erzieherin.

Baron Mikloschy spricht ein Weilchen mit ihr. In jeder Hinsicht hat sie ihn blamiert; sie ist hübsch, gescheit. – Aber schüchtern ist sie über alle Maßen.

Nur einmal scheint sie freudig zu lächeln. – Und die luchsäugige Irma hat es gesehen.

Unmittelbar darauf wird Dalma schlafen geschickt. Mit ihr zugleich zieht sich die Gouvernante zurück.

So ein armseliges, unerfahrenes Ding wie Gretchen Müller aus ihrem bescheidenen Elternhaus dort oben in Deutschland – und dann mitten hinein in das überschäumende, luxuriös-leichtsinnige Leben der Baranya, des südungarischen Paradieses – kann es einen wundernehmen, wenn sie einen Augenblick den himmelweiten Unterschied ver-

gaß zwischen sich, der Arbeitenden, und den andern, den Genießern?
Und grade in diesem Augenblick hielt sie, das arme Fräulein, ihr Herz nicht fest.
Ja, sie hatte sich in Mikloschy verliebt. Völlig unsinnig und aussichtslos; aber auch ohne den kleinsten Gedanken an Ziel und Ende.
– Hätte Gretchen auch nur eine Spur Beobachtungsgabe behalten – sie konnte mancherlei sehen:
Die Blumen im Kistchen auf der Verandabrüstung waren zertreten. Denn Irma stieg des Abends vom Garten her empor und spähte durchs Fenster, was Grete treibe:
Gretchen füllte die Blätter ihres Tagebuchs mit Schwärmereien. – Irene ist brennend neugierig, zu wissen, was in diesem Buch steht.
Eines Abends sitzt Grete auf dem Balkon. – Es ist Herbst geworden. Wolken verdunkeln das Mondlicht. Spätrosen duften. Eine wahnsinnige Fledermaus streicht unhörbar ums Haus. Grete hört auf die Klänge einer fernen Musik. Es legt sich ihr um die Seele wie ein eiserner Reif. Tränen rollen übers Gesicht. Sie trocknet sie nicht. Am liebsten möchte sie sich das Herz aus dem Leib weinen.
Irma, fünf Schritt hinter ihr im Zimmer, liest das Tagebuch. Es hat offen auf dem Tisch gelegen. Wenn sich das Fräulein umwendet? Ein Schritt – und Irma wird neben Dalmas Kinderbett stehen. Man muß doch nachsehen, ob das Schwesterchen ruhig schläft.
Im Lesen lächelt Irma. Sie ist ja keinen Deut eifersüchtig – dazu liegt die Sache zu offenbar allein bei Gretchen.

Eine Minute später gibt Irma einem kleinen Kreis von Intimen die Geheimnisse des armen Fräuleins preis. – »Wißt ihr – nein, es ist zum Heulen komisch: ›Du Stern in der einsamen Nacht meines Lebens, mein erkorner Ritter Lohengrin.‹ – So nennt sie ihn. – Und er hat sie doch gar nicht angeguckt.«
»Nein, er sieht sie nicht an«, sagt Leutnant Emmerich leise. »Ist auch gar nicht möglich, an Ihnen vorbei eine andre ...«
Sie lacht und fixiert ihn kurz. Es klingt Erregung mit in der scherzhaft übertriebenen Rede. – Übrigens weiß sie schon lange, daß Emmerich weidwund verschossen in sie ist. Er bleibt aber in ehrfürchtiger Entfernung – viel zu verständig und wohlerzogen, die Aussichten seiner Freundin auf Mikloschy zu verderben, die glänzende Partie.
Sie ziehen sich tiefer in die Fensternische zurück und wispern. Irmas Augen flackern. Emmerich muß sie staunend betrachten: wirklich, eine Horkay sollte dennoch und dennoch eifersüchtig sein auf die arme, bescheidene Lehrerin?
Man hat irgend etwas beschlossen und bestürmt den Leutnant um seine Hilfe. Er wehrt sich. Er ist gewiß kein Spielverderber – doch ihm spukt im Kopf, was er so oft gehört hat: daß die Deutschen schwerfällig sind, und wie sehr sie sich manches zu Herzen nehmen, worüber ein andrer Mensch nur lacht.
Endlich gibt er nach.
– Das deutsche Fräulein glaubt zu träumen. Sie fühlt sich in den Sternen schweben und fürchtet abzustürzen, als sie liest:

»Mein süßes Mädchen!
In Ihren Augen habe ich gelesen, daß Sie mich lieben – wie ich Sie liebe. Ihre stummen Lippen und der schüchterne Druck Ihrer Hand haben es kundgetan. Ich wage nicht, mich zu nähern. Sagen Sie – schreiben Sie, Gretchen – ist es wahr? Ewig der Ihre – Mikloschy.«

Diesen Zettel hat ihr ein Hirtenjunge über das Parkgitter gereicht. Nun sitzt sie mit klopfenden Pulsen da und starrt das Papier an, auf dem sie ihm antworten will.
Eine Viertelstunde, ausgefüllt mit wirbelnden Gedanken, vergeht – und noch eine. Wenn sie sich doch beeilen wollte. Unter dem Weidenbusch hockt der kleine Junge und wartet auf Antwort; und weiter unten wartet das gnädige Fräulein Irma auf den kleinen Jungen. Wenn er's gut ausgerichtet hat, bekommt er zwanzig Heller.
Er machte von nun an öfters solche Wege, der schlaue, brauchbare Junge. Der Herr Leutnant oder das Fräulein paßten auf ihn, und als er einmal erzählte, das Fräulein wäre rot geworden, und hätte den Brief geküßt, da lachte Fräulein Irma und strich ihm über den borstigen Schädel. Gottvoll, diese Briefe Gretes. Nur Emmerich, der abgeschmackte Mensch, hatte sich verdächtig den Kneifer geputzt, als der Jubel einer jungen Seele durch das Zimmer klang.
– Es hatte Irma nicht geringe List gekostet, eine Begegnung Mikloschys mit Grete zu verhindern. Heute wollte sie ihr noch einen Brief schicken – und dann die Komödie irgendwie beenden.

Und grade heute...
Durch die aufgeschlagenen Vorhänge blickt Irma in den Park. Von links kommt Grete, von rechts Frau von Horkay, verdeckt vom dichten Gesträuch.
Welches Wunder! Draußen fällt feiner, kalter Herbstregen, und Mama geht spazieren – Mama, die sich so sehr vor Rheuma fürchtet, vor Halsentzündung, Influenza und was sonst für Krankheiten durch kalte Füße entstehen.
Rechts taucht der Hirtenjunge auf. Grete beschleunigt ihre Schritte. Als sich ihre Hand eben nach dem verlockenden Brief ausstreckt, kommt eine größere, stärkere Hand und nimmt ihn weg. Frau von Horkay geht mit hocherhobenem Haupt und zorngerötetem Antlitz daher; gesenkten Blickes folgt die Angeklagte.
Sie müssen durch den Salon, ehe sie in den Gerichtssaal treten – Mamas Ankleidestube. Die kleine Dalma drückt sich hinter den Mullvorhang, als sie Schritte hört. Sie hat ihre mühsame Häkelei längst im Stich gelassen. Wollt eben die hübschen Engelchen aus Mamas Vorhängen schneiden und sie in ihr Album kleben. Dazu hat sie Mamas Scherchen vom Spiegeltisch genommen und auch dann nicht hergegeben, als das Stubenmädchen von der ungeduldigen Gnädigen ein Kopfstück bekam zur Aufmunterung ihrer Ordnungsliebe. Zehn reizende Figuren liegen schon losgelöst von ihr, da macht sich die Kleine plötzlich unsichtbar – denn dicht vor ihr erklingt Mamas Stimme in zornigem Diskant.
»Wie, Fräulein, Sie unterhalten Liebesverhältnis in mein Haus?«

»Gnädige Frau...«, stottert Grete.
»Wollen S' nix reden! Werd ich schaun, wer hat geschrieben.«
»Baron Mikloschy«, sagt Grete laut, fast stolz.
»Ah... ah... Baron Mikloschy – sehr gut! Fehlt mir das Wort, Fräulein! Eine Lehrerin für Tochter, was bekommt fünfzig Pengö und familiäre Behandlung – – und Liebesbriefe – ah – unverschämt!«
Grete erwidert irgend etwas. Irma, die wieder in ihrem Zimmer horcht, kann es nicht verstehen.
Frau von Horkay schäumt vor Wut, weil eine einfache Lehrerin gewagt hat, die Pfade ihrer Tochter zu kreuzen – und da sie ihr das nicht sagen kann, sagt sie alles andre, was ihr der Zorn eingibt.
Und wird zum Schweigen gebracht durch ein Kinderlachen. Nein, die kleine Dalma kann nicht anders. Sie springt wie toll um ihre Mama. Sie hat begriffen, die altkluge Kleine, daß man das verhaßte Fräulein genarrt hat. Hastig, überstürzt sagt sie, was sie weiß – und Mama versteht endlich. Aha! Emmerich und Irma also!
Der Kritik der Komödie widmet Frau von Horkay keine Silbe; geht auf den Schreibtisch zu und sucht unter ihren Briefen. »Fräulein!« ruft sie triumphierend, »sehen Sie, das hat geschreibt Baron Mikloschy, das –o groß und stark – und das – so fein und dünn wie Frau, hat geschreibt Leutnant Emmerich. Also haben Sie Brief von Leutnant Emmerich. Verstehen Sie?«
Gretchen blickt auf die drei Dokumente. O ja, sie hat recht, die grausame Frau! Die Briefe sind gefälscht.

»Solche Fräulein, was denkt auf Teufeleien, kann nicht erziehen horkayisches Mädchen. Sie werden packen Koffer, und in einer Stunde steht Wagen vor der Tür. Gott mit Ihnen!« – Frau von Horkay schwingt eine verabschiedende Gebärde.
Im Flur legt das Fräulein eine Sekunde die Hand vor die Augen. – Irma, die scharfäugige, hat es gesehen.
Irma steht noch in der Fensterecke; sieht die hastig gepackten Koffer auflegen, sieht das Mädchen langsam die Treppe hinab in den Wagen steigen und sieht den Blick, mit dem sie Abschied vom Haus nimmt. Gehässig ist er nicht, der letzte Blick.
– Der alte Baron, Mikloschys Großonkel, lebt seit undenklichen Zeiten in seinem Landhaus. Er sitzt heut im Lehnsessel und schaut in den Herbstregen. Ein angenehmes Möbel, dieser Großonkel. Dank ihm ist Mikloschys Vater bis in sein sechzigstes Jahr der »junge Herr« geblieben, und Mikloschy selbst, der sich auch schon den Vierzig nähert, wird sich dieser Anrede bis zum Tod des lieben Onkels erfreuen.
»Ich habe eigentlich erwartet, daß du dich nächstens verloben wirst«, sagt plötzlich der Onkel.
Mikloschy blickt von der Zeitung auf und faltet sie langsam – sichtlich geneigt, sich in eine längere Erörterung einzulassen. – »Verlobung – Ehe – keine Kleinigkeit. Ich bin noch nicht ganz entschlossen...«
»Was suchst du eigentlich Besseres?« fragt der alte Herr lebhaft. »Sie ist von guter Familie, hübsch, recht wohlhabend...«

»Aber der Charakter. Ich habe ihn nicht ergründet.«
»Charakter – Larifari! Man hat von ihr nie geredet – das ist schon sehr viel – beinahe alles. Glaub mir – ich hab es hundertmal um mich erlebt: Der Mann bekommt eine Frau nie fertig ins Haus. Das Mädchen soll nur gut veranlagt sein und aufgeschlossen – dann formt sich der Mann das Mädchen gerade, wie er es haben will. Ich hab gesehen, wie aus Gänsen in drei Jahren Weltdamen wurden. – Denk nur, wie schön das wäre: eine junge, frohe Frau im Haus und . . . Kinder. Wir säßen abends nicht mehr gelangweilt und allein bei der Lampe, du und ich. Kinder machen einen jung.«
Mikloschy besinnt sich lange. Endlich sagt er: »Du hast recht, Onkel! Ich habe nur jemand gebraucht, der mir zuredet. Ich werde um Irma werben.«
Da öffnet sich die Tür, und der Diener erscheint. »Der junge Herr Baron belieben, sich in den Salon zu begeben. Es ist jemand da.« – Ein unterwürfig-diskretes Blinzeln verbietet Mikloschy, nach der Person des Gastes zu fragen.
Einen Augenblick darauf steht er sprachlos vor . . . Irma. Sie hat den Eindruck nicht verwinden können, den ihr Gretchens Abschiedsblick gemacht hat. Und ohne Überlegung kommt sie zu Mikloschy, der am unschuldigsten an der Sache ist und am wenigsten fähig zu helfen.
Sie hat keinen bestimmten Plan; erzählt ihm nur stockend die ganze Geschichte.
Sie versucht, in seinem Gesicht zu lesen; und sieht nichts als die höflichen, aufmerksamen Züge eines Kavaliers.
»Baron! Das arme Ding steht verlassen da draußen und

wartet drei Stunden auf den Zug. Es ist schauderhaft – und solch ein Regen!«
»Gnädiges Fräulein, auf dem Bahnhof gibt es ein nettes Wartezimmerchen – diese Grete ist vielleicht gar nicht so trübselig, wie Sie glauben.«
»Ich kann mit dem Andenken an das unglückliche Mädchen nicht leben«, ruft die exaltierte Irma.
»Unglücklich! Zu einer rechten Gouvernante gehört eine hoffnungslose Liebe.«
Irma blickt ihn an. Ihr scheint solcher Zynismus gar nicht zu Mikloschy zu passen. – Plötzlich wird sie sich bewußt, daß sie in der Behausung eines Junggesellen sitzt, und verabschiedet sich hastig. Wie der Blitz fährt sie davon. Sie hat sich selbst ans Steuer gesetzt, der Chauffeur ist ihr zu langsam.
Ah, heute will nichts zusammengehen. Emmerich hat immer Mitleid mit dem Mädchen gehabt. Und den Baron versteht sie nicht. Alberne Stunden, in der sie den Plan ausgeheckt hat, Grete zu narren!
Schon hat Mikloschy seinen Zweisitzer angekurbelt. Die Leute schütteln die Köpfe: Zuerst die Horkaysche wie ein Teufel zum Tor hinaus – und nun der Herr. Sie nach links und er nach rechts.
– Grete hat ihm immer Überraschungen bereitet. Damals durch ihre Schönheit und heute ... Er steht vor ihr in dem schmutzigen Wartezimmer und hält ihre Hand; hat gedacht, sie würde verwirrt sein, leugnen. – Keine Spur.
»Ich bin nicht schuld, Herr Baron! Ich gehe. Frau von Horkay wird Ihnen von meinem Verbrechen erzählen.«

»Grete?«
»Nun ja – sie hat es ein Verbrechen genannt, wenn ein armes Mädchen wie ich ... Sie liebt.«
Was soll er antworten? Wie ein Schulknabe, der nichts gelernt, steht er vor ihr. Und läßt ihre Hand los.
Geht auf den Bahnsteig und blickt lange ins Grau.
Indessen sitzt sie still in der Ecke.
Dann setzt er sich neben sie, und sie sprechen. Bis der Zug kommt. Und weil sie noch nicht fertig miteinander sind, steigt er ein und fährt ein paar Stationen mit.
– Einige Wochen darauf erhielt die Gentry der halben Baranya feinlithographierte Karten:
»Baron Mikloschy erlaubt sich, Ew. Hochwohlgeboren geziemend von seiner in Wien am 19. Dezember vollzogenen Vermählung zu benachrichtigen.«
Nichts weiter. Sonderbare Anzeige das!
Man hatte sich von der Verwunderung noch nicht erholt, als ein zweites Lebenszeichen Mikloschys eintraf:
»Baron und Baronin Mikloschy erlauben sich, Ew. Hochwohlgeboren für heute abend zu einem freundnachbarlichen Souper zu bitten.«
Wieder sehr sonderbar. Hat noch keine Besuche gemacht und bittet einen zum Souper.
Eifrige Telefongespräche von Gut zu Gut. Die Klingel stand nicht still. Man wollte nicht hingehen, und man ging doch hin, fiebernd vor Neugierde.
Alle waren in dem großen Saal versammelt. – Irma stand neben Emmerich.
Da ging die Tür auf, und Mikloschy trat ein. An seinem Arm

eine schöne junge Frau in prunkvoller Toilette; man erkannte nur schwer Dalmas deutsche Gouvernante. Emmerich hatte sich Irma zugewendet. Sie wechselten einen Blick – dann schob sie leis ihren Arm in den seinen.

Es geistert

Das Schloß Janowo, im Werötzer Komitat nah an der Drau, ist nicht etwa eine Ruine hoch auf einsamen Bergen, sondern ein freundlicher Herrensitz mitten in einem Park, und der Park wieder in nächster Nachbarschaft Janowos. Post im Ort, Eisenbahn- und Telegrafenstation Schuma.

Dies Schloß Janowo gehört dem Baron Callini. Er ist hoch in den Dreißig. Hat vor fünf oder sechs Jahren seine Gliedbase geheiratet, die Baronesse Callini-Khalen, eine sehr schöne Frau.

Früher hörte man nichts von Geistern auf Janowo. Ein Jahr nach Callinis Hochzeit ging es los.

Die erste, die den Geist zu Gesicht bekam, war die Baronin selbst. Sie sah ihn nachts, ungefähr zwischen zwölf und eins, vom ersten Stock aus. Der Geist schlurfte den Flur zu ebener Erde lang, blieb an der Tür des Barons eine Weile stehen und pochte leise.

Am nächsten Tage erzählte die Baronin die Geschichte ihrem Gemahl. Der Baron lachte überlegen und sprach von Einbildung.

»Schön«, sagte die Baronin, »eine Einbildung. Ich mache dich nur aufmerksam: so gut wie vor deinem Schlafzimmer könnte es einmal auch vor meinem geistern.«

Schon am selben Abend erfüllte sich die Voraussage der

Baronin. Von Callinis Schlafzimmer aus zu dem der Baronin führt eine Wendeltreppe. Callini passierte sie um Mitternacht und öffnete eben die Tapetentür – sie ist etwas eingerostet – da sah er eine große, unheimliche Gestalt durch den obern Korridor davonhuschen. – Es muß gesagt sein: der Baron ist ein vernünftiger Mann, jedem Aberglauben abhold, und daher ein einwandfreier Zeuge.
In derselben Nacht hatte die Kammerzofe der Baronin dieselbe Erscheinung. Sie bekreuzigte sich, rief »Jesus, Maria, Josef« – da verschwand das Gespenst spurlos.
Später sahen Jean, der Diener, Franjo, der Büchsenspanner, und Resi, die Beschließerin, wiederholt die lustige Gestalt. Besonders oft der Büchsenspanner. Er blieb wochenlang jeden Abend wach, um dem Geist aufzulauern – auch dann noch, als der Geist ihn einmal würgte. – Daß sich Franjo getäuscht haben könnte, ist ganz und gar ausgeschlossen. Franjos Kaltblütigkeit ist allgemein anerkannt. Der Baron hat ihn auf die Bitte der Baronin gradezu zu ihrem Wächter bestellt und ihn von allen Diensten enthoben, damit er nachts vor ihrer Tür Posten stehen könnte.
Wenn man den sogenannten gebildeten Menschen von Geistern erzählt, so schmunzeln sie gewöhnlich. Das ist aber nicht ganz berechtigt. Freilich mag in neunzig von hundert Fällen die überreizte Phantasie des Betroffenen seinen Sinnen einen Possen spielen – irgend etwas Wahres muß aber doch wohl an einer Sache sein, die man in der ganzen Welt glaubt, in unzähligen Büchern beschrieben hat und täglich überall von neuem erlebt. – Weitaus die

meisten Gelehrten leugnen zwar die Existenz von Geistern; aber es gibt auch solche, die sie bestätigen, zum Beispiel Doktor Hinkowitsch in Agram. – Völlig klargestellt ist also die Frage noch lang nicht. Man braucht durchaus kein altes Weib zu sein, wenn man behauptet: die Unmöglichkeit von Geistererscheinungen ist nicht erwiesen.

Tatsache ist, daß auf Janowo, solang Franjo Wache hielt, also zwei oder drei Jahre hindurch, ein Geist umging, von Franjo und der Baronin öfters gesehen wurde, und daß dieser Geist jedesmal durch die versperrte – jawohl, durch die versperrte Tür in das Schlafzimmer der Baronin eintrat.

Der Baron mochte an die Sache nicht recht glauben, oder tat wenigstens so – er wollte einmal sehen, wie es eigentlich zuginge und erschien eines Nachts unvermutet im obern Korridor. Franjo war auf seinem Posten, und ringsum nichts zu sehen.

Da plötzlich schrie Franjo auf und zeigte in eine Ecke: es geistert.

Soviel sich der Baron umsah – er konnte nichts entdekken. Trotzdem wurde ihm so unheimlich, daß er Reißaus nahm. Ihm war, das schildert er selbst, als hauche ihn etwas Kaltes und Feuchtes an, und bis in sein Schlafzimmer tönte ihm noch das gellende Lachen des Gespenstes nach. – Auch die Baronin hatte den Geist gesehen und hörte ebenfalls das entsetzliche Gelächter – ein Beweis, daß sich Franjo nicht geirrt hatte.

Dann wurde es allmählich stiller. Das Gespenst tauchte

immer seltener auf, so daß die Baronin auf den Wächter verzichtete. – Franjo wurde Forstwart in Mikleusch und heiratete. – Ein reines Glück für Callinis, daß der Geist von da an Ruhe gab – denn von der zurückgebliebenen Dienerschaft hätte keiner nachts auf dem Korridor gewacht – und wenn man ihm gleich ganz Janowo zum Lohn versprochen hätte.

Wie gesagt, zwei Jahre gab der Geist Ruhe. Man begann schon, ihn zu vergessen.

Da fügte der Zufall, daß die Essegger Kavalleriebrigade ihre Konzentrierung in der Gegend von Janowo hatte. Der Kommandant und sein zugeteilter Generalstäbler kamen auf vier Wochen zu Callinis ins Quartier. – Kommandant war General Zimmermann von Treuschwert – Zugeteilter Oberleutnant Graf Egreschy.

An einem der ersten Übungstage – abends beim Souper – kam man auf die Geistererscheinungen zu sprechen.

Der General – er war übrigens in die schöne Baronin verschossen – aber ohne Glück, denn die Baronin gilt von jeher als unnahbar – der General also machte daraufhin eine Bemerkung über die *splendid isolation* der Baronin. Sie schlief ja allein im ersten Stockwerk. Und der Herr General hielt seine Bemerkung offenbar für sehr geistreich. – Baronin Callini ist gut genug erzogen, unanständige Pointen zu überhören.

Item – so als hätte das Gespenst nur auf einen Ruf gewartet – in derselben Nacht noch erschien es – und zwar diesmal dem Baron – grade als er wieder einmal nach langer Zeit die bewußte Wendeltreppe erstieg. – Der Geist schlurfte –

ganz wie damals – den obern Korridor entlang und huschte unhörbar zur Baronin hinein. Der Baron eilte entsetzt zurück.
Am Morgen berichtete der Schloßherr mit gesträubtem Haar sein Abenteuer. Da grinste der General – auch einer von den Superklugen – dazu und schlug dem Oberleutnant vor, sie sollten gemeinsam Wache halten.
Dazu kam es aber nicht. Der General legte sich am Abend resigniert schlafen. Von einem alten Herrn ist doch auch nicht zu verlangen, daß er die Nacht unnützem Postenstehen opfere.
Doch die geheimnisvolle Sache gab dem Generalmajor keine Ruhe. Am Vorabend des Abmarsches zu den Korpsmanövern ging er nicht zu Bett, sondern las bis gegen zwölf Uhr Grobschmids »Taktisches Handbuch«. Dann schlich er die große Treppe zum obern Stockwerk hinan, und zwar allein – den Oberleutnant Graf Egreschy hatte er am Abend zur Divisions-Abfertigung nach Miholjatz geschickt.
Oben bemerkte der General etwas Merkwürdiges: das Mondlicht fiel breit durchs Gangfenster – da stand gebückt eine weiße Gestalt in langwallendem Gewand und machte geheimnisvolle Bewegungen. Plötzlich richtete sie sich auf, schritt lautlos gradeaus auf das Schlafzimmer der Baronin zu und zerfloß dort – wieder lautlos – in nichts.
Den General verließ nicht einen Augenblick die Geistesgegenwart. Kaum war das Gespenst verschwunden, da eilte der alte Degen auf das Gangfenster zu, an dem der Geist so geheimnisvoll hantiert hatte; da lag, vom Mond-

licht beschienen, ein Paar eleganter, vorschriftsmäßiger Husarenoffizierstiefel.

Der General befühlte sie – sie waren innen noch ganz warm, außen arg bestäubt. – Nun war aber Oberleutnant Egreschy, der einzige Husar in der Essegger Ulanenbrigade, um jene Zeit doch bei der Divisions-Abfertigung in Miholjatz; und sein Gepäck mit allen Stiefeln unterwegs nach Ungarn. Durch welchen übernatürlichen Zusammenhang der Dinge konnten Husarenstiefel hergekommen sein?

Am nächsten Morgen war Generalmajor von Zimmermann, jung vor Neugier, schon im ersten Zwielicht aufgestanden. Dagegen verschlief Oberleutnant Graf Egreschy die Abmarschstunde. Er war wohl ermüdet von dem späten Ritt.

Er drückte sich scheu um seinen Chef herum und versuchte davonzueilen.

»He – wohin so geschwind, Herr Oberleutnant?«

»Herr Generalmajor, ich meld gehorsamst – zum Divisionskommando nach Miholjatz. Hab gestern vergessen, die Meldung über die Begutachtung der Kadetten einzugeben.«

»Hm – hm. So – so«, machte der General. Ist das wirklich so dringend?«

»Jawohl, das muß noch heut geschehen.«

»Na, wenn's geschehen muß, Herr Oberleutnant, so reiten S' in Gottes Namen! Aber ich bitt Sie, ziehn S' vorher Stiefel an – die Ordonanz hat ein Paar in der Packtasche, die ihnen passen werden. Denn in langen schwarzen

Damenstrümpfen, mein Lieber, noch dazu mit Monogramm und Freiherrnkrone, können S' doch unmöglich zur Division reiten.«

Ein unbesonnenes Mädchen, ein wohlerzogener junger Mann

Ich war voriges Jahr zu Gast auf einer Bühne – ich sage nicht, wo. Hielt Vorträge aus meinen Werken. Mit mir zugleich war eine sehr gescheite Frau da, berühmte Künstlerin.

Wir vertrugen uns aufs beste. Ich wußte, daß sie sich nichts aus Männern macht, wußte es von zehn Leuten, die es mir am ersten Tag beflissen zugetragen hatten. Desto netter, desto sachlicher diskutierten wir. Es ist also doch Freundschaft möglich zwischen Mann und Frau: eben unter diesen oder ähnlichen Voraussetzungen.

Einmal hatten wir einen spielfreien Abend – wir verbrachten ihn am Tisch eines Kunstfreundes. Ein reicher Tisch – es gab allerhand gute Dinge – Champagner, Liköre.

Der Hausherr stand im Berufsleben, muß morgen wie immer ins Büro – uns blieb nichts übrig, als aufzubrechen.

Und es war erst Mitternacht... Viel zu zeitig für uns zwei, die wir gewohnt waren, um diese Zeit auf der Höhe unsrer Laune und Phantasie zu stehen.

An mir war, die Diva heimzubringen. Kaum standen wir auf der Straße, da sagte sie (und ich hatte es gedacht): »Was fangen wir mit dem angebrochenen Abend an?«

Ich lächelte – vielleicht ein bißchen zynisch. Was sollt ich dieser, gerade dieser Frau vorschlagen?

Sie hatte schon die Antwort: »Wir plaudern.«
So setzten wir uns denn in die letzte Ecke einer zum Glück menschenleeren Bar und redeten. Und tranken Champagner – jene Marke, mit der wir heute abend begonnen hatten.
Wir tranken viel.
Und bei der dritten Flasche erzählte sie mir ein Erlebnis – eine Geschichte, so unwahrscheinlich, daß ich, der Dichter, nie wagte, dergleichen zu erfinden – eine Geschichte, die sie, meine Dame, sicherlich noch nie über die Lippen gebracht hatte und einmal beichten mußte, sonst wäre sie daran erstickt. Mir, dem Fremden, vertraute sie sich lieber und leichter an.

»Ich war«, erzählte sie, »nach zwei Jahren Bühnenlaufbahn den Sommer ohne Beschäftigung, ein junges Ding. Soll ich weit ausholen und gestehen, wie ich nach Gmunden geriet, Salzkammergut? – das teuerste Hotel? Schön, auch das: mit jemand, der mich eingeladen hatte ... Dieser Jemand – sagen wir einfach: ›die Person‹ spielte Poker; ganze Nächte; wahnsinnig. Und verlor. Und verschwand.
Wirklich spurlos. Ich kam eines Morgens an den Kaffeetisch – ›die Person‹ war nicht da. Ich klopfte an die Zimmertür: geschlossen. Ich fragte den Portier: abgereist.
›Wird aber doch wohl wiederkommen?‹
›Oh, natürlich‹, sagte er, ›selbstverständlich.‹ Er wollte doch in mir nicht den zweiten Gast verlieren. Er ahnte nicht, der Harmlose, daß ich so gut wie ohne Heller dasaß.
Ich nahm am zweiten Frühstück nicht teil, weil doch

niemand da war, mich zum Essen zu bitten. Ein paar Badekarten hatte ich – da ging ich schwimmen.
Bis Abend hielt ich aus – dann sagte ich mir: ›die Person‹ kehrt doch zurück, hat der Portier versichert – ›die Person‹ mußte mich wohl verständigen, wenn sie es anders vorhatte – so überwand ich die Scheu und ließ mir, schlechten Gewissens, das Essen auf meine Stube bringen. Ich war entschlossen, dem Kellner nachlässig wie ein Sudermannscher Held zu winken: ›Schreiben Sie es auf die Rechnung!‹ Es kam aber gar nicht dazu; der Kellner verzog sich stumm. Ich fühlte mich sehr erleichtert...
Ich will Sie nicht langweilen: es vergingen drei Tage so – mit wachsenden, mit schrecklichen Sorgen – drei schlaflose Nächte. Ich schämte mich zu Tode. Dann der letzte Schlag – ein Brief aus Wien: Spielverluste – dem Nichts gegenüber – Rückkehr unmöglich.
Herr, ich war neunzehn und trotz zwei Theaterjahren so fremd in der Welt wie ein neugebornes Kind. Meine Mutter war kurz vorher gestorben, als Kriegswitwe. Ich hatte niemand auf Erden. Und hätt ich jemand gehabt: nie fand ich den Mut, um Hilfe zu rufen, zu schreien.
Zechpreller kommen ins Gefängnis, in die Zeitung – das hatte ich oft gelesen, in der Zeitung.
Ich hatte ein vergoldetes Armbändchen, eine silberne Uhr. Wenn ich sie verkaufe?
Wem verkaufen? Ich sah mich zehnmal um, ob mich niemand beobachtete, und flitzte, als hätt ich Armband und Uhr gestohlen, zu einem kleinen Händler. Er merkte meine Erregung, musterte mich mißtrauisch und fragte mich aus.

Das Ührchen trug mein Monogramm, und ich konnte meinen letzten Bühnenvertrag vorweisen. Das beruhigte den Händler, und er zahlte mir vier Schilling. Vier Schilling. Meine Hotelschuld mußte in den vier Tagen zwanzigmal so viel betragen.

Ich dämmerte noch Tag und Nacht hin, ratlos; hätte gar keinen Gedanken fassen können, denn ich hörte nur einen Satz im Gehirn hämmern: Zechpreller kommen ins Gefängnis. Vor dem Hotel pflegte ein Polizist zu stehen. Ich könnte ihn heute noch malen – so oft, so genau habe ich mir ihn damals angesehen.

Ich bildete mir sicherlich nur ein, daß mich das Hotelpersonal überwachte. Sie hatten noch keinen rechten Grund dazu – wenn ihnen mein bekümmertes Benehmen nicht auffiel – oder sie mußten Menschenkenner sein von ungewöhnlichen Gaben. Man hatte mir nämlich bis dahin gar keine Rechnung vorgelegt. Sie droht erst Samstag. – Nun pulste es in mir: Zechpreller kooomen ins Gefängnis; Samstack! Samstack! Ich spielte mit irren Ideen: Selbstmord; Raub. Freitag war ich so weit, daß ich erwog, aus der Garderobe des Speisesaals eine Boa zu klauen.

Zu Abend ließ ich mir Poularde und Torten servieren. Ich nannte es: mein Henkersmahl.

In der folgenden Nacht, ich hatte natürlich kein Auge zugetan, um drei wurde mir die Stube unerträglich. Ich sprang auf, kleidete mich an und wollte ... ja, ich wollte nun einfach fliehen. Flucht schien mir plötzlich ein so herrlicher Ausweg, daß ich mich fragte, warum, warum ich nicht schon früher darauf verfallen war.

Weh, das Tor war zu. Und den Nachtportier alarmieren? Auf diesem Weg über die Treppen nach dem Tor aber hatte ich Licht im sogenannten kleinen Saal gesehen – hier saß noch Gesellschaft: die Spieler. Einer dabei, den ich vom Sehen kannte, der auf meinem Flur wohnte, ein Herr... Aber der Name tut ja nichts zur Sache. Ein Wiener – man sah auf den ersten Blick: ein wohlerzogener junger Mann aus gutem Haus.
Und als ich zurück nach meinem Zimmer ging – und niemand hatte mich gesehen im nächtlichen stillen Hotel –, da mußt ich vorbei an der Tür dieses jungen Mannes. Er ist unten und spielt. Morgen, nein, heut ist Samstack, Samstack. Wie, wenn seine Tür offen wäre – wenn...
Und ich klinkte – vielleicht noch aus Neugier. Und da sich die Tür öffnete, stand ich im Zimmer des jungen Mannes. Rasend vor Erregung. Zechpreller koomen ins Gefängnis, Samstack! Ich knipste zitternd Licht an – und auf dem Nachttischchen lag...
Mein Gott, die Brieftasche! Ich ging nicht – ich wankte hin. Ich wühlte in Visitenkarten, Zetteln und... ja, in Geld. Ich sammelte mein Bewußtsein: Samstack! – wieviel nimmst du – Samstack!? – Da...
Da ging die Tür, und auf der Schwelle stand der junge Mann. Zuerst ebenso erschreckt wie ich. Er hatte runde Augen und schnupfte ein paarmal auf – vor Verlegenheit. Ich – ohnmächtig, ich brachte keine Worte hervor. Hatte ja nur eins im Sprachschatz: Samstack.
Der junge Mann sagte: ›Ich kenne Sie, nehmen Sie Platz.‹ Ich sank von selbst auf den Stuhl da neben dem Bett.

Ich erwartete: Aha! Nun wird sich der Fall auf ein höchst unfreiwilliges Abenteuer zuspitzen zwischen Mann und Weib.
Er aber setzte sich an den Tisch, fern von mir, und sagte, offenbar etwas ungehalten:
›Was soll ich mit Ihnen tun? Ich kann Sie doch nicht anzeigen? – eine junge Dame?‹
Dann lächelte er und begann ironisch:
›Haben gnädiges Fräulein dergleichen schon öfter...? Aber verzeihen Sie, ich möchte mich um des Himmels willen nicht in Ihre Berufsgeheimnisse mengen...‹
Ich saß immer noch da mit hangenden Armen, mit den zerknitterten Banknoten in der Hand...
Er war aufgesprungen, lief umher, rieb sich die Hände und lachte.
›Nein, so etwas! So etwas! Ich Musterknabe nehme mir vor, heute nicht zu pokern, lasse eigens meine Brieftasche da, gehe nur auf einen Sprung hinunter, angeblich nur zusehen – unterdessen... Nein, so etwas! So etwas!‹
Er blickte mich an, und ich dauerte ihn vielleicht. Er sprach von nun an ganz kühl – oh, das ist ja das Schreckliche – er hielt mich für eine gewerbsmäßige Hoteldiebin.
›Hören Sie, Fräulein‹ – und er zog die Stirn auf –, ›viel habe ich Ihnen nicht zu bieten. Ich habe nämlich schon wieder verloren. Muß morgen bezahlen. Aber...‹ – er lachte mich freundlich an –, ›wenn Ihnen mit ein-, zweihundert Schilling gedient ist? – – Warum antworten Sie denn gar nicht?‹
Seine Zähne blitzten, so lachte er. ›Ich sehe übrigens, Sie haben schon selbst die Höhe meiner Junggesellensteuer

bemessen, zweihundert Schilling genommen. Schön, auf dieser Grundlage vergleichen wir uns! Nicht wahr – Sie sehen ein, daß ich leider nicht mehr tun kann?‹

Da... da warf ich das Geld von mir und wollte hinaustaumeln.

Er breitete die Arme aus wie ein spielender Knabe, als wollt er mich haschen; und sagte:

›Nichts da!‹ Hob die Noten auf und stopfte sie mir in die Hand zurück. ›Nehmen Sie nur! Nehmen Sie ruhig! Na, na! Hübsch artig sein! Nicht weinen! Es geschieht Ihnen ja nichts. Ich zeige Sie doch nicht an, ich schwöre Ihnen.‹

Und dann, Roda Roda, fand er ein Wort, das mir unvergeßlich bleiben wird, solange ich lebe – nie habe ich gedacht, daß ein Mensch so viel Zartgefühl haben kann, so viel Kultur, und sei er ein noch so wohlerzogener junger Mann.

Er war doch aus gutem Haus – ich, als Wienerin, kannte seinen Namen.

Um mich zu bewegen, das Geld zu behalten, um mir die Annahme zu erleichtern, sagte er:

›Es geht Ihnen doch offenbar schlecht – da können Sie mir wohl erlauben, Ihnen mit einem kleinen Darlehen zu dienen? – wo ich Ihr Kollege bin?‹

Drückte mir mit seiner Hand meine Faust zu, führte mich an die Tür, schob mich sanft hinaus: ›Gute Nacht, Kollegin!‹...

Draußen erst fiel mir ein: Samstack! Er gibt sich ja nicht für einen Kollegen von der Bühne aus – ahnt gar nicht, daß ich Schauspielerin bin –, sondern für einen Hoteldieb gibt

er sich aus, um... mir über die peinliche Lage wegzuhelfen.
Heulend, vernichtet fiel ich in mein Bett.
Jung und stark erwachte ich. Erst die zweihundert Schilling da erinnerten mich, wo ich bin, was ich erlebt habe.
Und ich muß bekennen – mein Elend hatte mich so zermürbt, daß ich nur das Frohlocken empfand: Gerettet. Aber nun rasch fort, fort! Ich zahlte meine Rechnung, packte meine Siebensachen und lief auf den Bahnhof.

Sie können sich denken, Roda, daß mir die Geschichte nachging, daß ich diesen jungen Mann täglich in meinen Träumen sah, als Schreckgespenst.
Ich fand ein Engagement in Wien, nahm es an, zitternd vor Freude im ersten Augenblick – und eine Minute darauf klapperte ich vor Angst mit den Zähnen. Er wird mich doch erkennen? – auf der Bühne? oder, noch furchtbarer für mich: erkennen im Leben?
Sie wissen, wie rasch mein Aufstieg war – ich siegte in der ersten Rolle. Man redete von mir, man feierte mich, strömte ins Theater. – Der junge Mann – es ist gar nicht anders möglich – erblickt mich eines Abends – er grinst... erzählt... warnt seine Freunde... Was bleibt mir übrig, als: aus dem Leben zu gehen? Ich wollte ihn um jeden Preis aufklären – nicht sein Schweigen erbitten, sondern sein Verständnis. Ich bemühte mich, ihm zu begegnen; machte die Häuser ausfindig, wo er verkehrte... Doch es war wie verhext; nie war er da, wo ich ihn doch bestimmt treffen mußte.

Oder wich er mir aus?
Der Vorsatz wurde herrschend in mir: ich muß, muß ihn sprechen. Ich faßte endlich den Stier an den Hörnern und ging in das Restaurant, wo er des Abends zu essen pflegte; holte ihn vom Tisch, zog ihn mit mir in eine Ecke und begann:
›Sie waren in Gmunden?‹
Da sagte der wohlerzogene Mann mit einer fast unhöflichen Festigkeit:
›Gnädigste, ich kenne Sie sehr gut – natürlich – unsre berühmte Diva. Sie irren sich in meiner Person. Ich war in Gmunden. Dort aber...‹ – er verbeugte sich –, ›hatte ich nicht das Vergnügen, Sie kennenzulernen. Ich habe Sie nie anders als auf der Bühne gesehen – mein Wort darauf.‹
Mir blieb nur übrig, ihm die Hand zu drücken und mit einem gestammelten Dank davonzugehen.«

Der Detektiv

Sie wissen vielleicht (erzählt mir Justus), daß mein Versuch gescheitert ist, in München eine urchristliche Gemeinde zu gründen; mit der Tonfilmgesellschaft in Berlin ging es noch schlimmer, die Kapitalisten sind mir ausgesprungen. Eine Zeitlang dachte ich an Erzeugung einer neuen Glanzschuhwichse; aber die Wirtschaftskonjunktur sprach dagegen.
Da wurde ich Detektiv. Ich hatte von jeher Liebe und, das darf ich ruhig behaupten, auch hervorragende Begabung für das Fach.
Eine Kraft wie mich läßt man natürlich nicht durch Unternehmer ausbeuten – das wäre ja verschenktes Geld. Ich stellte mich vom ersten Augenblick auf eigene Füße.
Aber keinen wohlfeilen Massenbetrieb. Nein: Qualitätsarbeit. Zwei, drei Aufträge, die seltene Findigkeit erfordern, doch auch reich bezahlt werden – das war mein Grundsatz.
Wie ich die Sache aufzog? Streng exklusiv. Ich mietete ein vornehmens, kleines Gelaß am Kurfürstendamm und schickte goldgeränderte Karten aus: nur an einen gewählten Kreis von persönlich Bekannten.
Dann setzte ich mich ruhig hin und las Fachliteratur; einen Roman von Wallace. Man darf keine Stunde versäumen zur Fortbildung.
Was soll ich Ihnen sagen – andern Morgen schon klingelt

es. Eine aufgeregte ältere Dame schiebt sich herein. – Der Klubsessel für solche Fälle stand bereit und ein Gläschen Wermuth zur Labung. – Sie konnte noch nicht reden – vor Keuchen.
Ich: »Gnädigste sind Witwe« (sie trug zwei Eheringe) –, »haben einen einzigen Sohn« (Emaillebild im Anhänger am Armband). – »Er ist verschwunden. Mit ihr? Der Unwürdigen? Wie heißt sie?«
Sie darauf – und ihre Augen kullerten vor Bewunderung: »Herr, Sie sind verblüffend.«
»Gnädigste haben meine Geschäftskarte auf seinem Schreibtisch gefunden.« (Ich hatte die Karte doch an alle meine Bekannten gerichtet.) »Das schien Ihnen eine Schikkung des Himmels.« (Ich sah mir das Bild im Anhänger näher an.) »Nun, wir werden unsern Eugen schon wiederfinden. Eugen Rinösel. Kommen Sie, Gnädigste!«
»Wohin?«
»Nach Ihrer und Eugens Wohnung.«
Sie schrie auf. »Sein Bett ist unberührt« – sie schluchzte – »er hat einen Zettel hinterlassen: ›Such mich nicht, Mama – du wirst von mir hören.‹ Ich hatte Auseinandersetzungen mit Eugen gehabt – er will die Portierstochter durchaus heiraten... Forschen Sie, stöbern Sie ihn auf, um des Himmels willen, eh er sich ein Leid antut – bringen Sie ihn – ich werde jedes Opfer tragen, wenn ich ihn nur lebendig wiederhabe, eilen Sie, um das Schrecklichste zu verhüten! Es ist keine Zeit zu versäumen – und Sie wollen nach meiner Wohnung? Sie ist der einzige Ort, wo Eugen bestimmt *nicht* ist.«

Daß die Klientel uns Fachleuten immer dareinschwatzen will. Selbstverständlich muß ich zuallererst die Wohnung sehen: um die Höhe meiner Honoraransprüche zu überblicken.
Sie ist geradezu üppig eingerichtet, die Witwe Rinösel. – Ich prüfte auch Eugens Kleiderschrank und war sehr zufrieden. – Mutter Rinösel sagte, es fehle nur der Reiseanzug.
Auf dem Nachttisch lag aufgeschlagen der Fahrplan: Richtung Venedig; dabei ein Prospekt: Brioni.
»Gnädige Frau«, ich wies auf die Fundstücke – »wir beide sind uns über das Ziel des Ausreißers im klaren – nicht wahr?«
»Oh«, und ihr Blick hing in Anbetung zugleich und hilfeflehend auf mir – »die törichten jungen Menschen werden dort zusammen sterben.«
»Sie werden es *nicht* tun«, sagte ich mit eherner Festigkeit. »Adieu, gnädige Frau! Der Zug nach Venedig geht vom Anhalter Bahnhof punkt 12 Uhr mittag. In zwei Stunden.«
Sie gab mir Reisegeld und segnete mich unter Tränen.
– In München blieb ich die Nacht. Vor der Weiterreise konnte ich eben noch einen Blick tun in die Pinakothek; wir Deutschen sind viel zu wenig stolz auf die Schätze, die dort hängen.
Für Innsbruck hatte ich nur eine Stunde. Aber zufällig wunderschönen Ausblick auf die Frau Hitt. Das Goldne Dachl in strahlendem Sonnenschein. Die Königsstatuen im Dom habe ich nie vorher so genießen können.
Und die Fahrt über den Brenner – sie ist der Alpen

schönstes Bilderbuch. Ich habe gezählt: es hat vierundzwanzig Blätter; Tunnels und Kehren.
Ein Pfiff – Dunkelheit und Brausen.
Pfiff – eine neue Landschaft ist ausgebreitet.
Gar erst Bozen! Ich passierte es um die günstigste Stunde – bei Sonnenuntergang; da ist Laurins Rosengarten mit Purpur übergossen.
Die Klause im Mondschein: gespenstisch, sag ich Ihnen, wie da Gottes Festungen sich türmen.
In der ersten Dämmerung weichen die Berge zurück: Maulbeerbäume, Weinreben und... Zypressen – die Lombardei.
Drei Stunden mußte ich in Verona warten auf den Anschluß nach Venedig. Die Piazza d'Erbe ist doch der schönste Blumenmarkt der Welt. Es gibt einen schmalen Durchgang neben der Präfektur, den muß man kennen; da nimmt sich Santa Maria Antica am allerbesten aus, davor die Gräber der Scaliger.
Ich lief in Schweiß gebadet – die Sonne stach schon – einmal um das Amphitheater.
Venedig – ich kann dieses Märchen von Stadt nie sehen, ohne daß mir die Schauer der Geschichte durch die Adern rinnen. Blut und Liebe – furchtbares Gemisch.
Sie werden ungeduldig? Wegen des verschwundenen Eugen? So warten Sie doch! – Ich telegrafierte vom Postamt Merceria zum erstenmal an Frau Rinösel; um Vorschuß.
Weiter nach Brioni. Wenn Sie etwa noch nicht dort waren: Die herrlichste Inselgruppe – mit einem einzigen Hotel. Hat man Glück – und ich hatte es – findet man nur ein-,

zweihundert Gäste vor. Man wird bald heimisch. Täglich kommen neue Menschen, andre fahren weg. So lebt man wie auf einem großen Dampfer, der in Häfen anlegt, Passagiere ausbootet und aufnimmt; immerzu wohltuende, fast unmerkliche Auffrischung der Gesellschaft. Die Schicht aber, der all die Gäste angehören, bleibt dieselbe – denkbar interessanteste beider Welten. – Ich spielte auch ein wenig, nach einer Woche mußt ich wieder an meine Auftraggeberin telegrafieren, um dreitausend Mark.

Was, zum Teufel, wollen Sie mit Ihrem Eugen Rinösel? – Hatte ich Ihnen denn vorhin nicht erzählt...?

Damals in Berlin waren doch noch zwei Stunden Zeit gewesen bis zum Zug – wie? Nun, ich fragte natürlich sofort den Portier nach seiner Tochter – er wußte zufällig, wo sie war.

Ich werde doch nicht so dumm sein und umsonst in Berlin Miete zahlen, wenn ich auf Reisen im Süden bin.

Da vermietete ich rasch, eh ich abfuhr, mein hübsches Gelaß am Kurfürstendamm für die Dauer meiner Abwesenheit an das junge Pärchen. Mochten sie glücklich miteinander werden!

Das Feuerzeug

Ich habe ein wunderniedliches Feuerzeug. Oh, schon seit zwei Jahren. Mein Mäzen, der Polizeipräsident von München, hat mir's von einer Reise mitgebracht.
's ist ja kein kostbares Ding – nur eine Kleinigkeit; aber es freut einen doch – als Beweis, daß der hohe Herr auch in der Ferne des armen Dichters gedacht hat.
Das Feuerzeug ist mit Benzin gefüllt. Man drückt auf einen Knopf – das Deckelchen springt auf – und ein Flammenzünglein leckt der Zigarette entgegen.
Wenn man das Feuerzeug zweimal täglich füllt, funktioniert es prachtvoll.
Gestern habe ich mir's vormittag in Heidelberg laden lassen, in einer Drogerie am Bahnhof – und nachmittag in der Schwanenapotheke zu Worms.
Wenn ich in eine Drogerie komme, sage ich immer:
»Bitte, geben Sie mir Benzin!«
»Jawohl, bitte sehr – Benzin, das haben wir; wieviel wünschen Sie? Ein Liter? Zwei Kilogramm? Einunddreißig Doppelzentner?«
»Ach nein«, sage ich, »– bloß fünf Tropfen – hier in das metallne Dings.«
Dann nimmt der Chef behutsam mein Feuerzeug, gießt vorsichtig ein bißchen Benzin darein – die Kommis stehen

rundum – der Chef knipst – und alle freuen sich an dem winzigen hübschen Flämmchen.
Ich frage:
»Wieviel bin ich schuldig?«
»Oh – nichts«, entgegnet der Drogist, beinah gerührt. »Bitte sehr. Ist ja nicht der Rede wert.«
Ich danke, grüße und gehe – mit meinem Feuerzeug.
So reise ich schon seit zwei Jahren und habe noch keinen Pfennig für Benzin ausgegeben.
Solang ich unterwegs bin, habe ich meine Freude daran.
Daheim in München geht die Sache schwerer.
In München bin ich schon bei allen Drogisten gewesen, bei manchen drei-, viermal. Wenn ich mich nur von fern zeige, schreit der Chef schon:
»Sie, Hausknecht! Da kommt der Mann mit dem Feuerzeug. Schmeißen Sie ihn hinaus!«
Und sie lassen mich unter keinem Vorwand mehr in eine Drogerie ein – in keine Apotheke.
Manche Automobilgroßhändler laden mir mein Feuerzeug noch.
Sonst aber muß ich in die Benzinfabriken gehen.
Die Benzinfabriken liegen alle so weit draußen, außerhalb der Stadt. Man kennt das Münchener Klima. In strömendem Regen, bei schneidendem Frost muß ich mit meinem Feuerzeug zweimal täglich hinaus in die Benzinfabriken wandern.
Wie zeitraubend das ist! Ein rechtes Danaergeschenk – dies Feuerzeug.

Küß die Hand, Papa!

Herr von Kött schob mürrisch drei Briefe beiseite, die der Bursche vorhin der Posttasche entnommen hatte. – Seit Jahren kamen ihm vor Weihnachten solche Briefe auf den Tisch geflogen. Ein paarmal hatte er auch geantwortet: »Vielen Dank für die freundliche Einladung, ich werde kommen, um den Christabend bei Dir und Deiner lieben Frau zu verbringen.« Der Abend war dann voll Bitternis für ihn geworden. Bei Toddys war er zuerst. Da mußt er denken: »Du mein Heiland! Dieser Toddy ist ein saurer Kerl, mit seiner Pedanterie macht er der Frau das Leben schwer. Und doch ist ihm nicht wie mir geschehen.«
Das nächstemal war Kött bei Riedels. Die junge Frau baute ihrem Mann, den Kindern und dem Gast die Bescherung auf – allen in weicher, mütterlicher Zärtlichkeit. Als ihr Mann ein kleines Geschenk für sie aus der Tasche zog, als er sie küßte und ihr die roten Wangen strich, da traten ihr die Freudentränen in die Augen. – Und Kött dachte: »Merkwürdig! Er kommt jede Nacht im Morgengrauen heim und verjubelt sein Geld und seine Zeit im Städtchen. Und doch liebt sie ihn, und ihm ist nicht wie mir geschehen.«
Sein Freund Gaal war ein Weiberjäger. Und hatte sein Heim, und die Christbaumkerzen bestrahlten eine einträchtige Familie.

Nein, keinem war so hart geschehen wie Kött. Keiner fand eines Tages sein Haus leer. Die Frau, sein Lebensinhalt, war auf und davon in die Welt gegangen, um bei einem andern das zu suchen... was er ihr schuldig blieb?
Ja, die Christbäume! Da stand unter jedem ein junges Mädchen – eine Base, eine Schwägerin – und blitzte ihm den Wunsch entgegen, Frau von Kött zu werden.
Er wollte aber nicht. Er hatte sein Selbstbewußtsein verloren. Die eine war wohl auch nur um der gefüllten Truhen willen zu ihm gekommen. Er hatte sie nicht halten können. Die eine hatte ihn so gut gekannt und doch nicht geliebt. Werden ihn die andern lieben, die es einem unbekannten Mann versprechen?
Nein, er wollte nicht. Wie voriges Jahr schrieb er auch diesmal drei gleichlautende Briefe: er bedauere, aber die Feiertage wolle er bei seiner Schwester verbringen.
Er wird auch die Absicht zur Abreise haben und zuletzt daheimbleiben. Man schafft sein Tagwerk, da kann man bei einigem guten Willen vergessen, daß Christabend ist.
Überhaupt – diese kindische Furcht der Einsamen vor der Weihnacht! Warum sollte das Gewohnte an diesem Abend unerträglich sein? Christabend! Warum wird er im finstern, stillen Zimmer zur Erschütterung? Warum erwartet man Wunder von ihm? Pflanzt den Kindern einen Glauben ein, dem das Leben Unrecht gibt?
Der Diener trat leise ein. »Gnädiger Herr, es ist eine Frau von der Bahn gekommen, die möchte den gnädigen Herrn sprechen.«
»Wer ist sie denn?«

»Sie sagt, ich soll nur melden: die Müllerin von der Stadlermühl.«

Darauf trat eine Stille ein – eine Stille, ein Donner hätte sie nicht übertönt.

Der Diener war früher Faktotum eines hohen Diplomaten gewesen. Er fühlte: da ist etwas Besondres passiert; etwas unantastbar Diskretes. Er zog sich zurück.

Kött hatte sich erhoben, stützte beide Hände auf den Schreibtisch und blickte nach der Tür.

Ein Weib trat ein, halb städtisch, halb bäuerisch gekleidet – die einstige Kinderwärterin seiner Frau.

Es schien einen Augenblick, als wollte Kött ihr entgegengehen und ihr die Hand reichen. Dann setzte er sich nieder und wies mit einer kurzen Bewegung auch ihr Platz an.

Sie wunderte sich nicht weiter. Die Amme der Frau von Kött hatte von jeher bei der Herrschaft sitzen dürfen. Diese schwäbische Bäuerin – ihr Stamm hauste seit Urgroßvaterzeiten auf freiem Boden – war ein großes, starkknochiges Weib mit hellen, furchtlosen, klugen Augen. Sie setzte sich hin – mit breiten Knien – und strich die schwarzseidene Schürze glatt.

Herr von Kött blickte sie stumm an. Da begann sie zu sprechen:

»Gun Tag, gnä Herr! Da bin ich alls wieder.«

»Grüß Gott, Müllerin!« erwiderte Kött abwartend, einsilbig.

Die Bäuerin seufzte schwer. »Da bin ich alls wieder.« Als sänne sie nach, wie das folgende zu sagen wäre. Und dann plötzlich: »Indem daß die gnä Frau sanft im Herrn entschlafen is.«

»Müllerin!«

»Ja – och! 's war ein schweres Sterben. So jung. Nit wahr?«

»Müllerin! Meine... die gnädige Frau ist gestorben?«

»Heut vor einer Woche. Da bin ich heimkummen. Die Mühl wird da woll im argen liegen – da wo der Jani so untüchtig is. Aber leben wird ma schon irgendwie. Ich hab viel schweres Herzleid gehabt seit dem Malör.«

»Und doch sind Sie mit in die Welt gelaufen, Müllerin!« rief Kött in einer ungerechten, unnoblen Regung des Zornes.

»Der gnä Herr werden gewaltig. Wie mich die gnä Frau gerufen hat, da bin ich halt zu ihr. Ich wär schier in die Hölle mitgangen. Sie war schon allein – und der Herr Baron, der was damals schon ihr Gemahl war – in der bürgerlichen Trauung – der war mit 'm Geld... in Amerika.«

»Erzählen Sie mir alles, Müllerin«, sagte Kött sanft.

»Da is nicht viel zu erzählen, gnä Herr.« – Die Bäuerin senkte die Augen, als wollte sie den Herrn nicht stören. – »Wie ich bin in die Stadt kummen, da war die gnä Frau – wie ich sag – allein. Und so arm und so ohne Hilf und Rat, daß es einen wohl erbarmen kunnt. Ja – ich wollt ja alles an den gnä Herrn schreiben – des durft ich nicht. Einmal hab ich heimlicherweise an den Lali geschrieben – i mein, an 'n Herrn Alois, den Herrn Bruder von der Frau – aber keine Antwort is nicht kummen – un ein Geld auch nicht. Kann sein, der Brief hat nicht die richtige Adreß gehabt.«

»Und dann, Müllerin – was dann?«

»Dann...« fuhr die Müllerin fort, und es war ihr sichtlich

schwer, zu sprechen – »... wir haben die paar Sachen verkauft – Möbel waren nicht da – die gnä Frau hat im Hotel gewohnt und ein bißchen Geld gehabt. Zum Glück haben wir bald was gefunden – bei einem alten Herrn bloß fürs Aufräumen von seine Zimmer – eine hübsche Wohnung – wo ich natürlich alles tat. Eine Küche und ein Zimmerl. Dienstbotenzimmer heißen sie's in der Stadt. Im Zimmerl hat die Frau geschlafen, ich in der Küche. – Und dann... dann hat sie halt den Buben geboren. Ein so ein hübscher herziger Bub. Ganz der gnä Herr – ob Sie's glauben?«

Sie warf ihm einen Blick zu.

»Und so ein gutes Kind! Er hat nicht halb so viel geschrieen wie die gnä Frau, wie daß sie so klein war. Da sind mir oft die Arme steif worden. Ja – och!«

Sie wartete auf eine Frage – sie sah den Herrn brennend an. Er schwieg aber.

»No – und dann hat die gnä Frau Klavierstunden geben – ein Jahr, zwei Jahr – und englische Stunden hat sie geben – und genäht und gestickt wie's halt Gott hat geben. Und den Pacht von der Mühle haben wir gehabt und Wohnung fürs Aufräumen. – Auf einmal ist sie so dünn und bläßlich geworden, und es war kein Halten mehr. Sie ist einem unter die Händ hingeschwunden. Zimmer räumen, den Buben pflegen, ein zweijähriges Kind braucht doch Pflege – eine Kranke – das ist wohl nicht gangen. – Die Gnädige selbst hat sich in die Klinik gemeldet. Nur... nur... sie hat sich gemeldet als Frau Kött... Den andern Namen, hat sie gesagt, den will sie nicht hören – im Sterben. – Der gnä

Herr werden 's verzeihen. – So ist sie vier Wochen dagelegen, und wir sind täglich zu ihr. Och, es war so traurig. – Sie hat alls geschrieben und geschrieben.«
»Was – was hat sie geschrieben?« fragte Kött erstickt.
»Ich weiß nicht. Wie es so dick war wie's Neue Testament, hat sie's zerrissen. Aber zuletzt hat sie dem gnä Herrn einen Brief geschrieben, und den hat sie mir geben – den Tag darauf in der Früh um neun Uhr. – Hier ist der Brief.«
Die Müllerin legte ihn auf den Tisch.
Kött las. Und wenn man nebenan raubte und plünderte – er hätte es nicht gehört.
»Lieber, guter Gusti!
So hab ich Dich einst genannt – und ich habe das zweite Eigenschaftswort unbewußt tiefer betont. So sagte ich auch jetzt zu Dir: Mein lieber, guter Gusti! Vielleicht sollte ich mich irgendwie entschuldigen, daß ich Dir überhaupt schreibe – aber sieh, ich weiß nicht, wie es kommt – ist es die Nähe des Todes – ? Es kommt mir so natürlich vor, daß ich zu Dir spreche. Ich gehöre ja doch zu Dir, nur zu Dir. Wen ein häßliches Irrlicht vom Pfad gelockt – gehört der nicht auf den richtigen Pfad?
Ich liege da im düstern Krankensaal. Weit weg vom Fenster, darum ist mir der Tag so grau. Links nebenan eine uralte Frau, die hat den Magenkrebs und leidet schwer. Rechts ist schon die Mauer.
Zu den ›interessanten‹ Fällen kommen der Professor, die Assistenten und die jungen Doktoren. Der liebe Gott war gut und gab mir eine alltägliche Krankheit. Man stirbt daran, aber man ist wenigstens kein ›Lehrmaterial‹.

Den Professor kenne ich. Er war einmal bei uns, als ich krank war. Weißt Du noch? Damals lag ich in meinem schönen Bett, und der Professor nannte mich »eine kleine herzige Frau, die sich schnell erholen wird.« Ja, es ist ein Unterschied, ob man unter rosafarbnen Decken liegt oder in grober Spitalwäsche in einem eisernen Kavalett – als letzte in der Reihe.
Und wenn man nicht einmal ein interessanter Fall ist, sondern tuberkulös wie so viele andre im Jahr... Nur sich selbst ist man interessant, Gusti, lieber, guter Gusti!
Ich liege drei Wochen als letzte in der Reihe in meinem grauen Dunkel – unbeachtet, ungestört. Und die ganze Zeit habe ich nachgedacht und habe mich zerquält, um eine Entschuldigung für mich zu finden. Um ein Wort zu finden, das Dir meinen Wahnsinn erklärlich macht. Ich fand nichts; fand nur die Sehnsucht in meinem Herzen – nach dem Plätzchen an einem Fenster. Da saß ich und sah die Schneeflocken fallen – eine, hundert, Tausende. Sie bedeckten die Rosenstöcke. Und eines Tages kam die Sonne, die Rosenstöcke blühten. Warum hast Du mich so viel alleingelassen, als die Rosen blühten?
Sieh, ich konnte Deine Liebe nicht verstehen, die verschlossen war, schwer und weich wie das hundertblättrige Wunder der Zentifolie. Nie war ich so sehr die Deine wie heute, wo ich krank und elend, unbeachtet und vergessen, unter groben Spitaldecken meinem Sterben entgegenharre – die letzte in der Reihe.
Heute war die Dada bei mir, wie jeden Tag. An allen Krankenbetten sitzt nachmittags zwischen zwei und vier

solch ein Besuch. Bekümmerte Gesichter. Wenn die beiden Schwestern am andern Ende des Saals beschäftigt sind, da zieht der Besuch aus der Tasche, was er an Labsal mitgebracht hat: ein paar Orangen, die man rasch unters Kissen birgt. Die Nacht ist lang und heiß. Man beißt die bittre Schale durch und drückt dann still, behutsam unter der Decke die fieberheißen Lippen an die Schale, um den kühlen Saft auszusaugen.
Die Müllerin war's, die es zuerst aussprach. Und haben Krankheit und Fieber meinen Sinn getrübt – Gusti, lieber, guter – es kommt mir auf einmal nicht mehr ungeheuerlich vor – es kommt mir von Stunde zu Stunde – eine Stunde ist ein großer Zeitabschnitt für mich – natürlicher vor: Nimm Dich meines – meines Sohnes an! Ich bin bescheiden. Wenn Du ihn nicht bei Dir dulden willst – die Dada behauptet, Du würdest ihn liebgewinnen – tu ihn in ein Institut, laß ihn erziehen – aber gib, ach, gib ihm Brot!
Gusti! Wenn ich Dir was zu schenken hätte – ich würde es Dir geben: mein Herz, meine Seele – was es immer sei. Aber in ein paar Tagen ist mein Herz tot und meine Seele bei Gott – ich habe nichts – nur ... mein Kind. Ich frage nicht, ob es ein willkommenes Geschenk ist. Miß es nicht nach Deinem Maß, miß es nach meinem. Mir war es mein Liebstes.
Und so sterbe ich. Du aber lebe – so froh, wie bitter ich gestorben bin.

Agathe.«

Er hatte zu Ende gelesen. Saß lange still am Tisch – wie geschlagen von einem heißen Blitz.

Er fühlte nur: das ist unmöglich.
Fühlte nichts als eine wilde Empörung, ein selbstverständliches Nein gegen das Kind.
Er sollte sich zu diesem Kind seiner – ja, seiner Frau stellen? Und wie? Er war planlos. – Und die peinliche Aufgabe abwälzen? Aber wie?
Er blickte auf. Da saß die Dada, die Müllerin, als hätte sie immer dagesessen. An ihren Knien lehnte ein blondes, verschüchtertes Bübchen und sah ihn forschend an – mit jenem Blick, den nur verwaiste Kinder haben.
Die Dada merkte seine Verwirrung und sprach ein einziges Wort, das auf tausend Fragen tausend Antworten gab – ein Wort, das sie in ihrem Kinderfrauendasein unzähligemal gesprochen hatte – sprachs in alltäglichem, gleichgültigem Tonfall – ohne zu ahnen, daß sie einen klaffenden Zwiespalt schloß:
»Sag schön: Küß die Hand, Papa!«
Und schob das ängstliche Bübchen vor – dahin, wo sich ihm plötzlich, impulsiv, zwei Arme entgegenstreckten.

Die Spezialärzte

Eine Zigeunerin hatte mir einst wahrgesagt: ich würde Jahre tiefsten Schlamassels erleben – dann aber fünf Minuten erben und reichlich belohnt für alle Trübsal sein. Meine Erfahrungen mit Tante Emmy ließen mich eine Zeitlang an der Prophetengabe der Zigeunerinnen zweifeln. Mit Unrecht.

Es starb meine Tante Berta, eine brave Frau, die ihr ganzes Leben hindurch gespart und eines Morgens ihr Dasein kurz abgebrochen hatte, um mich zu beglücken. Ich war ein gemachter Mann.

Acht Tage später nahm ich mit Herrn Kommissionsrat Gerlich – einem Schulkameraden, der mich seit Tante Bertas Tod wieder duzt – im Restaurant Splendid mein Diner.

»Mensch«, sagte er plötzlich, »ich glaube gar, du wirst kurzatmig.«

Merkwürdig. Sollte das schon die Herzverfettung sein? Vor einer Woche hatte ich doch noch den Lexikonband »Hencke bis Juxta« aufgeschlagen, um die Symptome des Huntertyphus mit meinem Zustand zu vergleichen.

Doch mein Leben ist zu kostbar, und für meine Gesundheit ist mir nichts zu teuer. Ich beschloß, sofort einen Spezialarzt für Herzkrankheiten aufzusuchen.

Doktor Löwinger bewohnt das erste Stockwerk eines gediegenen Hauses an der Residenzstraße. Die Treppe ist mit Läufern belegt. Reiner Luxus, denn die Leute, die zu Doktor Löwinger kommen, fahren im Lift.

Des Doktors Perücke ist in der Mitte abgescheitelt und umrahmt eine Stirn mit sokratischen Weisheitshöckern. Unter dem üppigen Blondhaar kommt eine goldblitzende Brille hervor, weiter unten ist dann das Antlitz.

Ein kluges, ein freundliches Antlitz. Wenn sich Doktor Löwinger mit lebhaften Gesten verständlich macht, spiegeln sich Entsetzen, Beruhigung, Trost und Hoffnung mild und farbenreich in seinen Mienen wider.

»Herr Professor halten also den Fall nicht für unbedingt aussichtslos?«

Er klopfte an meine Rippen, und ohne auf mein »Herein« zu warten, sagte er:

»Unbedingt aussichtslos? Nein. Aber Ihr Zustand ist, gelinde gesagt, nicht unbedenklich. Ein guter Engel hat Sie im letzten Augenblick, wo eine Rettung möglich ist, zu mir geführt. Sie sind kerngesund, alle Organe funktionieren tadellos. Ihr Herz allein ist fehlerhaft konstruiert. Ich werde Ihnen ein Medikament verschreiben, davon nehmen Sie morgens, mittags und abends einen Eßlöffel.«

Nach einer kurzen Zeremonie, die zwanzig Mark kostete, war ich entlassen.

Schon ehedem war mir eine Art Summen in den Ohren aufgefallen, das an das reibende Geräusch einer fernen Kaffeemühle erinnerte. Seit ich Doktor Löwingers Medikament nahm, verstärkte sich das Summen mit jedem Tag –

ich hatte die Empfindung, als führe mir morgens, mittags und abends der Orientexpreß durch den Kopf.
Ein so lebhafter Eisenbahnverkehr im Innern wird auf die Dauer unangenehm. Ich fragte einen Ministerialsekretär um Rat – einen alten Schulkameraden, der mich seit einiger Zeit ebenso intensiv auszeichnet, wie er mich früher ignorierte – und der Herr Sekretär gab mir eine Karte für Doktor Pomeisl mit.
Doktor Pomeisl wohnt nicht ganz so elegant wie Doktor Löwinger, ist aber ein durch seine Kenntnisse und seine Grobheit doppelt berühmter Spezialarzt für Ohrenleiden. Als ich bei ihm eintrat, brüllte er mich, als wäre er ein Nebelhorn, an – er hielt mich offenbar für taub. – Ich klärte ihn höflich auf – da wurde er um eine Nuance größer. Ich schilderte ihm mein Herzleiden – er sagte, ich sei verrückt. »Herzkrank sind Sie? – Ihr Herz ist gesund wie ein Fisch. Ein schweres Ohrenleiden haben Sie – das ist alles. Ich könnte Sie operieren, indem ich Ihre beiden Gehörgänge einzeln herausnehme, reinige und wieder einsetze. Aber ich will's, so dringend ein rücksichtsloser Eingriff indiziert ist, zuerst mit Güte versuchen. Hier haben Sie ein Rezepet – Sie bekommen in der Apotheke eine Flüssigkeit, von der nehmen Sie einen Eßlöffel, sooft der Orientexpreß durchfährt.«
Ich tat es eine Zeitlang, bis ich auf gewisse Signale aufmerksam wurde, die sich seit dem Besuch bei Doktor Pomeisl regelmäßig einstellten. Ich sah nämlich, wenn der Zug beim Einlaufen war, ein großes, grünes Licht – »Vorsicht – langsam fahren« – hingegen, wenn der Zug die Station verließ, zwei riesige rote Deckungslaternen.

Auf einem Herrenabend in meiner Wohnung erzählte ich einigen neu erworbenen Freunden davon. Alle beschworen mich, meine Gesundheit um Himmels willen nicht zu vernachlässigen – ich würde es sonst früher oder später zu bereuen haben – und ich entschloß mich denn, einen Spezialarzt für Nervenleiden zu konsultieren, den Hofrat Doktor Herzberger.
Infolge einer Verwechslung, an der ich keine Schuld trage, geriet ich aber zum Augenarzt Doktor Herzfeld.
»Herr«, sagte er, »loben Sie Ihre Freunde und noch mehr Gott, daß man Sie an mich gewiesen hat. Sie verdanken diesem Besuch Ihr Lebensglück. Sie sind weder herzkrank noch auch ohrenkrank und am wenigsten nervenleidend – Sie laborieren einfach an einer akuten Störung des Sehvermögens; solange die Störung frisch ist, ist sie behebbar – morgen wäre es vielleicht zu spät gewesen. Ich verschreibe Ihnen ein Pulver, von dem nehmen Sie täglich sechs Stück – jedesmal vor der Ankunft und nach der Abfahrt des Zuges eine Dosis. Sollten Sie daraufhin ein Wirbeln im Gehirn verspüren, so lassen Sie sich dadurch nicht im mindesten aufregen – Sie werden sich im Lauf der Jahre daran gewöhnen. Ungefähr eine Stunde nach der Abfahrt, wenn der Zug in der nächsten Station hält, hört das Wirbeln übrigens von selbst auf. Bei manchen Patienten geht ein leichtes Zwicken im Rückenmark nebenher – bei Ihnen wird es vielleicht ausbleiben. Jedenfalls seien Sie nicht überrascht und tragen Sie es mit Würde.«
Ich bezahlte, nahm herzlichen Abschied und zu vorgeschriebener Stunde das Pulver.

Es kam das angekündigte Wirbeln. Ich fuhr bis zur nächsten Haltestelle mit – das Wirbeln dauerte an. Auch das Stechen im Rückenmark blieb nicht aus – ich hatte das Gefühl, dritter Klasse zu fahren – in einem zu unruhiger Zeit erbauten Wagen. Wenn ich aus dem Fenster sah, lief die Landschaft vorüber und schien sich vor Lachen zu krümmen, außerdem tauchten auch immer die bunten Signale auf: grün für »Vorsicht – langsam fahren« und die riesigen roten Deckungslaternen.
So fuhr und fuhr ich drauf los. Auf einer wirklichen Reise wäre ich sicherlich schon in Adrianopel gewesen.
Da, bei Burgas, verspürte ich einen furchtbaren Schock.
Wir waren entgleist.
Ich begab mich nun doch zum Nervenhofrat. Er gratulierte mir zu meinem glücklichen Instinkt, der mich knapp vor dem gewissen Tod noch zu ihm getrieben hätte, und verordnete mir eine Kaltwasserkur mit einem breiigen Medikament. Es zog mir die Kehle zusammen.
Darum befragte ich einen Halsspezialisten. Er gratulierte ebenfalls, pinselte mir den Hals – als einzigen kranken Teil meines Körpers – und gab mir Pastillen, die nach bittern Mandeln riechen sollten. Ich roch nichts. Der Nasenspezialist sagte mir: selbstverständlich könnte ich es nicht riechen, denn ich hätte alles in allem einen lebensgefährlichen Nasenpolypen. – Er behandelte mich danach.
Um diese Zeit – als alle Doktoren gesprochen und jeder sein Spezialorgan als Quelle meiner Krankheit bezeichnet hatte – um diese Zeit begab es sich, daß ich meinen guten Onkel Franz besuchte.

Der alte Franz Prohaska war eines Musikanten Sohn aus Urfahr und alle seine Tage Pumpenmechaniker gewesen. Er hatte sich dann zur Ruhe gesetzt und widmete sich stillen Betrachtungen.

Onkel Franz hörte meine Klagen an. Plötzlich, ohne ein Wort zu sprechen, stieß er mir ein meterlanges Rohr in den Schlund und pumpte mir den Magen aus.

Da fühlte ich mich unbeschreiblich wohl.

Es war aber auch die höchste Zeit zu der Prozedur gewesen. In meinem Magen hatte sich durch chemische Verbindung all der geschluckten Medikamente *Dynamit* gebildet.

Noch ein Tröpfchen, noch eine Eisenbahnfahrt, sagte Onkel Franz, und ich wäre unabwendbar in Atome explodiert.

Meta

Die Natur hat ihr ganzes Füllhorn der Güte über mich ausgeschüttet. Ich war so gut, daß ich Erbonkel nicht sterben und Schwiegermütter nicht weinen sehen konnte. So gut, daß ich selbst meine Gläubiger aufrichtig liebte. Ich ließ Fliegen, die mich im Schlaf gestört hatten, wenn ich sie nach langer Jagd erwischte, aus Mitleid wieder frei. Wenn jemand von Haß und Rache sprach, verstand ich ihn nicht und befragte, wenn er gegangen war, heimlich das Lexikon. Welch allumfassendes Herz! Tante Rosalinde prophezeite mir, daß meine Gebeine einst – zum Lohn für soviel Nächstenliebe – duften würden.

Meine Güte war sprichwörtlich im Bezirk. Fünfzehn Neffen und dreiundzwanzig Nichten wuchsen in meinem Beispiel auf – von ihren Eltern stetig angeeifert, mir nachzugeraten. Und mein Onkel, der Kirchenparamentenfabrikant, vergoß Tränen der Rührung, wenn er mich an seinen Busen drücken durfte. Kein Bettelmann ging unbegnadet von meiner Tür. Der Verein »Humanitas« wählte mich nur darum nicht zum Vorsitzenden, weil er befürchtete, ich würde nicht jenes Maß von Hartherzigkeit aufbringen, das man zur Leitung eines Wohltätigkeitsvereines braucht.

Der Lüge war ich abhold. Eine himmlische Wahrhaftigkeit

durchleuchtete mein goldnes Innere. Man konnte mir seelenruhig eine ungezählte Hand voll Münzen anvertrauen, ohne eine Veruntreuung befürchten zu müssen. So glaubte auch ich felsenfest an die Ehrlichkeit und Tugend meiner Nebenmenschen.
Wenn dereinst drüben, wo das Böse bestraft und das Verdienst gelohnt wird, die Reihe an den Pferdehändler Bugs kommt, für seine Taten einzustehen – da wird all seine irdische Vortrefflichkeit nicht hinreichen, den Makel von seiner Seele zu tilgen, daß er es gewesen ist, der niederträchtige Halunke, der mir meinen Idealismus genommen, mein Zutrauen zum guten Prinzip im Geschöpf zerstört hat. Und wenn es eine Gerechtigkeit gibt, dann wird Herr Bugs dafür in der Hölle braten, und ich werde zusehen und ihn hier und da mit ein wenig heißem Fett beträufeln dürfen.
Dieser Bugs, um es kurz zu machen, hatte eine rehbraune Stute auf der Streu – mit einem Pedigree bis zu den Kamelen Mohammeds und einer Piephacke am linken Hinterfuß. Die Stute hieß Meta. Bugs schwor mir, sie sei gradezu für mich geschaffen. Man könne sie reiten und fahren – je nach Gefallen – ja, wenn man sie selbst schlachtete, wär sie immer noch reichlich Geld wert. Man könne sie vor den Pflug spannen, und sie werde trotz einem Büffel ackern. Darauf gab Bugs das große Spezialehrenwort mit himmelwärts gerichteten Augen und beiden Händen auf der Brust. Unter dem Sattel – na, da sei Meta, die Stute, einfach ein Unikum. So was von Frömmigkeit gebe es in allen Klöstern von Tibet nicht – und was die Gänge

anbetrifft: er, Bugs, sage nichts weiter als »ff« – und zwar unter Diensteid der Pferdehändlergenossenschaft.
Als ich Meta im Stall besuchte, stand sie zwar nur auf zwei Beinen, aber Bugs versicherte mir, das eben wäre ein Zeichen von überschüssiger Kraft. Jedes andre Pferd brauche vier Beine zum Stehen. Meta nur zwei. Und die Piephacke? Piephacken seien jetzt modern. Er, Bugs, habe Auftrag vom Fürsten Esterhazy, sechzehn Pferde zu suchen – ausdrücklich alle mit Piephacken – je größer, desto besser – womöglich wie die Eisbeutel.
Ich fand Meta im Äußern ein wenig unbedeutend.
»Lächerlich«, sagte Bugs. »Verzeihen Sie: einfach lächerlich. Sie scheinen zu glauben, daß die Masse es macht. Grade die bedeutendsten Männer sind klein und unansehnlich gewesen. Wenn Sie was Großes und Schweres suchen – warum kaufen Sie sich nicht einen Dampfbagger?«
Herr Bugs erinnerte noch an den kleinen David, an Napoleon und die Japaner, erklärte Meta für eine wundersame Filigranarbeit der Natur und verlangte schließlich 1600 Gulden für sie.
Ich bot 700 Gulden – das war ihm zu wenig. Er sei in solchen Fällen sehr eigen und sehe nicht gern, wenn man an seinen Preisen herummäkle. Wir sollten die Differenz teilen; als goldne Mitte schlug er 1582 Gulden vor. Ich steigerte mein Angebot auf 1580, und auf 1581 einigten wir uns schließlich. Dem Stallburschen mußte ich fünf Gulden Halftergeld geben.
Meta war also mein. Ich freute mich ehrlich und intensiv.

Ich habe viel Liebe für Tiere – es gibt Kanarienvögel, die ich stundenlang zärtlich betrachte. Pferde aber sind meine besondre Passion. Ich glaube, wenn Pferde auch noch singen könnten und nicht so vierfüßig wären, gäbe es keine netteren Tiere als sie.
Ich brauchte Meta vor meinen Gig. Paul, unser Kutscher, brachte den Karren herbei und Meta angeschirrt aus dem Stall. Paul und der Karren blieben verhältnismäßig ruhig – Meta schien mir etwas Furcht zu äußern. Ich besänftigte sie mit gütigem Zureden, und Paul steckte sie in die Gabeldeichsel. Meine Frau riet mir, den Kutscher mitzunehmen – sie hat eine gewisse Aversion gegen Knochenbrüche im engern Familienkreis. Ich besänftigte aber auch sie.
Dann fuhr ich los. Die von Meta der Länge nach überfahrene Frau Brigitte Knauer war eine geborene Schmidt, und der Unfall geschah in ihrem eigenen Hause, Kehlergasse 6, zu ebener Erde im Hof. – Den Regierungsrat Seidel passierten wir diagonal. Ich kenne ihn; er ist ein recht bejahrter Herr und wäre ohnehin bald pensioniert worden. – Wir leben im Jahrhundert des Verkehrs. Solche Begleiterscheinungen des Verkehrs – so bedauerlich sie sein mögen – sind unvermeidlich.
Der Bezirksrichter billigte mir denn auch alle möglichen mildernden Umstände zu – bis auf Schwachsinn und Unbescholtenheit. Den Schwachsinn nicht, weil ich Gemeinderat bin – ich habe Berufung eingelegt – und die Unbescholtenheit nicht, weil ich am Tage vor der Verhandlung wegen Beleidigung des Pferdehändlers Bugs zu einer Geldstrafe verurteilt worden war.

Auf Anraten des Bezirksrichters entschloß ich mich, Meta nicht mehr vor den Gig zu spannen. Der Entschluß wurde mir förmlich aufgedrängt, da mir die Stute auf jener Ausfahrt mit den Vorderhufen – jawohl, mit den Vorderhufen – die Wagenlaternen zertrümmert hatte. Der Gig war nicht mehr recht präsentabel – er bestand aus zwei voneinander getrennten Teilen.

Ich hatte nun die Wahl, Meta entweder vor dem Pflug zu verwenden oder zu reiten. Da einige Ackerknechte mit Niederlegung der Arbeit drohten, wählte ich das Reiten.

Vorsichtig wie ich nun einmal bin, verlangte ich, daß mir Bugs das Pferd zuerst vorreite. Er entschuldigte sich aber; er habe keine Zeit und die sechzehn Pferde mit Piephacken für den Fürsten Esterhazy noch nicht alle beisammen. Ich bot ihm für den Fall, daß ihm etwa nur noch eines fehlen sollte, Meta an – er sagte aber, sie sei ihm zu groß und habe überdies für den Geschmack des Fürsten nicht genug Temperament.

»Was?« rief ich, »nicht genug Temperament? Wo sie tollwütig alles kurz und klein macht, einen Regierungsrat auf offener Straße der Länge nach und die Frau Brigitta Knauer, geborene Schmidt...«

Bugs legte mir schwer die Hand auf die Schulter und lächelte leise.

»Kennen Sie den Fürsten?« fragte er. »Kennen Sie überhaupt einen ungarischen Fürsten? Na, sehen Sie! Was der unter Temperament versteht, nennt man bei uns einen Sprengstoff. Wenn ich ihm Meta in den Stall bringe, sagt er mir: ›Was soll ich mit der trübsinnigen Kuh?‹ Schlagen Sie

sich das also aus dem Kopf, mein Herr, und urteilen Sie nicht über Dinge, die Sie nicht verstehen.«
Als mit Bugs nichts zu beginnen war, redete ich Paul, dem Kutscher zu, er möchte Meta reiten; er erklärte aber, eine belegte Zunge zu haben. So mußte ich mich wohl oder übel selbst dazu entschließen und gab Auftrag zum Satteln. Die Kunde von meinem Vorhaben hatte sich in der Nachbarschaft verbreitet, es sammelten sich Zuschauer an. Zuerst der Herr Zirkusdirektor, der eben mit seiner Truppe hier gastierte. Er sah sich das Pferd von allen Seiten an und meinte: es wäre doch des Teufels, wenn er damit nicht fertig würde; ich sollte ihm Meta ein wenig überlassen.
»Aber mit Vergnügen. Selbstverständlich. Ich bitte sehr.«
Der Herr Direktor tauschte Verbeugungen mit mir aus, ließ Meta in sein Zelt führen und schloß lächelnd den Vorhang. Wir warteten draußen gespannt, bis sich der Vorhang wieder öffnen und Direktor Saltarini stolz auf Meta erscheinen würde.
Aber nichts. Peitschenknall und Gewieher, sonst nichts. Plötzlich ein Schrei – die Zeltleinwand bauscht sich auf, reißt – und aus dem Loch trabt Meta – Meta ganz allein. Fünf Minuten später der Direktor – ohne Hut, in Sand gebadet. Und schwang die saldierte Rechnung über den von Meta angerichteten Schaden: Meta hatte die Musikestrade erklettert und die große Trommel unbrauchbar gemacht.
Ich hatte die Absicht, unserm Verein »Humanitas« auf alle Fälle ein Legat zu stiften, weil er wirklich Vorzügliches in der Bekleidung von Schulkindern leistet. Leider wurde nichts

daraus. Als ich nämlich einen Fuß im Bügel hatte, erschien der Direktor meiner Versicherungsgesellschaft und kündigte mir im Sinn des § 12a der Statuten meiner Lebensversicherungspolice.

Unser Nachbar, der Rittmeister a. D. von Rehberger, nannte dieses Verfahren der Gesellschaft willkürlich und unvernünftig. Ich sollte nur Klage stellen, das Gericht würde mir bestimmt recht geben. Und was Meta anbelangt, so sei sie ein engelsgutes Pferd, man müsse sie nur zu behandeln wissen.

Rittmeister von Rehberger hielt Meta am Backenstück fest, während ich aufsaß. Er sprach ihr zu, tätschelte ihr den Hals und führte sie umher.

»So, schön brav! So, schön brav, mein ausgezeichnetes Pferdchen«, sagte er.

Da wieherte Meta, als wollte sie lachen, hob ein wenig die Vorderbeine, als wollte sie knien, strich einmal hinten aus – warum, weiß man nicht. Aber der Herr Rittmeister schob mich wieder zurecht.

»Sie wird steigen«, sagte Direktor Saltarini. »Wenn sie steigt, schlagen Sie ihr den Knopf der Reitgerte ins Genick.«

In diesem Augenblick stieg Meta kerzengrad empor. Ich schlug ihr mit dem Knopf der Gerte ins Genick, Meta überschlug sich, und wir lagen beide da.

Der Herr Rittmeister ward zornig.

»Monsieur«, schrie er, »wenn Sie als Zirkusdirektor nicht wissen, wie man mit einem engelsguten Pferd umgehen muß, tun Sie mir leid. Geduld! Nur Geduld! Dreimal Geduld! Anders ist da nichts zu machen.«

Und zu mir:
»Sitzen Sie hübsch auf! Wenn sich Meta wieder überschlagen sollte, machen Sie sich gar nichts daraus. Bestrafen Sie sie dadurch, daß Sie sie am Boden festhalten. Setzen Sie sich ihr, zum Beispiel, auf den Kopf und bleiben Sie ganz ruhig sitzen. Dann wird sich Meta wohl überlegen, es noch einmal zu tun.«
Ich reite Meta nun fast ein halbes Jahr.
Das System des Rittmeisters Rehberger ist sehr zeitraubend.
Manchmal reite ich am Morgen um sechs Uhr aus, und um halb sieben überschlägt sich Meta. Ich setze mich ihr dann auf den Kopf und lese die Zeitung. Gegen neun Uhr pflege ich einen Roman oder dergleichen vorzunehmen, manchmal auch etwas Fachliches. So wird es langsam zwölf, und ich reite zum Essen heim.
Nachmittags überschlägt sich Meta immer schon um ein Uhr. Ich habe das ganze »Landwirtschaftliche Vademekum« durchgerechnet – es ist ein Preis von fünf Dukaten ausgeschrieben für Auffindung eines Fehlers in den Tabellen. Ich habe zwei Fehler gefunden, aber mittlerweile ist der Verlag pleite gegangen.
Ich las, immer auf Metas Kopf sitzend, die »Englischen Briefe zum Selbstunterricht« fertig, einen dicken Band »Die Völkerstämme des Kaukasus«, fast alles, was über Rodin geschrieben worden ist, und zweimal »Die drei Musketiere« von Dumas. Ich finde, man sollte Romane zum zweitenmal erst lesen, wenn seit der ersten Lektüre eine gewisse Zeit verstrichen ist.

Ich habe die Lust zum Lesen überhaupt verloren. Ich pflege jetzt vom Blatt zu singen.
Wohin das führen soll, weiß der Himmel. Meta bleibt dabei ganz ruhig liegen und sieht mir zu.
Bugs hat sich erboten, er wolle jeden Tag hinauskommen und mir die Zeit vertreiben helfen. Wir sollten ein gemütliches Spielchen machen.
Heute ist er denn auch erschienen. Aber so wie ich ihn nur sah, war ich so empört, daß ich nicht spielen konnte. Nein – mit ihm sicher nicht. Der Kerl hat mir zuviel angetan.

Nur populär

»Meine Herren«, sagte uns der Herr General am dritten Tage der Brigademanöver, »ich zweifle nicht daran, daß Sie unsern Übungen mit offenen Augen folgen, sich in jedem Augenblick über den Zweck und Verlauf der Bewegungen klar sind, kurz, daß Sie nicht als Koffer mitgehen, sondern als denkende Menschen. – Leider ist aber von der Mannschaft nicht das gleiche Interesse zu erwarten. – Nun sollen die Manöver eine Schule für uns alle sein, nicht bloß für mich und die Herren Stabsoffiziere.«

»Jawohl!« nickten die Rangsklassen Nr. 6, 7 und 8, Oberst, Oberstleutnant und die drei Majore.

»Meine Herren«, sprach der Herr General weiter, »schon der große Dichter von Schiller, der als ehemaliger Regimentsfeldscher immerhin einen gewissen Einblick in militärische Verhältnisse gehabt hat, schreibt: ›Wenn gute Reden sie begleiten, dann fließt die Übung munter fort.‹ – Ob nun so – oder ähnlich, jedenfalls wollte von Schiller dabei auf die Besprechung als den weitaus wichtigsten Teil des Manövers hingewiesen haben. – Denn, wie Sie selbst wissen, das Gelingen eines Aufmarsches oder Angriffes ist von tausend Zufällen und dem Geschick von hundert Händen abhängig. Der Angriff kann gelingen, er kann aber auch – – vorbeigelingen.«

Der Herr Oberstleutnant trat sich selber aufs Hühnerauge. Er war's nämlich, der gestern so jämmerlich gepatzt hatte – er war gemeint! »Ja – hm – der Angriff ist also nur bedingungsweise ein Muster für Jüngere. – Die Besprechung jedoch, die halte ich, die ist von *keinen* Zufällen abhängig... Ich glaube, Sie verstehen mich?«
»Jawohl!« nickten die Rangklassen Nr. 6 und 8.
»Sie müssen also, um den Eifer der Mannschaft wach zu erhalten, ihr auch meine Besprechung zugänglich machen – natürlich in einer dem Auffassungsvermögen der Leute angepaßten Weise. – Man kann vom gemeinen Manne keine taktischen Studien erwarten – unsere Dienstzeit ist leider viel zu kurz dazu. – Also nicht lange, zusammenhängende Reden fordern, meine Herren! Es genügt, wenn der Mann auf gut gestellte Fragen sinngemäß ja oder nein antwortet. – Populär sein, meine Herren, nur populär! – Damit ich nicht selbst in den von mir gerügten Fehler langer Betrachtungen verfalle, will ich Ihnen gleich im Beispiel zeigen, was ich anstrebe und was man bei einiger Geschicklichkeit erreichen kann. – Dort hält, wie Sie sehen, ein Trompeter die Pferde des Herrn Obersten. – Sie gestatten doch, Herr Oberst?«
Der Herr Oberst gestattete.
»He! Sie! Trompeter! – Ja, ja, gewiß – Sie meine ich! – Geben Sie Ihre Pferde dem Nebenmann ab und treten Sie näher!«
Der Trompeter rührte sich nicht.
»Er kann vielleicht nicht deutsch? Hätten Herr Leutnant Baron Farini die Güte – ?«

Herr Leutnant Baron Farini hatte die Güte. Er ging dem Trompeter halben Wegs entgegen und rief: »Obst d' hergehst, Maulaff'?«
Jetzt verstand er, kam und stellte sich salutierend an den linken Flügel des Halbkreises, dessen Mitte der Herr General bildete.
»Guten Tag«, sagte der hohe Herr weiter und dankte nachlässig für den Gruß. »Sagen Sie mir, Batterietrompeter, hat es sich bei der Übung gestern um einen frontalen Angriff gehandelt?«
Der Trompeter blickte an dem Herrn General vorbei hilflos in die Luft und sah dort drüben den Regimentsadjutanten den Kopf schütteln.
»Na, Herr Gen'ralmajor«, antwortete er, »söll war's nöt.«
»Ganz richtig!« – Der hohe Herr schaute stolz ringsum. »Es ist kein Frontalangriff gewesen, sagen Sie. – Also ein umfassender Angriff?«
»Na – söll war's nöt, Herr Gen'ralmajor«, entgegnete der kluge Trompeter, der im Regimentsadjutanten einen verläßlichen Berater hatte.
»Sehr gut, sehr gut. Wir haben demnach gestern weder einen frontalen, noch einen umfassenden Angriff gemacht. – Gibt es noch andere Angriffsformen? Überlegen Sie genau!«
Der Adjutant schüttelte den Kopf, der Trompeter übersetzte verständnisinnig: »Na, Herr Gen'ralmajor.«
»Ah, vorzüglich! Also kein Angriff – gestern. Was ist's denn sonst gewesen?«
»Ae Manöber.«

»Gewiß, ein Manöver. Ich möchte aber eine präzisere Antwort haben. Vielleicht eine Verteidigung – wie? – Trifft das zu?«
Drüben wurde genickt. »Herr Gen'ralmajor, i' meld' g'hursamst, söll is g'west.«
»Brillant, brillant, mein lieber Batterietrompeter! Wie heißen Sie?«
»Batterietrompeter Johann Neupauer.«
»Ausgezeichnet, mein lieber Neupauer. Wir haben eine Verteidigung geübt, wie Sie ganz wohl erkannt haben. – Sie haben jedenfalls auch den Verlauf des Aufmarsches noch lebhaft im Gedächtnis.
Sagen Sie mir: haben alle Batterien gleichzeitig ihre Stellungen bezogen?«
Ein kurzer Blick auf den Regimentsadjutanten und Johann Neupauer verneinte.
»Ah – prächtig! Herr Oberst, ich empfehle diesen aufgeweckten Burschen Ihrem besondern Augenmerk. – Die Batterien sind also nach und nach in ihre Positionen abgegangen?«
»Ja – Herr Gen'ralmajor.«
»Und warum das – Batterietrompeter?«
Dem Adjutanten troff der Schweiß von der Stirne, so eifrig redete er seine Fingersprache hinter dem Rücken des Inspizierenden. Jeder normale Idiot hätte daraus klug werden müssen. Neupauer wurde nicht klug daraus.
»Meine Herren, Sie sehen, daß selbst dieser sonst so logisch deutende und aufmerksame Mann versagt, wenn man ihn zu längeren Erörterungen veranlassen will. Ich

habe ihm die Frage absichtlich – zu Ihrer Belehrung – vorgelegt. Nun will ich Ihnen gleich beweisen, daß dem Batterietrompeter nur die Gabe der Rede, nicht aber die des Verständnisses fehlt. – Geben Sie acht, mein lieber Neupauer! Ist es notwendig gewesen, einige Geschütze vorauszuschicken und die anderen zurückzuhalten?«
»Ja, Herr Gen'ralmajor.«
»Gut, es ist notwendig gewesen! Geschieht das immer in analogen Fällen?«
»Ja, Herr Gen'ralmajor.«
»Bravo! – Die Artillerie bezieht also, wo es sich um Verteidigungen handelt, ihre Stellung erst so spät als möglich. Ihr Verhalten richtet sich wohl nach dem Feind?«
»Na«, entgegnete Neupauer, den der Adjutant einen Augenblick lang im Stiche gelassen hatte.
»Wie? Die Verteidigungsartillerie richtet sich nicht nach dem Feind?«
»Na, nach'm Herrn Gen'ralmajor!« –
»Sie haben nicht ganz unrecht, mein lieber Neupauer, die Truppe wartet auf ein Kommando. Aber der Truppenführer wird zu seinem Befehl für den Aufmarsch doch durch das Benehmen des Feindes veranlaßt – nicht wahr?«
Unterdessen hatte der Adjutant seinen Posten als optischer Souffleur wieder bezogen und Neupauer bejahte.
»Wann gibt nun der Kommandant diesen Befehl? Wenn er die erste feindliche Patrouille erblickt?«
»Na, Herr Gen'ralmajor.«
»Schön. Also vielleicht später – wenn sich die Angriffsrichtung des Feindes ausgesprochen hat?«

»Ja, Herr Gen'ralmajor.«
»Wacker, mein Bester, sehr wacker! – Meine Herren, Sie erkennen, worauf ich hinaus will: Populär – nur populär, meine Herren! Genug und übergenug, wenn der Mann, wie dieser Trompeter hier, kurze, zutreffende Antworten gibt! – Sie haben das sehr nett gemacht, Batterietrompeter. Sie haben der Übung mit lobenswertem Interesse gefolgt. Sagen Sie Ihren Kameraden, daß ich solche Leute ganz besonders schätze und achte! – Hat nun Ihre Batterie als erste die Verteidigungsstellung bezogen oder ist sie erst später dahin abgerückt?«
»Herr Gen'ralmajor, i' meld' g'hursamst, jetzend söll waß i' nöt.« –
»Ah – Sie haben wohl in diesem Moment einen Ordonnanzritt zu absolvieren gehabt? Oder was hat Sie sonst verhindert, zu wissen, welche Batterie zuerst auf dem Bergrücken angefahren ist?«
»Herr Gen'ralmajor, i' meld' g'hursamst, daß i' söll nöt waß, indem daß i' drei Täg in Arrescht war und erscht heunt zeitig in der Fruh herauskummen bin.«
Der Herr Brigadier stierte zuerst den Trompeter an, dann griff er halb ohnmächtig in die Luft, als suche er eine Toga, um sein Haupt darein zu hüllen.

Der Simulant

Der Stammsitz der Grafen Callini steht irgendwo im Trentino in Südtirol. Er ist längst verfallen, und in seinem Gemäuer nisten zwei andere uralte, weitverbreitete Familien – die Dohlen und die Krähen.

Die Callinis aber haben seit vielen Generationen die höchsten Stellen in der österreichischen Diplomatie inne. Ihr Adel, ursprünglich italienisch, ist schon von Kaiser Franz in einen Reichsadel umgewandelt worden.

Der große Stamm hat sich mannigfach geteilt. Ein Hauptast, Callini-Khalen, ist in Slawonien ansässig, aber über die ganze Welt verstreut – fast lauter Diplomaten; in Amerika allein sind vier Callini-Khalen in Mission. – Ein zweiter Ast, Callini di Santa Barbara, ruht auf den beiden Augen des jungen Grafen Otto.

Graf Otto ist neunzehn Jahre alt und eine leichtsinnige Seifenblase. Sein Vormund und Schwager, der ungarische Ministerialrat Baron Parkany, hat mit dem jungen Callini mehr Arbeit, als mit den Amtsobliegenheiten des Ackerbauressorts.

Otto Callini wollte schon das Jahr vor seiner Abiturientenprüfung mit einer überspannten jungen Dame der Gesellschaft zu den Buren durchgehen. – Sie hatten aber beide kein Geld und blieben.

Einige Monate später verliebte sich Otto in Baronesse Parkany, seines Vormunds Schwester, und war nicht zu bewegen, seinen Ferienaufenthalt rechtzeitig abzubrechen. Das wurde dem Baron Parkany denn doch zu bunt. Er sah ein, daß er nach der ewigen Beaufsichtigung Ottos einiger Erholung und der junge Herr Schwager einer strengern Zucht bedürfe – kurz, Baron Parkany sprach sein Machtwort, und Ottchen mußte als Einjähriger zu Nadaschdy-Husaren einrücken.
Die Maßregel erwies sich als klug. Ottchen wurde ein strebsamer Krieger, verließ im Mai die Freiwilligenschule als rangältester Korporal – und da Baron Parkany rechtzeitig eingegriffen und einen scharfen Eskadronschef für Otto ausgesucht hatte, schien es, daß die erziehliche Wirkung des Truppendienstes nicht versagen würde.
Doch alles kommt ja immer ganz anders...
Ottos neue Garnison hatte einen schweren Mangel, an den niemand gedacht hatte: sie war langweilig.
Nicht als ob es an Offiziersumgang gefehlt hätte – im Gegenteil! – Es waren viel zu viel Truppen da, für Ottos Geschmack wenigstens: nämlich ein Infanteriebrigadier mit allen seinen Untertanen bis auf den letzten Tambur. Aber Otto trug die Nase etwas hoch und hatte eine Aversion gegen Infanterie. – Die Husaren wieder waren nur mit einer einzigen Unterabteilung vertreten. – Die Leutnants dieser Schwadron bimsten einträchtig für die Kriegsschule, und der Rittmeister – du meine Güte! – der war hoch, sehr hoch in den Dreißig und mehrfacher Vater.
»Hier kann ich nicht ewig – das heißt fünf Monate leben«,

versicherte Otto seinem Leidensgenossen, dem andern Freiwilligen, schon nach acht Tagen.
»Was willst du aber sonst beginnen?« fragte Kostitsch.
»Durchgehen.«
Kostitsch zuckte die Achseln. »Unsinn! Sie bringen dich ja wieder.« – In dem mißbilligenden Ton klang doch ein wenig Bewunderung mit. Wie energisch der Kerl ist!
»Sie bringen mich wieder – meinst du? Ja, glaubst du denn, daß sie's überhaupt merken werden, wenn ich wegfahre?«
»Du denkst also nicht daran ...«
»Ganz und für immer davonzugehen? Keine Spur! Ich fahre auf eine Woche weg, dann bin ich wieder da.«
»Ah! Gestern beim Rapport haben sie dir doch den Urlaub versagt.«
»Na, – siehst du, Kostitsch! Darum bewillige ich mir ihn eben selber! Denn, wenn ich auf die Gnade des Chefs warten wollte, könnt ich ja alt und grau werden.«
»Das verstehe, wer kann! Wie willst du auf acht Tage verschwinden, ohne daß der Rittmeister es merkt?«
Graf Callini nahm eine unendlich schlaue Miene an und weidete sich eine ganze Weile lang an der neugierigen Ratlosigkeit seines Freundes. »Was, Kostitsch, du kämst nie auf die Idee, wie man aus diesem Saunest hinauskommen kann? Ich – ich bin doch ein wenig findiger! Ich werde mich krank melden und wegfahren.«
»Und wenn der Regimentsarzt kommt und dich untersuchen will?«
»Wenn der Regimentsarzt kommt, dann findet er einen Kranken im Bett.«

»– ? –«
»Unten im Haus arbeitet ein Schustergesell aus Wien, der Mann kann husten, wie eine Meraner Stiftsdame. Den leg ich in mein Bett.«
»Der Arzt wird aber sofort sehen, daß das ein Fremder ist.«
»Wieso denn? Der Doktor Hölty ist doch gestern nach Pest gefahren, und der neue Oberarzt kennt mich gar nicht. Der Schuster ist ein großartiger Bursch, wie alle Wiener Schuster, und wird für ein paar Gulden einen schönern Rachenkatarrh haben, als alle Marodöre des Dreibundes zusammen.«
Kostitsch, der Fromme, schüttelte den Kopf. »Nein, nein, das darfst du gewiß nicht tun, Otto.«
»Ich muß, Freund, ich muß.«
»Stumpfsinn! – warum müßtest du?«
»Kostitsch – sag einmal – kannst du dir ein Mädel vorstellen, das die ältesten Trottel im Ackerbauministerium nur an hohen Feiertagen anschmachten dürfen, um nicht ganz verrückt zu werden? Nein? – Dann red nichts! – Und dieses Mädel hab ich jetzt seit fast sieben Monaten nicht mehr gesehen!«
»Gut, Otto – sei verliebt wie ein Windhund. Kannst du aber nicht – sagen wir nur: einen Monat – mit dem Wiedersehen warten?«
»Bist du toll, Kostitsch? – warten? Ist denn die Sache in einem Monat leichter durchzuführen als morgen?«
»Leichter nicht. Aber in einem Monat bist du vielleicht gescheiter und riskierst nicht um das bißchen Frauenzimmer den Hals.«

»Glaubst du?«
»Freilich glaub ich's. Allen Respekt vor deinen Gefühlibus, aber man hat doch Beispiele – wo sich's ein Mensch überlegt und was anderes findet.«
»Ich weiß nicht, worauf du anspielst«, sagte Callini gekränkt, »vielleicht auf den tornisterblonden Flirt auf der Reise hierher?«
»Ah – die rote Eselin hab ich schon vergessen gehabt.«
»Oder auf den Schreihals, der beim Schulkommandanten zu Besuch gewesen ist?«
»Auch! In erster Linie aber denk ich an die Grazerin in der blauen Bluse, der du wochenlang Fensterpromenaden zu Pferd gemacht hast. Dann an die Komteß, der zu Gefallen dein Braun hat niederknien lernen müssen...«
»Ah, hör mir auf! Das sind eben Meteore gewesen, aber nicht einmal Meteore! Mein Stern, meine Sonne war und ist doch nur Etelka. Die muß ich sehen – und wenn ich desertieren müßte.«
»Ich hab ja grundsätzlich nichts dagegen. Du hast dich auch in den Gedanken zu weit verbohrt, merk ich, um locker zu lassen. Noch mehr, Otto: ich will dir, so gut es geht, helfen. Nur verlang ich, wie gesagt, daß du deinen Ausflug um einen Monat verschiebst.«
»Ja – aber warum, Mensch, warum?«
»Um Zeit zu gewinnen.«
»Zeit? – Wozu?«
»Zur besseren Einleitung.«
»Nichts da, Kostitsch! Schlag dir das aus dem Kopf. Ich melde mich morgen krank und reise.«

»Meld dich später krank und reise später.«
»Damit mir mittlerweile mein Schuster gesund wird – was? Der Mann ist's imstande! – Und damit mich die ganze Garnison, den Arzt mit eingeschlossen, wie schlechtes Geld kennt? – Übrigens wäre mein ganzes Abenteuer in einem Monat nutzlos. In einem Monat ist Etelka wieder in Parkany – sie ist nämlich die Schwester meines Vormunds – und in Parkany kann ich sie nicht einen Augenblick sprechen, ohne von meinem Herrn Vormund bemerkt zu werden.«
»Ist sie denn jetzt nicht zu Hause?«
»Hab ich dir das noch nicht erzählt? Mein Schwager ist gestern mit beiden Damen, das heißt mit meiner Schwester und Etelka, nach dem Balkan gereist.«
»Das kompliziert ja die Sache noch bedeutend!«
»Nicht wahr? Mein selbstbewilligter Urlaub gewinnt immer mehr an Reiz! Österreich-Ungarn will nämlich mit einem Balkanstaat – na, sagen wir mit Makedonien, denn man darf das nicht ausplauschen, – einen Schweinevertrag schließen. Man kann aber doch von unserm Geschäftsträger dort nicht gut verlangen, daß er sich auf die Schweineausfuhr- und Gesundheitsverhältnisse verstehe. Da hat das zunächst beteiligte ungarische Ackerbauministerium einen Experten, eben meinen Schwager, zum Studium der Frage entsendet.«
»Callini, du willst also nach – Makedonien reisen?«
»Jawohl, nach Makedonien! Denk nur, wie schön das wird! Mein Schwager sucht die Trichinen im ganzen Land zusammen, und meine Schwester und Etelka langweilen sich in der Hauptstadt – in – sagen wir – Asurnik. Da komm ich als

rettender Engel – meine Schwester drückt, wie gewöhnlich, beide Augen zu, Etelka strahlt vor Wonne – wir machen Partien in die Umgebung, gehen im Park spazieren –«

»Im Park von Asurnik!«

»Nenn es Asurnik. Es gibt da gewiß französisch geschorene Gruppen, vor denen meine Schwester zum Beispiel ein wenig zurückbleiben kann... He, Bruderherz!« Otto packte seinen Freund an beiden Schultern und schüttelte ihn lachend. »Bruderherz, gefällt dir mein Gedanke?«

»Kind, das du bist, Backfischhusar! Idealist! Wurschtel!«

Ottos Meldung lag am Morgen darauf auf dem Kanzleitische des Eskadronschefs. »Diese Fraaiwilligän! Diiese värdaammtän Fraaiwilligän!« fluchte der Rittmeister Derwudelija, dessen Wiege zu Gospitsch in der kroatischen Militärgrenze gestanden war. »Jetzt meeldet sich mir der Callini maroodä, indeeme er erst eine Wooche bei der Schwadroon ist! Und wass feehlet demseelbän? – Raachänkatarrh! Kruscheewski, schaauän Sie naach, ob eetwas übär Raachänkatarrh im Dünstreglämäntä steehet!«

»Njein«, antwortete der alte Rechnungs-Unteroffizier, ein Pole, ohne mit einer Wimper zu zucken.

»Demnach im Exerziierreglämäntä?«

»Njein, Herr Rittjmeisterj.«

»Pa in der Adjustiierungsvoorschrift? – In der Schiießinstruktioon? In den Noormen für die Aaufstellung und Aausrüstung der Feeldeskadroonen?«

»Njein! – Herr Rittjmeisterj, meldj gehorjsamjst, njirgenjds kummtj vur Rachenjkatarrh.«

»Aalso! – Foolglich giiebt es keinen Raachänkatarrh beim Militääre! – Traagän Sie diiesän Diienstzettäl zu dem Heerän Oobäraarztä, gebän Sie demseelbän die Adreesse von dem Fraaiwilligän Callini aan, und saagän Sie, ich laassä den Heerrän Bruudär biittän, mir den fraiwilligän Simulaantän bis späätestäns elf Uhr am Voormittage grüündlich zu kuriierän.«

Kruschweski schlug die Hacken zusammen und ging.

Indessen lag der Schustergeselle Johann Eippeldauer blitzblank gewaschen und parfümiert in Callinis Bett und bemühte sich, einen Grafen darzustellen. »Sü, Schan!« rief er, »einen Kognak!«

Jean, wütend, tat, als höre er nichts.

»Sü, Schan! Einen Kognak!«

»Bedaure, gräfliche Gnaden haben alle geistigen Getränke verboten!«

»Was, gräfliche Gnaden? Wer – gräfliche Gnaden? Sü scheunen nicht zu wüssen, mit wem daß Sö die Ehre haben zu reden? Üch bün – dös haßt, üch stell vur – den k. und k. Einjährig-Freiwilligen Husaren Titularkorporal Otto Grafen Callini di Santa Barbara, verstöngen Sö! – Schan, einen Kognak!«

»Nein! Spiritus bekommen Sie überhaupt nicht.«

»Alsdann wünschö üch a Lemonad'. Aber mit Eule, wenn üch bitten därf! Und eunen halben Meter allerfeunste Krakauerwurscht.«

»Ja, freilich, damit Sie nach Knofel riechen, wenn der Doktor kommt!«

»Der kummt nöt a so g'schwind, mei Liaber! Der überlegt si

so was langmächti'! I kenn' dös, i hab' a' dient, drei vulle Jahr' bei Hoch- und Deitschmaster Nummro vier! Aber jetzten hab' i gnua von den Reden. Schan, brüngen Sü mir eune Lemonad' und eun besseres Frühstück!«

»Es ist nicht Frühstückszeit.«

»So? Alsdann warten S' nur, bis der Herr Otto kummt! I wir eahms scho klogen! Hot er epper nöt 'n Beföhl 'geben, Sö soll'n mir alles, was i wüll, herbringen?«

Die rasselnde Entreeglocke enthob Jean der Antwort. Als der Diener öffnete, erblickte er zitternd den Oberarzt vor sich.

»Wohnt hier der Freiwillige Graf Callini?«

»Ja.« –

»Dann führen Sie mich zu ihm.«

Der Arzt trat in das Krankenzimmer. Jean zog sich diskret zurück und – horchte. Um Himmels willen, jetzt wird der Trug entdeckt!

»Guten Morgen!« rief der Arzt und stellte sich vor. Johann Eippeldauer antwortete mit einem furchtbaren Hustenanfall.

»Na, na – nur nicht verzweifeln, es wird schon besser werden! – Husten Sie schon lange so, Freiwilliger?«

»Seut dreu Täg!« hauchte Eippeldauer.

»Lassen Sie mich mal den Puls fühlen. – So! – Der ist in Ordnung. – Haben Sie Fieber?

– Nein? – Und wie steht's mit dem Appetit?«

»Uje!« rief Eippeldauer und fing schnell seine Stimme, die ihm so laut ausgekommen war, wieder ein, »Appetit hätt' üch für zweu.«

»Ja, wenn man jung ist! Sie müssen aber sehr, sehr vorsichtig sein! Keine reizenden Speisen, durchaus nicht rauchen, vor allem keinen Schritt aus dem Bett. Sie werden sich kalte Umschläge auf Brust und Hals machen lassen –«

»Muß düses seun?«

»Ohne Widerrede. Dann will ich Ihnen Pulver verschreiben, davon nehmen Sie früh, mittags und abends je ein Stück. Morgen komme ich wieder und finde Sie gewiß schon beim besten Wohlsein. Wo haben Sie Papier, Tinte und Feder?«

»Schan! Schaan!! Schaaan!!!« schrie der Kranke. »Wo stecken Sü?«

»Still, Freiwilliger! – Was fällt Ihnen ein? Um keinen Preis eine Anstrengung der Stimme! Wenn Sie so lärmen, können Sie einen Zentner Kodëin essen und sind doch in hundert Jahren nicht gesund.«

»Schan, bringen Sü Föder und Tünte«, sagte Eippeldauer großartig.

»Ich werde dem Herrn Rittmeister gehorsamst melden, daß Sie eine Woche lang zu Hause bleiben müssen«, sprach der Oberarzt beim Abschied. Draußen fragte er den Diener: »Sagen Sie, was ist der Graf für ein Landsmann?«

»Ein – Ti-Tiroler«, stammelte Jean errötend.

»Ei-gen-tüm-licher Dialekt!«

Johann Eippeldauer hatte dem ungläubigen Jean wiederholt versichert, daß ihm der Oberarzt kräftige Nahrung »und nur seine Zigarren« verordnet habe. Er hatte auch die kalten Kompressen auf Brust und Hals verschwiegen.

Nun zeigte sich Jean zwar über die Anordnungen des Arztes merkwürdig gut unterrichtet und suchte Eippeldauers Diät in den Grenzen der Krankenkost zu halten, aber Ottos Befehl, »den Kerl gut zu füttern«, hatte sehr bestimmt gelautet, und Jean war gewohnt, zu folgen. Er rächte sich an seinem anspruchsvollen Patienten dafür durch immer neue Eisumschläge, die er Eippeldauer trotz allem Sträuben auflegte, »weil doch der Doktor jeden Augenblick kommen könnte.«

So verlebte der wackere Schusterjunge herrliche Tage.

Es ist doch schön, Graf zu sein! – Auch ohne Kognak! – Immer einen – freilich ein wenig unwilligen – Diener um sich, den man malträtieren kann – einen weichen Pfühl, auf den man sich streckt – Speisen in Hülle und Fülle – das behagliche, elegante Zimmer – und alles das bloß fürs Husten! – Johann Eippeldauer hätte sein Leben lang ein Graf sein mögen!

»Herrschaft Grammatten!« dachte er. – »Der g'flickte Raz'l wann mi jetzt daderr segen tat, was sich immer so am noblichen spüllt! Oder d' Frau Masterin mit Ihnern Salon! 's Badzimmer dader is schöner!«

Am vierten Morgen seines gräflichen Schwelgens erwachte Johann Eippeldauer aus einem Traume, in dem er wirklich Kavalier gewesen war, reckte und dehnte sich, dachte nach, was er mit den fünfzig Gulden beginnen würde, die ihm der junge Herr Graf als Extravergütung versprochen hatte – da schreckte ihn Jean durch einen Dienstzettel auf, den eben eine Ordonnanz gebracht hatte.

K. u. k. Husarenregt. FZM. Gf. Nadaschdy Nr. 17.
5. Feldeskadron.
Dienstzettel
Aránybánya, am 12. Mai 1902.
Indem Sie an Rachenkatarrh erkrankt sind, trotzdem haben Sie sich sofort ins hierortige k. u. k. Truppenhospital zu begeben und nachdem bis zu Ihrer Genesung daselbst zu verbleiben. Für die Zeit Ihres Aufenhaltes haben Sie täglich im vorhinein das Menagegeld von 23.2 h. sage dreiundzwanig + $\frac{2}{10}$ in Hellern zu entrichten. Verpflegsdokumente und Partikular-Revisionsliste gehen von hier aus direkt an das k. u. k. Spitals-Kommando ab.
Derwodelija, m. p.
Rittmstr.

Das war eine Bescherung!
»Meiner Sex!« versicherte der Schuster dem Diener, der ihm höhnisch die Siebensachen zusammensuchen half, »wann i 's nüt aus Liab z'an jungen Herrn tat un dö fuchzig Gul'n Extraprämie nöt war'n, kriegeten s' mi nie nöt in dös Spütal eini!«
Und während sich der Herr Rittmeister diebisch freute, »diiesän Callini, diiesän Simulaantän«, so gründlich eingesponnen zu haben – bei 23,2 Heller Verpflegsgebühren täglich – saß Freund Otto seelenvergnügt mit Schwester und Muhme in Asurnik. Garden-Parties gab's zwar nicht, aber immerhin ließ es sich leben.
Nach einer lang andauernden Spannung zwischen Rußland und England – Madame Wassiljewitsch hatte Mistreß

Langfields letzten Herbsthut eine Groteske genannt – war's wieder Friede in der diplomatischen Kolonie von Asurnik geworden. Die Sekretäre der Großmächte wetteiferten in der Veranstaltung von Picknicks und Tänzen. Deutschland lud zu Abend, und von Frankreich munkelte man, es sei bis auf den letzten Gamaschenknopf für einen Ball gerüstet. Madame Wassiljewitsch hatte gute Beziehungen zur Republik und machte gelegentlich über diesen Ball die spannendsten Andeutungen.

Auf dem Horizonte der Gesellschaft von Asurnik war Baronin Parkany mit Sonnenherrlichkeit aufgegangen. Etelka und Otto, ihre Planeten, boten Ausblicke auf neue Varianten des Kurschneidens, das bei der geringen Anzahl von verfügbaren jungen Damen und Herren fast gedroht hatte, eintönig zu werden.

Kurz, Otto fühlte sich nichts weniger als eingesponnen. Nur einmal täglich, kurz vor dem Schlafengehen, bekam er heftige Beklemmungen.

Daß die Sache bei der Schwadron zu Hause etwa schief gehen könnte, daran dachte er keinen Augenblick. Nein, dazu waren Eippeldauer, Jean – und im ärgsten Falle Kamerad Kostitsch – viel zu geriebene Burschen. – Aber vor der Rückkehr seines Vormunds von der Landesbereisung graute es ihm ein wenig. Der konnte manchmal unangenehm energisch sein ... Er wird sich auch gewiß nicht mit Ottos Versicherung begnügen, daß der Urlaub ordnungsgemäß bewilligt sei – wie es die Baronin Parkany getan hatte – sondern nach dem Urlaubsschein fragen. Dann sind natürlich die schönen Stunden mit Etelka zu Ende. –

Wenn Bela nur wenigstens nicht vor dem Ball beim französischen Geschäftsträger zurückkäme!
Nein, Bela kam nicht zurück. Als die Kapelle des fürstlichen Garderegiments bei Madame Duvernois zur Polonaise aufspielte, studierte Baron Parkany noch unverdrossen die Schweine von Südmakedonien.
Otto, die Gattin des bulgarischen Chargé d'affaires am Arme, folgte mit glänzenden Augen den Bewegungen Etelkas, die von Mister Langfield geführt wurde. Die zweite Quadrille, der Herzenstanz, sollte ja ihm gehören...
Da plötzlich brach, mitten im Takt, die Musik jäh ab. Der Kapellmeister, Herr Waschitzka aus Prag, machte verzweifelte Gelenkübungen mit Armen und Beinen – Trommelwirbel und Fanfaren tönten – und mit mächtigen Klängen brauste die makedonische Hymne durch den Saal.
Ehe Otto wußte, wie ihm geschehen, hatte ihn seine besonnene Tänzerin in das Spalier zurückgezerrt, zu dem sich die Gesellschaft rasch formiert hatte. Aller Augen hingen an der Eingangstür.
Eine schlanke Gestalt in goldstrotzender Uniform ward sichtbar, Damen und Herren grüßten mit tiefer Verneigung. Der junge Landesfürst Mihajlo I. hatte auf die Kunde von dem Balle seine Jagd aufgegeben und war in eigener Person, von großem Gefolge umgeben, erschienen, um das befreundete Frankreich in seinem Hause zu ehren.
Otto stand noch geblendet von der bunten Pracht der Erscheinungen, als er zu seinem namenlosen Schrecken mitten in der Suite des Fürsten eine wohlbekannte, bescheidene Uniform erblickte.

Indes die Hausfrau Seine Hoheit ehrerbietig begrüßte und die Herren des Gefolges sich mit den Ballgästen zu kleinen plaudernden Gruppen vereinten, löste sich der bescheidene Herr aus seiner Umgebung, schritt auf Baronin Parkany zu und rief lachend: »Grüß Gott, Marischka! Grüß Gott, Etelka! – Was? – eine Überraschung! Seine Hoheit selber haben geruht mich mitzubringen! Ich war eben im fürstlichen Jagdterrain beschäftigt, als die Kunde vom Balle zu uns gelangte.«
Die bulgarische Oberstin war zum Glück eine handfeste Frau. Sie konnte Callini festhalten, als er in die Erde zu sinken gedachte. Sie wehte ihm auch mit ihrem Fächer so lange Luft zu, bis er halbwegs wieder feststand. Er hörte noch mit halbem Ohr die Freudenausbrüche Marischkas und Etelkas, sah, wie sich Schwager Bela unversehens umwandte, staunend die Augen aufriß und – fast umfiel.
»Otto! Du – hier??«
»Ja, i-ich bi-bin hier!«
»Wie kommst denn du –?«
»Mit dem Orientexpreß!« antwortete Callini, der seine Fassung wiederhatte. Jetzt war ja die Partie doch schon verloren. Also frisch mit der Wahrheit heraus! »Mit dem Orientexpreß – eigenmächtig natürlich«, erzählte er frech. »Nicht einmal meine Abreise hab' ich gemeldet.«
Bela, Marischka, Etelka, die bulgarische Oberstin und Miß Langfield schlugen wie auf Kommando die Hände zusammen. Ob man solch einen wahnwitzigen Leichtsinn je erlebt hat!
»Mensch, da wirst du ja als Deserteur behandelt werden!«

»O nein! Ich hab' mich krank gemeldet und statt meiner einen Schuster ins Bett gelegt.«

Mister Langfield und Frau Mamonoff lachten.

»Du mußt auf der Stelle einrücken, Otto.«

»Das kann ich ja gar nicht. Der nächste Zug geht übermorgen.«

Bela war wütend. Dieser Skandal! Wenn sich das in der Gesandtschaftskolonie herumspricht!

»Um Himmelswillen, wie ist es dir eingefallen, ohne Urlaub herzukommen?« rief Frau Marischka.

In Otto erwachte vor so viel Vorwürfen der knabenhafte Trotz. »Etelkas wegen«, knurrte er.

Nun war aber Baron Parkany nah am Bersten. Das auch noch! Jetzt kompromittiert er Etelka! Ein resignierter Blick der Baronin bat Frau Mamonoff und Mister Langfield um tiefstes Schweigen und glaubte an die Erfüllung der Bitte nicht.

Und Etelka? Ihre Augen hingen schmeichelnd und geschmeichelt an diesem heißblütigen, unbesonnenen, kreuzbraven Knaben, der für ein paar Stunden süßen Beisammenseins alles gewagt hatte. Wenn er schon ihretwegen in den Arrest mußte, unbelohnt sollte seine Kühnheit nicht bleiben!

»Aber, Bela«, sagte sie, »es ist doch selbstverständlich, daß Otto seine – Braut nach dem Balkan begleitet.«

»Was für eine Braut?« sagte Parkany verständnislos.

»Nun – mich doch«. Und das Herz pochte ihr unter der Seidentaille zum Zerspringen.

Frau Mamonoff und Mister Langfield lächelten diploma-

tisch. England hatte den Takt, sich zurückzuziehen – bei Bulgarien siegte die angeborene weibliche Neugier über die gute Erziehung. Man hat nicht alle Tage das Glück, Zeugin solch spannender Familienszenen zu sein!
Endlich erinnerte sich auch Baron Parkany, daß er heute nicht Ministerialrat, sondern Diplomat sei. »Ihr habt mich mißverstanden. – Es handelt sich jetzt um die Rolle, die Otto hier im Saale spielen soll. Seine Eigenschaft als Bräutigam in Ehren – aber das ist doch um Himmelswillen kein zureichender Grund für seine Anwesenheit.«
»Sehr einfach, cher Baron«, riet Frau Mamonoff belustigt. »Wenn Sie Ihren Schwager nicht gerade als Deserteur vorstellen wollen, ernennen Sie ihn eben für heute zu Ihrem Sekretär.«
»Wird wohl nichts anderes übrigbleiben«, seufzte Parkany.
»Gewiß – um so mehr, als Seine Durchlaucht die beiden neuen Sterne des Ballhimmels, das Brautpaar, bereits bemerkt zu haben scheint.«
»In Gottes Namen denn!« rief der Herr Ministerialrat, perlenden Schweiß auf der Stirn, und führte seine Gemahlin und das Brautpaar der Hausfrau zu, die Seiner Hoheit beim Cercle beistand.

Johann Eippeldauer lag mißmutig auf dem ehernen Kommißbett des Simulantenzimmers im k. und k. Truppenspital von Aránybánya und sah den Zimmergenossen zu, die sich für die Nachmittagsvisite rüsteten. Die Fieberkranken schlugen mit Todesverachtung die Ellbogen auf den Tisch, um den Puls zu beschleunigen, die Magenleidenden naschten an der Kalkwand, denn es galt, eine belegte Zunge zu zeigen. – Wieder andern war das ewige Chininschlucken ebenso zuwider wie dem armen Eippeldauer. Lieber Gewehrgriffe im Freien als die bittern Tränklein »Doktor« Geyerschnabels im Spital! – Sie bemühten sich überhaupt nicht mehr, marod zu scheinen. Aber ihren Spaß mit dem alten, kurzsichtigen Oberwundarzt Geyerschnabel wollten sie noch zum Abschied haben. Aus Polstern, Leintüchern und Monturen wurde kunstreich eine Puppe geformt und säuberlich auf einem der Betten aufgebahrt.

Die Spitalsuhr schlug mit vielem Knacksen fünf – jetzt mußte er kommen.

Richtig, da war er schon!

Durch die Reihen der truppenscheuen Soldateska, die Habt Acht vor ihren Kavallets stand, ging ein halbverschlucktes Grunzen.

Oberwundarzt Geyerschnabel, das verkniffene, glatzköpfige Männchen, blieb schon an der Türe schnuppernd stehen. »Es scheint geraucht worden zu sein«, rief er in schneidendem Diskant.

»Nein – Herr – Dok-tor!« brüllt die Schar der Patienten im tiefsten Baß zurück.

Um des Doktortitels willen, den ihm seine Simulanten an jedem Nachmittag taxfrei verliehen, verzieh er manches. Auch das Tabakrauchen. – »Also nicht!« entschied er kurz, und wandte sich an den ersten: »Was fehlt Ihnen angeblich, Nummer eins?« – Oberwundarzt Geyerschnabel liebte es nämlich, seine Simulanten zu zählen, damit nicht am Ende

einer der Behandlung entgehe. – »Was fehlt Ihnen angeblich?«
»Ich bin unwohl«, klagte der Kerl herzbeweglich.
»Unwohl gibt's nicht. Beim Militär ist man entweder schwer krank oder ein Simulant. – Sind Sie schwer krank?«
»– Ich glaube.«
»Also nicht! – Zeigen Sie Ihre Zunge. – Ist sie belegt, Sanitätswärter? – Ich sehe nämlich schlecht. –– Also nicht!«
»Ja, Herr Oberwundarzt, ich melde gehorsamst, sie ist belegt«, stellte der Wärter fest.
»Geben Sie ihm Chinin«, sprach Meister Geyerschnabel und wandte sich schon an Nummer zwei.
Indessen hatte der brave Sanitätssoldat einen Löffel voll der Simulantenmedizin geschöpft und hielt sie dem Kranken hin. Als er in der Linken die gewohnte Taxe – ein Zehnhellerstück – verspürte, goß er das Tränklein langsam wieder in den Flaschenhals zurück. – Wer schmeert, gut fährt – auch im Truppenspital von Aránybánya.
Oberwundarzt Geyerschnabel hatte, immer sorgsam zählend, eine Bettenreihe abgegangen, als er plötzlich rief: »Hier fehlt mir ein Simulant!«
»Der – ist – tot – Herr – Dok-tor!« brüllte der ergötzte Chorus und wies auf die Puppe.
Geyerschnabel näherte sich dem Bette, sah das Leinengesicht flüchtig an und schrie: »Der Schurke simuliert! Er schaut ja prächtig aus!«
Da hielt die Ordnung im Krankenzimmer nicht länger an. Ein Wiehern und Scharren erhob sich.

»Aha, hab' ich dich erwischt, du Hund! Mit Musik begraben lassen – was? Das wär dir recht! Und mich dann hinterher noch auslachen? Gleich stehst du auf und gehst die Treppe scheuern, du Spion – du!«

Die Herren Simulanten krümmten sich vor Vergnügen. Geyerschnabel wurde unsicher. Er griff unter die Decke – da ward der Streich offenbar. Ein großes Strafgericht ging nieder. Aber nun wollte es keiner gewesen sein.

»Morgen allen Wassersuppe mit nichts!« verfügte Geyerschnabel erbittert und wandte sich zurück, um mit neuem Diensteifer die zweite Reihe abzugehen.

An ihrem Ende lag Johann Eippeldauer, zerknirscht und vernichtet durch Hunger, Chinin und Enttäuschung.

Nein, so hatte er sich das gräfliche Leben nicht vorgestellt! Mochte nun kommen, was da wollte – er war fest entschlossen, seine Rolle nicht weiterzuspielen. Nein und tausendmal nein! Heute wird er sich als Eippeldauer zu erkennen geben!

»Ah! Guten Tag, gräfliche Gnaden!« grinste Geyerschnabel. »Wie haben Gnaden geruht, geruht zu haben? – Ausgezeichnet – was? Ja – das tät den Freiwilligen gefallen, hier auf den k. und k. Daunen zu schwelgen, wenn die Kameraden draußen früh und spät im Sattel hängen! – O nein! – Daraus wird nichts! Sanitätswärter, geben Sie ihm eine Protektionsportion!«

Der Wärter tat, wie ihm geheißen worden, und füllte den Löffel übervoll. Denn in die begehrlich ausgestreckte Linke war noch nie ein Zehnhellerstück gefallen. – Eippeldauer war arm, o so arm! –

Da schwoll dem Schuster die Zornader. »An Ruah will i!« brüllte er. »I bin ka Graf – verstengan Sö? I bin der Schuaster Johann Eippeldauer, und Eahnere Trankeln können S' selber saufen!«

»Was, Sie sind kein Graf? – Also nicht?« fragte Geyerschnabel ungemein wohlwollend.

»Na, sag' i Ihna! I bin a freier Gewerbsmann und sag' enk adieh und pfüat enk Gott, und geh' wohin, daß i wüll!« – Sprachs, erhob sich und machte Miene, auf und davon zu eilen.

»Halt!« donnerte Geyerschnabel. »Auf solche Witze sind wir eingerichtet! Sie bleiben liegen, bis ich Ihnen erlaube aufzustehen.«

»Sö, da täuschen S' Ihna groß!! I bin a Staatsbürger, wissen S' – i bin a freier Gewerbsmann! Mir hab'n S' goar nix zu beföhlen!«

»Halt! – Renitenz! – Disziplinwidrigkeit! – Meuterei! Faßt ihn an! Wer nicht zulangt, geht in den Arrest!«

Der Sanitätssoldat ergriff den Schuster am Kragen, zwei oder drei Kranke, die der Oberwundarzt herbeigezogen hatte, mußten ihn wohl oder übel an den Handgelenken halten. Durch den Lärm hereingelockt, erschienen Wärter und packten mit an.

»Er simuliert Größenwahn!« johlte Geyerschnabel. »Er will für einen freien Mann gelten! –Na, warten Sie, Freiwilliger, das wollen wir Ihnen austreiben! – Unter die Dusche mit ihm! – Und den Herrn Stabsarzt rufen!«

Johann Eippeldauer, der nicht Graf Callini sein wollte, schlug um sich, schrie sich heiser, aber es half ihm nichts.

–– Als er eine Viertelstunde später naß bis auf die Knochen, zähneklappernd vor Kälte, in der Gummizelle kauerte, sah er ein, daß er buchstäblich vom Regen in die Traufe gekommen war.
Der Herr Stabsarzt und Spitalskommandant saß eben bei einer Tarockpartie im Café Korso, als ihn die Ordonnanz abberief.
»Was ist denn los?« fragte er unwirsch.
»Der freiwillige Graf ist verrückt geworden!«
»Blödsinn!« – Aber der Herr Stabsarzt sagte doch drei Runden an. Als sie beendet waren, marschierte er mit großen Schritten ins Spital, um nach dem Rechten zu sehen.
Kadett Junker von Nadaschdy-Husaren hatte die sensationelle Meldung der Ordonnanz mitangehört. Callini sollte wahnsinnig geworden sein? Ist denn das möglich? Wo er doch vor einer Woche noch ganz gut beisammen gewesen war? – Und der Kadett folgte neugierig dem Stabsarzt in passender Entfernung.
»Wohin so rasch, Herr Doktor?« rief in der Festungsallee der General den Stabsarzt an.
»Herr Generalmajor, ich melde gehorsamst, der Einjährig-Freiwillige Graf Callini soll irrsinnig sein.«
»Was – der Teufel!! Ist er im Spital? Da muß ich doch gleich mitgehen.«
Vor dem Guckfensterchen der Tobsuchtszelle blieben beide Herren stehen und äugten aufmerksam den Schuster Eippeldauer an. – Oberwundarzt Geyerschnabel berichtete flüsternd die Krankengeschichte. An der Ecke des langen Korridors tauchte Kadett Junker auf.

»Glauben Sie, daß man ungefährdet zu ihm hineingehen kann?« fragte der General.
»O, seit er die Dusche bekommen hat, kann man ihm den Finger in den Mund halten«, versicherte Geyerschnabel und winkte dem Wärter, aufzuschließen.
Eippeldauer hob kaum die Lider.
»Freiwilliger Graf Callini, was fehlt Ihnen?« begann der General.
Eippeldauer nahm die Reste seiner Widerstandskraft zusammen: »Herr Gen'ralmajor«, wimmerte er, »i woaß nöt, wia-r-i derzu kumm, a so behandelt z'wer'n. I bin ka Freiwülliger nöt, i bin an oarmer G'werbsmann, mei Namen is Eippeldauer, Johannes Eippeldauer. I bin Schuaster von Profession und hab' niemanden nix 'tan.«
Das klang denn doch zu natürlich: Der General sah befremdet den Stabsarzt an, der Stabsarzt den General.
Nur Geyerschnabel ließ sich nicht verblüffen. »Er simuliert schon wieder!« rief er. »Wärter, duschen Sie ihn noch einmal! –– Ich frage Sie zum letztenmal: sind Sie der Graf Callini oder nicht?«
Eippeldauer zuckte zusammen. Lieber das Schwerste tragen – nur nicht die eiskalte Dusche! »Ja«, hauchte er mechanisch, »i bin der Einjährig-Freiwillige Titularkorporal Otto Graf Callini di Santa Barbara.«
»Und nicht der Schuster?«
»Na!«
»Also nicht!« rief Geyerschnabel triumphierend. »Sehen Sie – unsere Kaltwasserkur heilt jeden Wahnsinn auf der Stelle.«

Der Generalmajor schien dennoch nicht befriedigt. Er schüttelte den Kopf. Dann durchblitzte ihn ein Gedanke: »Ich habe draußen einen Husarenkadetten gesehen – holen Sie den mal herein, Sanitätssoldat!«

Junker erschien sporenklirrend. –»Herr Generalmajor, Kadett Junker des 17. Husarenregiments meldet gehor-«

»Schon gut, Kadett! Sehen Sie sich diesen Mann an. Kennen Sie ihn?«

Kadett Junker sah sich ihn an. Himmel, er kam ihm so bekannt vor – wo war er ihm denn nur begegnet?

»Kennen Sie ihn?« fragte der General noch einmal.

»Ja – das heißt, ich glaube...«

»Was heißt das: ich glaube? – Kennen Sie ihn oder nicht?«

»Ja!«

Der General und der Stabsarzt wechselten wieder einen Blick. – Also doch Graf Callini!

»I woaß nöt, was Sö vo mir woll'n«, sprach Eippeldauer traumverloren zu sich selber, »i bin do a freier Gewerbsmann – i –«

»Ah, das ist zu dumm!« unterbrach der General ärgerlich. »Jetzt fängt er wieder an, seine Komödie zu spielen. – Graf Callini, ich warne Sie! Scherzen Sie nicht mit mir.«

Junker war überrascht. – Wie? – *Der* da sollte Callini sein?

»Aber das ist ja gar nicht Callini, Herr Generalmajor!«

»Wer ist's also sonst?«

»Ich melde gehorsamst, das weiß ich nicht – aber Callini ist's nicht.«

»Sie behaupten doch, ihn zu kennen, Kadett?«

»Ja, aber ich – ich – kann mich nicht erinnern...«

»Dann erinnern Sie sich gefälligst sofort, sonst sperre ich Sie ein, daß Ihnen die Schwarten krachen!«
»Der Herr Kadett woaß ja, wer i bin, er is mei' Master eh no dreizehn Guld'n fuchzig Greizer schuldi – erscht vor a paar Täg' bin i eahm mahnen g'west...«
»Ich hab's Herr Generalmajor!« rief Kadett Junker erleuchtet. »Der Mann ist Gesell beim Schuster Brandner!«
»Also – nicht Callini!« stöhnte Geyerschnabel.
Die Entdeckung des großen Schwindels war das Tagesgespräch der Garnison.
Kostitsch ging ratlos hin und wider – mit einem Kopf wie ein Wasserschaff. Was beginnen? Wie Otto verständigen?
Aufs Geratewohl nahm Kostitsch am Nachmittag einen Wagen und fuhr zum Bahnwärterhäuschen hinaus, wo der Zug hält, der täglich einmal Aránybányas Verkehr mit der großen Welt vermittelt.
»Callini! Callini!« schrie Kostitsch – und richtig erschien im Rahmen eines Bahnwagenfensters Ottos selig verschlafenes Antlitz.
Kostitsch sprang mit einem Satz in das Abteil und berichtete in fliegender Hast die schreckliche Geschichte: »Alles entdeckt, Otto – in Aránybánya erwartet dich die Patrouille auf dem Bahnhof, sie wollen dich in den Garnisonsarrest abführen. – Steig sofort aus und komm in meinen Wagen.«
»Aber das Gepäck!«
»Was – Gepäck! – Tu, wie ich dir sage! – Du mußt geradeaus zum General gehen und versuchen, dich reinzuwaschen.«

Leicht ging das freilich nicht. Der Herr Generalmajor war schrecklich zornig.
Vorerst gelang es Otto nur, die drohende Arrestierung abzuwenden.
Zum Glück war die Kommandeuse romantisch angelegt und ließ sich durch Callinis Geständnis, daß er die Fahrt um Etelkas willen unternommen und sich in Asurnik verlobt habe, zu einer billigen Begeisterung hinreißen. Sie machte all ihren Einfluß geltend, um ihren Gemahl zu einer mildern Beurteilung des Liebesabenteuers zu bestimmen.
»Du bist doch auch einmal jung gewesen. Desertion war's ohnehin nicht. Und er ist sonst ein gut erzogener Mensch aus einer der ersten Familien.«
Auch diese warme Fürsprache hätte nichts genutzt. Aber eines Tages kam das Dekret, durch das Fürst Mihajlo I. von Makedonien dem »Sekretär Grafen Callini in Anerkennung seiner Verdienste um die guten Beziehungen der beiden Staaten« den Goldenen Pantherorden zweiter Klasse verlieh. – Na, einen Mann, dem die Monarchie zu Dank verpflichtet ist, kann man doch nicht einsperren?
Als der österreichisch-ungarische Bevollmächtigte später einmal den Fürsten in guter Laune traf, erzählte er ihm die ganze Sache von A bis Z. Der Fürst lachte so herzlich über das rettende Panthervieh und den Schuster, der sieben Tage Graf gewesen, daß er nur mit Mühe davon abzuhalten war, auch Eippeldauer zu dekorieren.

Kastanienpüree

Frau Gubel sitzt in einem breiten, bequemen, mit pfaublauem Plüsch überzogenen Lehnsessel, der sich am Abend in ein Bett für Fräulein Gubel verwandeln läßt.
Frau Gubel erwartet den Besuch des Herrn Breitkopf. Er hat sich vorher telefonisch melden lassen. Man hat Herrn Breitkopf die lange Saison über zu Tees und Abendessen geladen und ihn jedesmal neben Fräulein Gubel gesetzt.
Frau Gubel ist bei verschiedenen Gelegenheiten sehr unzufrieden mit ihrer Tochter gewesen – die Tochter hat jene hundert kleinen Koketterien und Liebenswürdigkeiten, über die junge Damen verfügen, nicht in gehöriger Wärme gegen Herrn Breitkopf spielen lassen.
Frau Gubel schreibt es diesem Umstand zu, daß Herr Breitkopf sich noch nicht entschlossen hat, zu sprechen. Sie nennt ihn heimlich einen kalten Stockfisch, den sie noch ... und ihre Tochter ganz offen eine Gans, die sie schon ... Und zählt darauf, daß er sich trotzdem heut oder morgen erklären wird. Wahrscheinlich übermorgen auf der großen Soiree. Er muß einfach. Denn noch eine Saison, und Frau Gubel ist am Rand des Ruins.
Herr Breitkopf (groß, stark, behäbig, sieht so wohlhabend aus, wie er ist): »Ich küsse die Hände, gnädigste Frau!«
Frau Gubel: »Oh, Herr Breitkopf! Nehmen Sie Platz! Nicht

dort auf dem unbequemen Dreieck – hier ist es angenehmer. Schade – Ella ist ausgegangen, sie wird es sehr bedauern... Aber die Arme – alle Einkäufe muß sie für mich besorgen. Sie ist so praktisch, meine Ella. Unermüdlich gewissenhaft. Wenn sie eine gute Quelle weiß, läuft sie zwei Meilen weit, um ein paar Heller zu sparen, das arme Kind!«

Herr Breitkopf (zerstreut): »Eigentlich bin ich froh, Sie allein gefunden zu haben, Gnädigste. Ich habe... ich möchte...«

»Sie wollen doch nicht absagen? Wir rechnen für übermorgen bestimmt auf Sie, lieber, lieber Herr Breitkopf.«

Herr Breitkopf macht eine unbestimmte Verbeugung. »Ich muß eine Frage ins Reine bringen – oder richtiger: ein Geständnis ablegen.«

Frau Gubel spitzt die Ohren wie ein alter Soldatengaul, wenn er ferne Hornsignale hört. Sie denkt: ›Schon heute? Ich habe auf die Wirkung der Soiree gerechnet und auf Ellas hellblaues Kleid. Ist also überflüssig gewesen, die horrende Ausgabe. Schade.‹ – Sie lächelt ermunternd: »Wie? Ein Geständnis? Sie – mir?«

»Gnädige Frau, Sie haben einigemal mit mir über Ehe und Eheglück gesprochen. In einer so lieben... Verzeihung – Gnädigste sind ja viel zu jung dazu – aber wirklich: in mütterlicher Weise. Ich habe den Eindruck, als ob Sie, Gnädigste, ahnten...«

Frau Gubel zittert vor Aufregung. »Was soll ich? Wie meinen Sie das, lieber junger Freund?«

Herr Breitkopf hat sich zu Haus einen Entwurf zurechtge-

macht – daran hält er starrsinnig fest. – »Gnädigste, Ihre gütigen Worte damals haben mich tief verpflichtet. Sie sollen auch die erste sein, der ich mein Herz ausschütte. Gnädigste, ein Roman findet heute abend sein glückliches Ende. Ich feiere, natürlich ganz, ganz still im engsten Kreis, meine Verlobung mit Leonie Kramm.«
Pause.
Frau Gubels Inneres spiegelt alle Regenbogenfarben. Sie sagt, und ihre Augen funkeln: »So. Ihre Verlobung mit Leonie. Freut mich außerordentlich – für Leonie und auch für Sie. Trotzdem es mich überrascht.«
Herr Breitkopf – bewegt: »Gnädigste Frau! Ich habe gewußt, daß ich hier den wärmsten Glückwunsch finde.«
Frau Gubel – lächelnd: »Also für Sie hat Leonie sich scheiden lassen?! Wahres Glück für die kleine Frau. Im Sommer, wir sind ja auch in Fichtenau gewesen – da fürchteten wir, sie nimmt Schitrowsky. Der Windbeutel hat ihr ja unerhört den Hof gemacht.«
»Aber, Gnädigste! Schitrowsky ist ja jünger als ... meine Braut.«
Frau Gubel – unverfroren: »Wer hätte das gedacht? Leonie ist doch erst achtunddreißig – wie?«
»Leonie ist vierunddreißig. Sie paßt im Alter sehr gut zu mir.«
»Sie paßt überhaupt sehr gut zu Ihnen. Sie ergänzen einander vorzüglich. ›Ergänzen‹ ist noch zu wenig gesagt. Sie korrigieren einander.«
»Wie meinen Sie das, Gnädigste?«
Frau Gubel: »Ich habe Leonie immer sehr lieb gehabt;

wenn ich auch nicht mit ihr verkehre. Und das Korrigieren? Sie sind ein absolut ruhiger Mann. Leonie ist ein bißchen nervös, nicht wahr?«
Herr Breitkopf: »Ich habe das nie bemerkt.«
»Das werden Sie später schon merken. Macht aber nichts. Und dann Sie sind sparsam – die Anlage könnte Sie um manchen Genuß im Leben bringen. Da trifft sich herrlich, daß Leonie so viel Sinn für hübsche, kostspielige Dinge hat. Ihnen wird es gewiß immer Freude machen, ihr hundert kleine Luxusbedürfnisse zu gewähren...«
Herr Breitkopf: »Ich weiß nicht, ob Sie Leonie richtig beurteilen. Leonies Toiletten, zum Beispiel, sind...«
Frau Gubel: »Spottbillig. Aber, wissen Sie, die Menge macht es, war auch zu fürchten, daß Sie ein bißchen schwerblütig werden, lieber Freund – ein Stubenhocker, Bücherwurm. Leonie wird Sie auffrischen. Heut ins Theater, morgen in die Ausstellung – heut ein Ausflug mit Freunden, morgen Gäste im Haus. Ah, Sie werden schon sehen, was für ein lustiges Leben Sie führen werden.«
Herr Breitkopf – betreten: »Das wünsche ich mir aber durchaus nicht. Ich bin es nicht gewohnt.«
Frau Gubel – heiter: »Sie werden's schon gewöhnen. Ich gratuliere herzlich. Alles so günstig – zum Beispiel die Familienverhältnisse. Der Papa hat eine wunderbare Stellung im Staatsdienst – er soll ja nächstens pensioniert werden – aber dann kann er sich mehr der Familie widmen. Und er soll brillant situiert sein. Daß er jüngst an der Börse sein halbes Vermögen verloren hat, ist gewiß übertrieben. Allerdings ist da ein Onkel, von dem man nicht

gern spricht... Aber was geht das Sie und Leonie an? Leonies Mutter – wissen Sie von der?«
Herr Breitkopf: »... Nein, aber Leonie wird schon selbst... und ich glaube, Leonie wartet auf mich...«
Frau Gubel erhebt sich. – »Die Mutter war eine ziemlich hübsche Frau, fast schöner als die Tochter. Vor allem hatte sie größere Augen und einen kleinern Mund. Über so schöne Frauen redet man gern und viel. Zu viel. Wir wollen nicht richten, sie ist ja tot, die Arme. – Grüßen Sie Ihre liebreizende Braut von mir, Herr Breitkopf!«
»Ich danke Ihnen. Und nicht wahr, Gnädigste werden verstehen, daß ich ohne meine Braut an Ihrem Abend nicht teilnehmen kann?«
Frau Gubel ignoriert den fragenden, vielleicht bittenden Blick. »Natürlich. Es tut mir ja sehr leid, aber ich finde es selbstverständlich. Leben Sie wohl, Herr Breitkopf! Nochmals: viel Glück!«
Herr Breitkopf geht.
Frau Gubel bleibt eine Weile in dem pfaublauen Sessel sitzen. Dann geht sie an den Wandschrank, stellt die Nippes um und wendet sich zum Fenster, um die Vorhänge geradezuziehen.
Sie denkt unausgesetzt und zornig: »Belgische Poularden, Kaviar, Calvilleäpfel – was andres hat er ja überhaupt nicht angerührt. Und das alles – es ist ja zum Lachen – für die Leonie Kramm.
Überhaupt: der Schubjak ist mir an der ganzen Soiree schuld. Es ist zum Haarausraufen. Eine lange, teure Saison hab ich mit ihm vertrödelt. Vielleicht hätten sich andere

Chancen geboten. Es ist die vierte Saison, und Papa sagt, er kann nichts mehr herausschwitzen.
Und da wollt er noch, daß ich seine Braut... seine Braut für übermorgen einlade. Fiele mir grade ein. Wozu brauche ich zwei unnütze Esser?«
Dann – mit einem Seufzer der Erleichterung: »Aber gesagt hab ich's ihm wenigstens. Strychnin mit Kastanienpüree hat er gekriegt, der Schubjak.«

Das Fundbüro

Jeder von uns hat im Lauf des Lebens schon die köstlichsten Güter verloren – ich rede nicht von Unschuld, Ehre, Glauben, Freiheit – sondern von stofflichen Werten: Ziernadel, Gürtelschnalle, Armband.
Niemand aber hat Verlornes je wiederbekommen. Ich weiß auch keinen, der etwas auf dem Bürgersteig gefunden hat.
Andrerseits liest man, was alles sich in den Fundbüros der Behörden herrenlos anhäuft: Fahrradschläuche, Tausenddollarnoten, Gebisse; Schirme, Makkaronikisten, Grabsteine. Ja, wenn die Fundbüros ihren Vorrat nicht hie und da an den Meistbietenden verkauften: in 33 Jahren, 7 Monaten (Statistiker haben es errechnet), läge der ganze Erdball mit all seinen Erzeugnissen im Fundbüro.
Zwischen dem spurlosen Verschwinden unsres Eigentums hier – und drüben der ungeheuren Fülle der Büros klafft eine Lücke der Logik – der menschliche Verstand wird sie niemals überbrücken.
Zwei Fälle, die in meiner Umgebung geschahen, sind bemerkenswert:
Der Architekt Jagerspacher hatte unterwegs seinen Koffer eingebüßt; sehr hübschen Koffer, ich hatte ihn letzte Weihnachten neidisch bewundert. Und im Koffer: Kleider,

einen wundervollen grünkarierten Bademantel, Wäsche – darunter den seidnen Schlafanzug und zwölf von Frau Jagerspacher gestickte Taschentücher – ferner Baupläne für die protestantische Kirche in Schleiz und eine Weckuhr.
Jagerspacher war trostlos. Er rechnete: 800 Schilling Schaden mindestens; unwiederbringlich; in diesen Zeiten.
Letzten Mittwoch hatte Jagerspacher Geburtstag. Und was kommt pünktlich mit der Post? Ein Riesenpacken. Er enthält... – nun? Was enthält der Packen? Nicht etwa Jagerspachers verflossenen Koffer, o nein. Aber einen andern, eher noch schönern Koffer. Als der Architekt ihn betroffen öffnet, bietet sich ihm folgender Anblick dar:
Ein nagelneuer grünrotkarierter Bademantel; Wäsche – darunter ein seidener Pyjama (der später wie angegossen sitzt); zwölf blanke Taschentücher mit Monogramm G. J.; eine Weckuhr (wie die alte). Anstelle der unersetzlichen Pläne für Schleiz aber liegt ein Brief:
»Herr Architekt! Die Gepäckdiebe haben Ihren Schmerz aus der Ferne mitangesehen. Die Ihnen abgenommene Sore ist leider bereits verschärft – doch unser Gewissen ließ uns keine Ruhe – wir drehten alsbald ein andres Ding und erlauben uns, Ihnen aus dem Ergebnis unsrer Tätigkeit anbei Ersatz für das Verlorne anzubieten.

Ergebenst:

Die Gepäckdiebe.«

Der Architekt wunderte sich; und freute sich dazwischen. – Frau Jagerspacher schmunzelte; das hatte sie fein gemacht, zart und pickfein – der Streich war ihr gelungen.
Es ist an der Zeit, Jagerspacher einen Augenblick seinen

Geburtstagsfreuden zu überlassen und – nur einen Augenblick – sich dem andern Fall zuzuwenden.

Er betrifft unsern Freund Baum. – Kurz gesagt:
Baum, der Lustspieldichter – nicht der Beerdigungsunternehmer – Baum kehrt dieser Tage aus der Freudenau wieder. Seine Tochter empfängt ihn besorgt – Papa pflegt nämlich überaus schief zu wetten. Er, ohne den Angriff, die peinliche Frage abzuwarten, sprudelt der Tochter mit beflissen heiterm Gesicht entgegen: er habe »alles in allem« 15 Schilling gewonnen.
Die Tochter – unbeirrt: »Papa! Und dein Rennglas?«
Baum erstarrt wie Sülze: Furchtbar; er hat sein Rennglas liegen lassen.
Man kann schmerzlich nachsinnen und dennoch hastig. Baum läßt in Gedanken den Nachmittag wiedererstehen – vom Verlassen der Wohnung an bis...
Nein, nicht bis zur Rückkehr... Denn halben Wegs schon sieht deutlichste Erinnerung das verdammte Glas zurückgeblieben auf dem Tribünensitz erster Klasse.
»Oh, erster Klasse!« wiederholt die Tochter... (Blicke zischen manchmal, nur hört man es nicht.) »Mir sagtest du immer, du gingst auf den dritten Platz.«
Baum nimmt die unangenehme Enthüllung hin als kleines Nebenverdienst des Verlusttages.
»Papa, und welche Nummer hatte dein Sitz erster Klasse?«
Baum weiß es nicht mehr.
»Sei getrost, Papa!« Und sie eilt an den Fernsprecher. »Ich rufe die Freudenau an – die Rennleitung, den Klub, die

Bahnaufsicht – sei getrost, du kriegst dein Glas wieder!«
Und schon beschreibt sie es in die Sprechmuschel haargenau: Triëder, 8fach, Modell 36 – Etui gelbes Rindsleder. – Ein gescheites, ein betriebsames, ein unermüdliches Mädel, die Tochter Baum.
Er – achselzuckend – in die Kneipe.
Und in der Kneipe – des Kellners erstes Wort:
»Jessas, Herr Baum! Da saan S' ja! Ihnern Opernkucker haben S' heute früh bei uns vergessen.« – Er hatte das Glas gar nicht bis nach der Freudenau gebracht.
Um zehn schon schlurft der Poet heim – um die Tochter noch anzutreffen.
Richtig, Gertrud ist wach.
»Rate, was ich mitbringe.« – Er hält den Mantel geschlossen – die Überraschung soll sich dramatisch auswirken.
Gertrud aber schwingt triumphierend ein Etui von gelbem Rindsleder – Triëder, 8fach, Modell 36. Sie hat es in der Zwischenzeit vom Kommissariat Prater geholt. – Ein betriebsames, ein unermüdliches Mädel, die Tochter Baum.

Sie erinnern sich noch des Architekten Jagerspacher? Der an seinem Geburtstag so feinen Ersatz bekam für den verlornen Koffer? Und einen Brief der Diebsbande?
Nun, heute so glücklich – andern Abends blickte Jagerspacher verdrossener denn je.
»Liebster«, schmeichelte die Frau, »warum nur?«
Er murmelte ins Leere: »Schaden 800 Schilling; mindestens; unwiederbringlich; in diesen Zeiten.«

»Aber: Noch immer der Koffer? Es ist doch das Wesentliche so ziemlich wieder zur Stelle?«
Jagerspacher setzte sich umständlich; kreuzte die Beine und sprach:
»Ich werde doch keine Balgerei anfangen mit den Gesetzen? Ich stecke doch nicht den Kopf in die Staatsmaschine, damit sie mich zermalmt? Glaubst du, nur Gepäckmarder haben ein Gewissen? Auch meins ist erwacht – vielleicht einen Tag später, als es anständigerweise sollte – immerhin rechtzeitig genug, mich vor Strafe zu bewahren: Ich habe natürlich Koffer und Inhalt, gestohlenes Gut, samt dem Brief der Diebsbande der Polizei abgegeben.«

Vielleicht gibt es nun Leute, die da meinen: der Fall Jagerspacher ließe sich blitzeinfach lösen; Frau Jagerspacher brauchte nur auf die Polizei zu gehen – klärt das komische Mißverständnis des Gatten auf – der Kommissar lacht, krümmt sich vor Lachen – dann gibt er mit wohlwollender Ermahnung all den Kram wieder: Koffer, Bademantel, Pyjama und Weckuhr.
Wer diese Wendung kommen sieht, kennt nicht die Art der Behörden.
Frau Jagerspacher ist bisher neunmal auf der Polizei gewesen; der Architekt dreizehnmal. 1925 hat ein Michael Jagerspacher in St. Pölten zwei Ferkel veruntreut und ein Faß Essig. Michael Jagerspacher war Lastkutscher, besonderes Kennzeichen: linkes Bein vom Knie an fehlt. Architekt Jagerspacher heißt Georg. – Der Lastkutscher ist nicht auffindbar. Die Behörde sucht das fernere Schicksal der

Ferkel zu ergründen, durch Kreuzverhör des Architektenpaars. Die Angeschuldigten leugnen. Von dem einen Ferkel führen Spuren nach Mödling. Morgen soll Frau Jagerspacher dem gutgläubigen Ersteher des einen Ferkels gegenübergestellt werden. Er ist seither erblindet – das kompliziert die Sache. – Nach dem ersten Ferkel wird man sich mit dem zweiten beschäftigen und dann erst mit dem Faß Essig. Die Sache kann noch lange dauern.

Die Tante und die Rebhühner

Ich war bei Effenberger zu Besuch gewesen – in Waidhofen, es war sehr hübsch.
Beim Abschied, am Abend, sagte mir Effenberger: »Nicht wahr, du nimmst Tante Lucy mit nach Wien? Aber sieh, es macht dir doch gar keine Umstände – sie ist so bescheiden. Wenn sie auch schwerhörig ist – du brauchst nicht mit ihr zu reden. In Wien bringst du sie einfach an ein Taxi, verstaust sie, drückst ihr die Hand und schickst sie heim.«
Ich fand es nicht sehr vornehm von Effenberger, gleich den Dank für genossene Gastfreundschaft einzufordern, indem er mir eine schwerhörige Tante aufhalst.
Das schien er denn auch zu empfinden, schenkte mir noch drei Rebhühner – der Tante einen großen Strauß –, und wir fuhren, Tante und ich.
Fuhren stumm Personenzug. Rebhühner und Blumenstrauß lagen im Gepäcknetz.
Unter den Rebhühnern und dem Blumenstrauß – senkrecht darunter – saß ein dicker Herr. Er saß in Hemdsärmeln, ins eigene Fett gesunken, saß, schlief, wackelte, schnarchte, schlief und schwitzte.
Da sah ich ... ja, da sah ich, wie der dicke Herr sich zu rühren begann, immer lebhafter. Er juckte sich und wand sich – alles im Schlaf; erwachte malzumal, kratzte sich

leidenschaftlich und fiel wieder zurück: in Fett und Schlaf. Was hatte er nur?
Man soll Erscheinungen der Umgebung immer nachgehen, bis auf den Grund – oft leuchten aus Kleinstem interessante Zusammenhänge auf.
Warum rührt sich der dicke Herr so lebhaft, im Schlaf? Was juckt er sich und kratzt sich – was veranlaßt ihn, sich wie Laokoon zu winden?
Meine drei Rebhühner, nachmittag frisch geschossen, sind erkaltet. Die Hühnerläuse, zarten Gefühls, wie so kleine Tierchen sind, verlassen das ungastliche Gefieder, wo es Blut nicht mehr zu saugen gibt – und als feiner, kaum sichtbarer Regen lassen sie sich hinabfallen auf den schönen dicken Herrn, der ihnen da hochwillkommenermaßen, neue köstliche Heimat verheißend, in den Wurf gekommen ist.
Des Gejuckes und Gejaids scheint zu viel geworden zu sein – der Dicke erwacht vollends. Betrachtet, gepreßten Doppelkinns, die Blicke ins Schillerhemd versenkend, die Lockenfülle seines Busens. Und...
... schreit auf: »Woher...? – wer...?«
Still deute ich auf Tante Lucys Blumen.
»Ich habe«, flüstere ich – denn still und sanft ist meine Art –, »ich habe die Dame ausdrücklich gewarnt: Auf dem Land haben Blumen immer Blattläuse.«
Es ging so rasch, wie ich es gar nicht schildern kann. Wer hat dem Dicken soviel Behendigkeit zugetraut?
Er sprang auf wie ein Sektkorken. Mit einem Griff hatte er die Blumen. Mit einer Quart hieb er sie der Tante ins Antlitz.

Schon flogen die Blumen aus dem Fenster in die Landschaft.
Tante erwies sich als gleichwertige Gegnerin, wenn auch vielleicht eher Mittelgewicht. Sie hatte zwar, überrascht, die Quart nicht parieren können – antwortete aber mit zwei linken Haken.
Der Dicke ripostierte. Tante schickte einen eleganten Schwinger nach – der Dicke ging zu Boden.
Ich zählte ihn aus – er erhob sich um dreivierteIzehn, legte Protest ein und wollte weiterkämpfen.
War das Turnier bisher im ganzen sportgerecht verlaufen: jetzt begleiteten beide es mit inkommentgemäßem Gebrüll. – Ich als Unparteiischer konnte mich nicht durchsetzen.
»Nein«, sagte ich. – Faßte nach meinen Rebhühnern und ging nach einem andern Abteil.
Die Tante ließ ich zurück.
Kein verständiger Mensch wird mir zumuten, ich sollte mittun bei einer so unfairen, so lauten Keilerei.

Nani

Man kann nicht geradezu sagen: Frau Burger pflege aufzuschneiden. Jedenfalls weiß sie ihre Erlebnisse durch geschickte Wiedergabe zur Pointe zu spitzen. Am hübschesten die Erzählungen von ihren Hausangestellten. – Da ist gleich eine:

Voriges Jahr im Spätherbst trat Nani bei uns ein. Ein wirkliches Talent. Sie erwies vom ersten Tag die Gabe, sich zurechtzufinden und durchzusetzen.

Sie fragte nicht nach den Gewohnheiten des Hauses, dem Geschmack des Herrn, den Wünschen der Frau. Sie stellte sich einfach an den Herd und kochte. Des Morgens nahm sie leutselig den Speisezettel aus meinen Händen in Empfang, änderte ihn nach eignem Belieben und begegnete jeder Rüge, denn sie hatte immer recht; so wie sie es eingeteilt hatte, war es eben geschickter.

Sie hatte eine unbekümmerte Heiterkeit an sich, naive, entwaffnende Unkenntnis. Und dieses treuherzige Mitteilungsbedürfnis: Sie nagelte mich förmlich am Küchentisch fest, wenn wir die Ausgaben abgerechnet hatten. Am zweiten Tag schon weihte sie mich in ihre Geheimnisse ein.

»Ich bin sehr unglücklich, gnä Frau.«

»Na, hören Sie, Nani – das merkt man Ihnen aber nicht an. Sie sind doch immer guter Dinge?«

»Gott, wann ich auch weinen tät von in der Früh bis auf die Nacht –'s ändert sich doch nix mehr in meiner Sach. Und vom Weinen werd man auch nicht schöner – so eine nasse Stauden, die kann ja kein Mann nicht leiden. Ich hab mir schon immer gedacht: wann die gnä Frauen nicht immer weinen möchten, da kämen die Herren früher von die Madeln heim.«

»Nani, hier haben Sie vierzehn Deka Mandeln, vierzehn Deka Zucker, sieben Deka Semmelbrösel, die Eier...«

»Ich weiß schon, gnä Frau, gut abtreiben. Aber ich denk, ich mach überhaupt eine andre Mehlspeis davon.«

»Nein, bleiben wir beim falschen Rehrücken. Stifteln Sie ein paar Mandeln zum Aufputz.«

»Ja«, sagte Nani – weit weg mit ihren Gedanken und entschlossen, aus den gegebenen Rohstoffen Kuchen zu backen.

»Ich muß schon der gnä Frau was eingestehen, damit mich gnä Frau nicht für falsch halten... Ich hab, wie ich achtzehn Jahr alt war, ein Unglück gehabt.« – Nanis blaue Augen füllten sich mit Tränen. –»In ein und demselben Jahr ist mir der selige Vater gestorben, unser Häusel ist abgebrannt, und ein Kind hab ich kriegt. Können S' sich denken, was ich mitgemacht hab.«

»Lebt das Kind?« fragte ich teilnehmend.

»Ein so ein schöns Buberl is 's. Meine ganze Freud. Die Mutter hat's bei sich. Nur auf Seife und Schuch schick ich zehn Schilling 's Monat.«

»Und... und der Vater von dem Buben, der gibt nichts?«

»So ein Schuft, ein elendiger, gnä Frau. Schön war er, grad

so schön wie 's Kind – aber alles hat er abgeleugnet. Und wie wir miteinand beim Gericht waren, da hat der Richter gefragt, ob daß ich einen Zeugen darauf hätt – indem der Beklagte glaubhaft angibt, um die fragliche Zeit im Ausland gewesen zu sein. ›Ich bitt, Herr Richter‹, hab ich gesagt, ›ich hab nicht gewußt, daß das eine neue Mod ist, daß man einen Zeugen ruft – aber ich wer mirs merken. Da ist das Kind und ist ihm wie aus 'm Gesicht geschnitten – ist das nicht genug?‹ – Er war nicht gemeldet in Wien – und seine Wohnung hat er mir falsch angegeben gehabt. – So hab ich nix kriegt, und er ist frei davongelaufen. 's Heiraten hat er mir auch versprochen gehabt, aber nix Schriftliches. So ein Schuft. Aber gern – gern hab ich ihm wohl gehabt. Man ist sich wie ein besserer Mensch vorgekommen – er war so viel fein. Wann ich mir mein weißes Kleid angezogen hab und 'n Hut mit die Veigerln, da hat er mich schön anschaugen können mit seinen schwarzen Augen – die waren so flink und glänzend wie die Rosenkäfer. – ›Herrgott‹, hat er gesagt, ›weißt Nandel, ein Madel wie du, das findt man ja nimmer wieder. Bist tausendmal schöner als die geschminkten Damen. Wie ist alles noch so frisch und gesund bei dir.‹ Und hat geseufzt dabei. Er hat schon gewußt, der Hund, daß er mich verlassen wird.«

Nani war gerührt und putzte sich die Nase. Diesen Augenblick benutzte ich zum Rückzug.

Im Lauf der Woche schenkte ich Nani einen Knabenanzug und Strümpfe für ihren Jungen.

»Gnä Frau haben mich unlängst gar nicht ausreden lassen«, sagte Nani mit bitterm Vorwurf. »Ich wollt der gnä Frau mein ganzes Herz ausschütten.«

»Na, was ist Ihnen denn geschehen, Nani?«

»Oh, viel, gnä Frau. Es gibt Madeln, die haben drei, vier Schätze hintereinand, und ich bin so unglücklich. Gleich krieg ich ein Kind.«

Ich blickte sie erschrocken an.

»Na, nein gnä Frau – es ist schon vorbei. Ich hab nämlich auch ein kleines Madel – ein halbs Jahr is 's alt.«

»Wo ist denn das?«

»Der Weiße-Kreuz-Verein hat 's genommen und zu einer Bäuerin aufs Dorf geben. Das ist mein Unglück gewesen, das Madel. Ich war voriges Jahr auf einem Gut als Köchin, und da bin ich mit dem Diener gangen – Martin hat er geheißen. Alle haben mirs vorausgesagt, daß ich so aufsitzen wer – denn der Martin war aus einem reichen Bauernhaus und hat nur derweil dient, bis daß sein Alter ins Ausgeding geht. Und wie ich so weit war, hat er mir dreißig Schilling geben und hat mir gesagt, ich soll in die Stadt hinein, damit ich ihm auf dem Schloß nicht die Schand mach – und er wird mir nachkommen, und wir werden heiraten, bis ich aus der Klinik herauskomm. Ich hab ihm den Gefallen getan und hab mich durchgefrettet in einem Dienst bei einer Greislerin mit kleinen Kindern. Denn – nicht wahr? – in einem Herrschaftshaus – wer nimmt mich so? Ich hab müssen arbeiten wie ein Pferd, waschen, kochen, bügeln, ein Kind herumschleppen – und hab mich nicht einmal traun dürfen zum niedersetzen. Denn ich war ja so aufgenommen: bis so lang ich wer schaffen können. –

Dem Martin hab ich immer geschrieben und geschrieben, er soll schon kommen, und er hat mich immer weiter vertröst.«

»Ist er endlich gekommen?« fragte ich ängstlich – und sie dauerte mich tief.

»Ah, wie ich in der Klinik gelegen bin – da hat mir der Martin geschrieben: er schickt mir fünf Schilling, weil ich ihm derbarm – ohne Pflicht, denn er wär mir nix schuldig. Von dem Kind soll ich mich nicht unterstehen, zu sagen, daß es sein Kind is. Denn er will nix davon wissen, indem daß es dem jungen Herrn seins is, der was bezahlen kann. Er hätt schon gut gesegen, wie mich der junge Herr einmal abgetätschelt hat zeitlich in der Früh. Und er tat mir zu wissen, daß er sich dieselbige Wochen mit der Anrain-Justin versprochen hat, der ihr Vatter hart an seinen Vattern grenzt. Und zum Schluß hat er geschrieben: Liebe Nani, darum bist und bleibst mein süßes Nandel, untersteh dich aber nicht, nach hier zu kommen, weil daß du mich kennen lernen möchst. In Liebe Dein Martin.«

»Arme Nani! Wie haben Sie sich geholfen?«

»Von die fünf Schilling hab ich die Tauf zahlt, und der Obermadam hab ich einen Schilling geben für daß sie Pate steht, und zwei Schilling für den Wagen. Und dann hab ich das kleine, arme Würmel ins Weiße Kreuz getragen und bin als Amme gangen.«

»Amme waren Sie?«

»Ja, gnä Frau. Aber nur drei Monat, dann ist das arme Buberl gestorben. Ich hab achtzig Schilling kriegt, das waren sehr noble Herrschaften. Damit hab ich meine

Schulden bei der Zimmersfrau gezahlt, und an dem Tag haben gnä Frau mich aufgenommen. Ich hab gleich gewußt, daß ich bei Ihnen Glück haben wer.«

»Na – na, was haben Sie denn wieder für ein Glück gefunden?« fragte ich ahnungsvoll.

»Gleich, wie ich herkommen bin, da hab ich so aus Kleinigkeiten gemerkt, daß ich dem Gustl gfall. Das kann man so aus dem kleinsten merken.«

»Was – unserm Chauffeur?«

»Ja, gnä Frau. Ich bin am zweiten Tag einkaufen gangen, da hat er mir auf der Hintertreppe aufpaßt – und – ich bin noch so derschrocken: anpackt hat er mich und wollt mir ein Pussel geben. ›Na, na‹, hab ich gesagt, ›so bekannt sein mir noch nicht.‹ – Mit die Männer muß man streng sein, sonst werden s' gleich keck. – Und vor drei Wochen kommt er auf einmal in die Küche – früher, sagt die Anna, war er zu stolz dazu. Ich hab grad das Grünzeug putzt und bitter geweint, weil ich hab an meinen Martin denken müssen. Die Anna ist auch dagesessen und hat die Schuh' vom gnä Herrn putzt.

›Was weinen S' denn, Nanerl?‹ hat der Gustl gefragt.

›Was fragen S' denn?‹ hab ich gesagt.

›Hat Ihnen Ihner Schatz verlassen?‹ hat er gefragt.

›Ich hab keinen Schatz nicht – schon seit vier Monaten‹, hab ich gesagt.

Da hätten S', gnä Frau, die Freud segen sollen vom Gustl! ›So was!‹ hat er gesagt. ›Das hätt ich mir nicht zu denken traut, daß ein so packschierliches Madel keinen Schatz nicht hat. Also – da bin ich, Nanderl, lieben S' halt mich,

wann S' keinen bessern haben,‹ hat er gesagt und hat mir die Hand geben, und die Anna hat als Zeugin durchgeschlagen. No – und Sonntag sein mir zusamm ausgangen. Zuerst sein mir in Wurstelprater und haben uns amisiert. Der Gustl war wirklich ein Gavalier. Im Flohtheater waren wir und bei der Frau ohne Unterleib. Muß das auch grauslich sein, wenn der liebe Herrgott einen so erschafft! – Dann wie wir schon müd waren, sind wir in das Restauran ›Zum schönen Kaminfeger‹. Der Gustl hat gefragt, was ich essen will. Ich hab gesagt: ›Nur eine Eierspeis und einen schwachen Gespritzten.‹ Ich trink keinen Wein – ich weiß, warum. Ich hab gesegen, daß ihm das gut gefallen hat, daß ich so bescheiden bin, wo ich doch hätt auch einen Rostbraten anschaffen können.
Mich hat fort mein Gewissen druckt. Und auf einmal hat mir der Gustl gesagt: ob daß ich will seine Frau werden?
Da hab ich noch schnell eins trunken und hab gesagt:
›Ich muß Ihnen sagen, Herr August – ich bin heute nicht nur ein glückliches Madel – ich bin auch Mutter.‹
Darauf war er ein bissel still, und mir hat das Herz geklopft – gnä Frau, so, daß mir die Eierspeis nicht mehr geschmeckt hat – sie war auch mit ranzigem Fett gemacht.
›Ist es ein Madel oder ein Bub?‹ hat er gesagt.
›Ein Madel ––– und ein Bub.‹
Darauf ist der Gustl aufgestanden und hat gesagt:
›Pardon, ich muß ein bißl auf die Luft – hier herin is 's so heiß.‹
Da bin ich dann gesessen und hab in Ängsten gewart. Nach einer Viertelstund ist er wieder kommen und hat gesagt:

›Wissen S', Nanderl, wann 's schon so ist – wann S' halt keinen Vattern nicht haben, Ihnere Kinder, so wer halt ich der Vatter sein, und wir werden s' in Gottes Namen aufziehen.«

»Ist denn das auch schon gewiß, Nani, daß der August Sie heiratet?«

»Ganz gewiß, gnä Frau. Wann gnä Frau erlauben, so bleib ich noch sechs Wochen, damit ich Geld hab zur Hochzeit. Das hab ich mir immer vorgenommen: ich heirat nur in einem weißen Kleid mit Kranz und Schleier. Es ist ja der allerschönste Tag im Leben. – Der Gustl hat gesagt, das wär so schön, daß ich so aufrichtig war zu ihm – das wird er mir nie vergessen.«

»Freilich, Nani, vor seinem Mann soll man keine Geheimnisse haben.«

Darauf wurde Nani still und ging ins Zimmer.

August hielt sein Versprechen. Er bestellte die Aufgebote. Ein paar Tage vor der Hochzeit suchte mich Nani in meinem Zimmer auf.

»Verzeihen, gnä Frau – aber ich bin so unruhig: fragt der Pfarrer bei der Trauung, wie viel Kinder daß die Braut hat?«

»Was fällt Ihnen ein, Nani?«

»Weil... nämlich... zwischen die zwei, da hab ich noch eins gehabt – das ist als ein Kleiner gestorben – und das möcht ich niemanden nicht sagen als der gnä Frau. Dreie – das ist doch zuviel.«

Die Broschen

Diese Geschichte hat mir der junge Udo nicht selbst erzählt, der ewig junge Udo – da klängen sie wie Renommage –, sondern seine Frau hat sie mir erzählt, nach dreißigjähriger Ehe – erzählt mit allem Leuchten in den Augen und der Klangfarbe, das Frauen für ihren Geliebten haben:

Der junge Udo hatte früh seine Mutter verloren – durch Scheidung – und wuchs nun im Beispiel eines Kavaliers von hohen Weihen auf: Udo seniors, seines Papas.

Sie lebten in Triest. Die Theater Verdi, Rossetti und Fenice besuchten sie zusammen, Vater und Sohn. Ins Teatro Eden ging Papa allein.

Mit Sechzehn lernte Udo eine Schauspielerin kennen und lieben, die hieß Bianca, mit Zunamen Serini – Udo nannte sie aber bald Fitzko, er weiß längst nicht mehr, warum. Fitzko war mindestens Zwanzig, vielleicht sogar vier, fünf Jahre darüber. In Udos Schwüren, und es waren heiße, aufrichtige Schwüre, kehrt eine Formel immer wieder, und eben sie fand das gerührteste Gehör: »Fitzko, du meine Erste!«

Zur Bekräftigung ließ Udo für Fitzko eine Brosche anfertigen – beim Goldschmied Roberto an der Neuen Börse –, eine Brosche, die trug in Diamantensplitterchen die Ziffer: Eins. – Die Idee konnte von Papa sein, so galant war sie.

Drei Monate später bestellte Udo bei Roberto eine Brosche, ausdrücklich: »2«. Der Goldschmied wußte die Ziffer so hübsch zu stilisieren, daß sie Uneingeweihten wie ein Ornament erschien.
Als Udo – etliche Wochen hernach – wieder beim Goldschmied vorspricht, findet er eine saubere »3« schon vor, der schlaue Bursche hat sie auf Vorrat gemacht.
Udo heiratete sehr jung. Auch die Frau war noch ein halbes Kind. Schon tags vor der Hochzeit erzählte er ihr von seinem dienstbereiten Lieferanten... Natürlich wollte sie nun stürmisch »ihre« Brosche.
»Morgen!« entschied Udo lächelnd und bedeutungsvoll. »Sonst würde das Zeremoniell durchbrochen.«
Am Morgen durfte Frau Graziella richtig ihre Brosche vom Goldschmied einfordern. Frauchen war etwas verschnupft, ja, bestürzt: sie erhielt eine »33«.
Ein Jahr nach der Hochzeit sitzen sie beim Frühstück. Udos Blick fällt auf die Brosche. Udo wischt sich die Augen, Udo verfärbt sich und wischt sich die Augen noch einmal.
»Ja«, sagte Frau Graziella zu ihm und lächelt fein, »ja, du siehst recht. Ich habe die Brosche verloren, mein heiliges Symbol – habe sie verzweifelt, vergebens gesucht und endlich, ohne dir was zu sagen, dem Goldschmied um Ersatz telephoniert. Du siehst: ich bekam Nr. 44.«
Sie hat es ihm lächelnd gesagt – versichert sie mir bei allen Heiligen –, »genau so lächelnd, Signor Roda Roda, wie ich es eben Ihnen erzähle, dreißig Jahre nach dem Ereignis.«
Und ein Leuchten ist in ihren Augen, in der Klangfarbe, das Frauen nur für ihre Geliebten haben.

Sie hat auch, versichert sie, nie mehr eine Brosche nachbestellt.

Die Kur

Mein Onkel Aljoscha – Alexander – war Arzt in Bosnien; ein rechter Bauernarzt, ein Grobian. – Die Moslems glaubten an ihn wie an einen Propheten.
In Banjaluka gibt es eine Schwefelquelle. Wenn Onkel Aljoscha da gebadet hatte, sperrte der Badediener den Zufluß und den Abfluß, rannte in die Türkenvorstadt und schrie durch die Gassen: »Hört mich, ihr Gläubigen: der Hetschim-Effendi (Herr Arzt) hat gebadet. Kommt und benutzt das gesegnete Wasser!«
Dann strömten die Moslems zu Dutzenden und badeten in dem gesegneten Wasser.
Einmal kam ein Mann weither vom Land nach Banjaluka – Omer-Aga Faslagich aus Bihatsch – und wollte von Onkel Aljoscha untersucht sein. Der Mann war aber dreckig – Onkel Aljoscha sagte:
»Marsch ins Bad!«
»Aber ...«
»Kusch! Marsch ins Bad – ich werde dich schon rufen.«
Und fuhr weg. Er hatte in der Landeshauptstadt zu tun – dann in Wien, in Agram.
Nach einer Woche kehrte Onkel Aljoscha wieder.
Alsbald erschien der Badediener und fragte: »Hetschim-Effendim, ein gewisser Omer-Aga Faslagich aus Bihatsch

sitzt mir seit acht Tagen und acht Nächten in der Schwefelquelle. Darf er nun wieder raus?«
»Ja«, sagte Onkel Aljoscha.
Es wankte gebrochen ein rotgebrühter Mann an und sprach: »Herr, es war eine harte Kur. Manchmal meinte ich, ich muß verzweifeln. Aber nun dank ich dir um so heißer: Allah sei gelobt – ich bin geheilt.«

Der Dukaten

Georg Roda, der aber nicht verwandt mit mir ist, hat etwas Sonderbares erlebt mit einem Frauenzimmer:
Georg studierte in Graz Medizin, weil sie damals in Agram noch keine Fakultät dafür hatten – und dann auch, um besser deutsch zu lernen. Für die Ferien kam er nach Hause – meistens zu früh, es war ihm in Graz das Geld ausgegangen. Er versuchte dann, Julka Beran weiszumachen, er sei aus Sehnsucht nach ihr so bald zurückgekehrt. Nun, das war vergebliches Bemühen. Julka Beran war schon als Backfisch so klug, wie andre Weiber überhaupt niemals werden und wieder andre erst durch Schaden.
Sie paßten gut zusammen – Georg und Julka. Vielleicht waren sie unter demselben Tierzeichen geboren; wahrscheinlich aber hatten sie sich einander angeglichen. Georgs Freimut ging bis zur Narrheit und ihre Aufrichtigkeit bis zur Ziererei. Sie sprach unbefangen von Dingen, an die andre Mädchen nur heimlich denken, am liebsten von solchen Dingen. Georg Rodas Ferienaufenthalt wieder war die Zeit innerer Einkehr für die Familie; weil sie sich nämlich nicht auf die Straße wagen durfte, ohne Georgs wegen zur Rede gestellt zu werden.
Die beiden seelischen Doppelgänger aber, unzertrennlich auf dem Tennisplatz, der Eisbahn, sprachen wichtig von der

Welt und ihren Rätseln. Daß sie in ein, zwei Jahren heiraten werden, davon sprachen sie nicht, das war selbstverständlich.
Der Themen hatten sie genug: Julka litt. Sie trug die Last eines überaus gewöhnlichen Vaters und die schwere einer hausbackenen Mutter. Eine Schlachtreihe von Tanten hatte sie gegen sich – kurz, das Spießertum einer Kleinstadt. Nur wenn Georg da war, hatte sie »eine Ansprache«: Georg wies jedem, der da hören wollte, haarklein nach, daß ganz Essegg geisteskrank ist – er und Julka allein sind vernünftig.
Wenn sie wieder einmal am Schluß einer solchen Beweisführung angekommen waren, seufzte Julka: »Sie haben es gut – (oder, wenn kein Dritter dabei war: du hast es gut, Georg) – Sie fahren in die freie Welt, wo das Leben pulst und die Geister aufeinanderstoßen. Ich aber verdurste in der Wüste.«
Dann richteten sie die glühenden Augen ineinander, und die Liebe lohte mächtig.
Georg ging oft mit sich zu Rat. Er fragte sich, ob er wohl bedeutend genug wäre für Julka Beran. Überragte sie ihn nicht himmelhoch? Denn im Grund – was ist er viel? Ein Tölpel. Ein Arbeitstier; nur bockt er noch gegen die Sielen.
Eines Tags, als er nach Graz kam, wechselte er sein Zimmer und kam zu gediegenen Leuten, die hatten einen Lederhandel an der Annenstraße und eine blonde anspruchslose Tochter, die wird den Laden dereinst erben. Auf ja und nein hatte ihms die Blonde angetan. Noch mehr vielleicht die Mutter – sie kochte so gut. Vor dieser Blonden hatte er sich

gar nicht zu fürchten – dafür aber sie umsomehr vor ihm – und Ende November war die Verlobung. Die Häuslichkeit hat ihre schönen Seiten; wenn man von Mutter und Braut so innig bewundert wird.

Georg kam nach Essegg und verriet von der Verlobung kein Sterbenswort. Er ging zu Julka Beran – nicht ohne vorher einen Ring in die Westentasche versenkt zu haben.

Julka hatte ihn lang erwartet. Sonst war er doch immer früher gekommen? Ja, aber diesmal, im Prüfungsjahr hat man so viel zu tun...

Da ist etwas nicht in Ordnung, sagte sich Julka. Sie rührte an die »gleichgestimmten Saiten« – die Saiten gaben keinen Klang.

»Georg«, begann sie plötzlich, »wie wärs, wenn wir heirateten?«

Er ward um einen Schein blasser. So nah hatte er die Gefahr nicht vermutet.

»Hm, heiraten... Siehst du, Julka«, sprach er und furchte die Stirn, »an Heirat habe ich eigentlich nie gedacht. Du weißt, ich bin aufrichtig. Na, das weißt du doch? Da muß ich mit dir geradezu reden: Du bist überhaupt nicht für die Ehe geschaffen.«

Sie fühlte sich gekränkt, aber auch zum erstenmal dem Jammerlappen überlegen, der ihr da stotternd gegenübersaß. In all ihrer Verlegenheit konnte sie sich an der seinen letzen – denn seine Verlegenheit war viel beschämender.

»Ich bin nicht für die Ehe geschaffen?«

»Du bist zu wissend; wirst deinen Mann durchschauen und verachten – wer er auch sein wird.«

»Allzu selbstbewußt bist du also wenigstens nicht, Georg.«
»Du um so mehr, Julka. Hast auch Grund dazu. Du bist nicht wie andre. Was andern einen Kampf kostet, wird für dich der Entschluß einer Stunde sein.«
»Einer schwachen Stunde, nicht wahr?« rief sie und lachte.
Ihre Munterkeit machte ihm Mut. – »Da siehst du, daß ich recht habe: du wirst deinen Mann betrügen. Ich wette – ein Jahr nach der Hochzeit hast du ihn schon betrogen.«
Das war einmal eine Szene nach ihrem Herzen. Prickelnder Trunk in der Wüste der Alltäglichkeit.
Und sie wetteten um einen Dukaten.
Um einen Dukaten.
––– Als Julka Beran endlich einen Mann bekam – einen Dampfmüller, der war jünger als sie und so dumm, daß er alle spöttischen Blicke vom Obergedpan weg auf sich lenkte – als sie endlich einen Mann bekam, hatte man Herrn Dr. Roda seine Jugendstreiche längst verziehen – so brav hatte er sich all die Jahre gehalten.
Desto mehr kam Julka in der Leute Mund. Es gibt verborgene Zusammenhänge: Nie wird ein alter Graf für neue Kunst schwärmen und nie ein leichtsinniges Weib bescheiden gekleidet gehen. Julka Müllers Kleiderstaat galt der Kleinstadt für einen unumstößlichen Beweis ihrer Abenteuerlust.
Dr. Roda, der ehrsame Mann, fühlte sich verpflichtet, die Wahrheit des Geredes zu erforschen. Aus reiner Neugierde, log er sich vor. Denn daß seine Sehnsucht nach Julka wiedererwacht war, wollte er sich ja nicht eingestehen.

Die unerschütterliche Harmlosigkeit seiner Mali, die alte Freundschaft mit Julka werden ihm die Aufgabe leichtmachen: ist Julka überhaupt zu erobern – dann von niemand eher als von ihm.
Es war um die Zeit, wo man für die armen Schulkinder zu tanzen pflegt. Auf dem Ball nahte sich der Doktor seiner alten Flamme mit dem ganzen Tugendprotz des Unversuchten, dem Gehaben des Philisters, der einmal Weltmann gewesen ist.
Frau Julka Müller – sie hätte ihn am liebsten gleich abblitzen lassen. Aber sie hatte ihm etwas heimzuzahlen – das wollte sie ihm nicht schuldig bleiben. Da breitete sie ein weißes Tuch über ihren Unwillen und ließ den Gast mit grimmigem Vergnügen Platz am Tisch nehmen.
Dr. Roda – Georg von einst – setzte sich behaglich hin. Man weiß sich, Gott sei Dank, bei schönen Frauen zu benehmen.
Er saß hart an Julka Müllers Seite, in einer traulichen Ecke des Saals. Herr Gott, war das nett! Diese brillantengeschmückten Finger hatte er geküßt, eh sie noch den Ehering trugen, und dieses duftende, braune Haar wie oft gestreichelt!
Familienleben? Ganz schön. Aber süßer als Milch ist heißes Blut, das aus Leidenschaften raucht.
Dr. Roda meinte auf einmal, zu dem Rassegeschöpf da neben sich ebensogut zu passen, wie seine sanfte Mali eigentlich zu dem stumpfsinnig lächelnden Dampfmüller drüben gehört. Er schmeichelte sich, auch heute noch, trotz einschläfernder Windstille der letzten Jahre – er schmei-

chelte sich, Glut genug unter der Asche des häuslichen Herdes bewahrt zu haben. Ja, ihm war, als sollte eine mächtige Feuersäule daraus werden – die alte Flamme ... Dr. Georg Roda war fest entschlossen, eine Dummheit zu begehen.

Als er soweit war, überzeugte sich Frau Julka durch einen einzigen kreisenden Blick, daß aller Augen an ihr und dem Doktor hingen, erhob sich plötzlich und rief laut genug, um Aufsehen zu erregen, und ihre Nüstern bebten:

»Ignaz – erinnere doch den Herrn Doktor, daß er seine Frau zum Tanz auffordern muß.«

So dumm war Ignaz Müller nicht, daß er es nicht boshaft wie ein witziger Teufel getan hätte.

––– Andern Morgens stand Dr. Roda trübsinniger auf denn je. Daß alle kleine Welt sein Fiasko gestern wahrgenommen hat und sich nun lustig über ihn machen wird – hol's der Teufel! Doch ihn schmerzte eine tiefere Wunde: Schaumwein und Tokayer hätte Julka ihm kredenzt – und er hat es für Malis Zuckerwasser hingegeben. Aller Schmerz des Schwächlings durchwühlte ihn. Er ist stark nur im Verlangen und Beneiden.

Als sich der graue Tag neigte, raffte er sich auf und schrieb einen Brief:

»Julka! Sie haben mich gedemütigt, aber ich hab es verdient. Zuerst damals, als ... Ersparen Sie mir, längst Vergangenes zu erörtern. Zum zweitenmal gestern – nach meiner ungeheuerlichen Zumutung, Versuchung Ihrer ehelichen Treue. Verzeihen Sie einem Reuigen, der einsieht, daß Ihre Grundsätze unerschütterlich sind, und nehmen Sie, bitte, den Dukaten an, den ich Ihnen sende. Sie haben heute Geburtstag. Möge unter den Geschenken, die Ihnen die Liebe Ihres Mannes weiht, mein Dukaten ein bescheidenes Plätzchen einnehmen als Preis einer verlornen Wette – einer Freundschaft, die er mir wiedererkaufen soll.«

Der Bote, der den Brief bestellt hatte, brachte gleich die Antwort:

»Lieber Doktor«, schrieb Julka Müller, »ich bin Weib, aber ein Gentleman – ich nehme Wetten ernst. Hier ist Ihr Dukaten wieder und ein zweiter dazu. Diesen zweiten hätte ich Ihnen schon vor Monaten schicken sollen – verzeihen Sie die Verzögerung.«

Der kleine Krämer Koloman

Der kleine Krämer Koloman öffnet seinen Laden um fünf Uhr morgens, spritzt Wasser auf und fegt ihn rein. Dann setzt er sich hin und rechnet aus, wieviel ihm die Bauern schulden. Er hat ein schmales, dickes Buch, da steht's mit Bleistift verzeichnet, und er hat's so oft nachgerechnet, daß die Kanten der Blätter schmutzig und gefranst sind von seinen emsig suchenden Fingern.
Alljährlich am Neujahrstag macht der kleine Koloman eine Generalbilanz seiner Firma. Jedesmal schmunzelt er. Denn es geht ihm von Jahr zu Jahr besser. Ohne einen Heller hat er vor sieben Jahren angefangen, und jetzt hat er ein kleines Vermögen.
Er hat niemand zu ernähren als sich selbst. Er ist jung, kaum fünfundzwanzig, und verlangt vom Leben das Notwendige und nichts, nichts darüber. Braucht er da viel?
An außerordentlichen Ausgaben hatte er vor zwei Jahren ein neues Vorhängeschloß für seinen Laden (er merkte damals, daß er vierhundert Gulden besaß und hielt das alte Schloß nicht mehr für sicher genug); vor einem Jahr einen Revolver, weil seine Rechnung mit einem Saldo von sechshundert Gulden schloß. – Jetzt kommt ihm der Revolver sehr zustatten. Und warum?
Am 15. März kam der Akziseschreiber von Imanowatz zu

ihm. – Den Tag wird er sich ewig merken. – Der Akziseschreiber, Berger heißt er, sagte ihm:
»Freund, ich habe ein prachtvolles Geschäft für dich. Ich weiß, du hast ein paar hundert Gulden im Schrank. Leugne nicht, ich verrat es ja niemand. Da ist ein reicher Herr, ein Pächter, der braucht grade Geld. Wenn er sechshundert Gulden bekäme, gäb er in einem Jahr achthundert zurück. Halt, hab' ich mir gedacht, das Glück gönn' ich niemand als meinem Freund Koloman, weil sein Vater meinem Vater so gut gewesen ist.«
Koloman schüttelte entschieden den Kopf. Er hatte seine Wertpapiere, und die waren ihm so lieb, daß er sie jeden Abend von neuem besah. Er kannte ihre matten Farben: rot, grün, braun. Jeden Zug der feinen Guilllochierung und die kleinen, dünnen Manuproprien der Direktoren hatte er hundertmal bewundert. Und dann die sechs Kupons, die er pünktlich an ihrem langersehnten Verfallstag andächtig abschneidet...
Gewiß, er gibt sein Geld nicht. – Wie er denn heiße, der reiche Pächter?
»Herr von Peritsch.«
So. Der. Ja, der ist reich. Aber sein Geld gibt Koloman ihm doch nicht.
Am nächsten Tag fuhr Herr von Peritsch bei Koloman vor und stieg nach einer halben Stunde wieder in seinen Jagdwagen.
Dem kleinen Krämer brannten die Augen – zuerst vor Erregung und dann von Tränen. Am Abend zündete er seine Lampe an, musterte den Wechsel, den er erhalten

hatte, und stippte mit dem Finger den Streusand von der großen, dicken Unterschrift. – Mit seinem Glück aber war es vorbei. Er hatte bittern Kummer.

Als das halbe Jahr um war, bekam er keinen Heller. Er sollte entweder einen neuen Wechsel auf tausend Gulden nehmen, sagte Peritsch, oder den Tünder, ein Rappfohlen, das wär' ehrliche zwölfhundert Gulden wert.

Koloman mietete einen Wagen und fuhr über die Drau nach Fünfkirchen. Dort wohnte sein Oheim, ein Pferdehändler. Den brachte er mit, und der Oheim besah Tünder von innen und außen. Er bot dem kleinen Koloman auf der Stelle zwölfhundert Gulden an.

Der Krämer packte das Pferd am Lederhalfter, band es hinter den Wagen und führte es heim. Dem Oheim aber verkaufte er es nicht. Denn er dachte: wenn das Pferd heute, mit drei Jahren, so viel wert ist, wie viel wird's im nächsten Jahr kosten?

Von nun an war Tünder seine einzige Sorge. Er brachte ihn in den Stall und gab ihm eine Menge Heu und Streu. Dann verstopfte er Fenster und Fugen und rief die Bauern zu sich, um zu hören, was er mit dem Pferd beginnen sollte.

Die Bauern rieten dies und das – wie er's aufziehen, wie er's brauchen könnte – seinen Dank erwarben sie nicht. Er sah, daß sie es doch nicht verstanden.

Da fiel ihm ein: unter seinen Makulaturen, die er zum Tütendrehen hatte, gab es ein Buch davon. Er holte es hervor und fing an zu lesen: ›Der Hufbeschlag ohne Zwang. Von E. Balassa, Wien, 1835.‹ Er las und las –

ohne zu verstehen; denn es gab so viele fremde deutsche Ausdrücke darin.
Er beschloß, ein andres Buch zu kaufen – und weil er eben in Essegg was zu besorgen hatte, sperrte er seinen Laden zu, gab das Pferd einem Burschen aus dem Dorf in Pflege und fuhr von dannen.
Mit einem neuen großen Buch kehrte er heim, und vierzehn Tage später kam eine Postsendung mit funkelnagelneuen Leinenbänden: Zach, ›Das Pferd‹; Major Schönfeld, ›Katechismus des Pferdes‹; Zipperlen, ›Der Haustierarzt‹; Dr. E. Wolff, ›Fütterungslehre‹; ›Vorschriften über das Pferdewesen im k. und k. Heer‹ – eine Menge andrer. – Und es kam die zweite Postsendung: ein neues Laufgeschirr.
Ein Wagner in Banowtzi machte ihm ein kleines Fuhrwerk zurecht. Tünder wurde eines Sonntags mit Hilfe des Bauernjungen eingespannt und langsam auf weichen Wegen spazieren gefahren. Er triebs toll, unsinnig toll. Die Bauern sagten, das käme vom vielen Stallstehen. Und weil das mit den Büchern stimmte, führte der gute Koloman von nun an sein Pferd alltäglich um die Mittagsstunde aus.
Eines Tages begegnete er dem Verwalter von Katino. Der Verwalter lobte das Pferd über die Maßen – es sei das schönste, das er seit langem gesehen habe. Nur schade, daß es von dem harten Geschirr so gedrückt werde. – Grund genug für den kleinen Koloman, nach Budapest an den Hofsattler zu schreiben. Er bekam einen illustrierten Katalog und bestellte ein prima englisches Sielengeschirr von Naturleder mit Badersträngen und gelben Handstut-

zen. Er ließ auch seinen Wagen umbauen – alles wollte er für Tünder tun.
War das aber auch ein Tier! Donnerwetter – anders als die wiehernden, galoppierenden Bauerngäule! Voll Aktion und lauter Eleganz. Das Deckhaar samtschwarz und glänzend wie japanischer Lack, die Augen feurig und hell, das Langhaar wunderfein, gewellt wie Knabenlocken, die Lippen so zart und immer bewegt, schnuppernd kosend. Ein Kerl von Samt und Seide. So oft Koloman sich ihm näherte, wohl hundertmal im Tag, suchte Tünder ihm die Taschen nach Zucker ab, wieherte und scharrte, beugte den schönen Hals im Schwanenbogen und grüßte, das edle Blut, den armen Krämer Koloman als seinen Herrn.
Koloman hielt das Pferd längst nicht mehr angebunden. Es ging frei im Stall umher, wie die Rennpferde in ihrer Box, und warf alles durcheinander. Ja, als die Luft draußen wärmer wurde, durfte Tünder im Hofe tollen, den Hunden nachjagen, die Hühner tottreten und Holzstücke mit den Zähnen knabbern. Und gehorchte dem kleinen Krämer aufs Wort und vergalt Kolomans Liebe mit immer wachsender Liebe.
Der Krämer brauchte sein Pferd nicht mehr zum Brunnen zu führen. Er rief bloß »Tünder!« – und Tünder folgte wie ein Hündchen, mit gesenktem Kopf, Schritt vor Schritt, und stieß den Herrn sanft in den Rücken, wenn er gar zu langsam ging.
Eines Tages kamen ein paar Bauern in den Laden. Sie sprachen von allerlei. Koloman nur von seinem Tünder. Da sagte einer so nebenher:

»'s ist doch ein Wunder, daß sie dir ihn noch nicht gestohlen haben.«
»Wer – sie?« fragte der kleine Krämer betroffen.
»Na, die Ungarn.«
»Welche Ungarn?«
»Mensch – weißt du denn nicht, was Ungarn sind? Die dem Wirt von Slatina fünf Pferde entführt haben und dem Mihitsch in Barlowtzi zwei und dem Deutsch von Imanowatz eins und dem Verwalter in Katino ...«
»So – die Ungarn?«
»Freilich. Wer stiehlt denn sonst Pferde? Sie schleichen bei Nacht heran, klinken dir leiseleis den Stall auf, führen dir leiseleis die Pferde weg; man sieht sie niemals wieder.«
Der kleine Koloman steckte ein Brett ins Kürbisbeet, nahm seinen verrosteten Revolver und schoß danach. Er traf nichts; unter zwanzig Schüssen kaum einmal, durch Zufall. Er kaufte einen neuen Revolver und fünfhundert Patronen und schoß so lang, bis er das Brett mit jeder Kugel traf, auf zwanzig Schritte. Dann zerschlug er das Brett und verkaufte das Blei. Über sieben Pfund warens.
Jetzt sollten sie nur kommen, seinen Tünder holen! Er hatte keine Angst.
Er schlief im Stall. Es war nicht angenehm, denn Tünder gab die Nacht über keine Ruhe und zupfte beständig an Kolomans Decke. Koloman mußte auch immerfort aufstehen, um nach seinem Laden zu sehen, ob sie nicht am Ende dort einbrächen.
Eines Abends war Koloman übermüd und schlief die Nacht wie ein Toter. Nichts, nichts wußte er von sich und träumte

nicht. – Da hörte er plötzlich Lärm. Er sprang auf und griff nach dem Revolver. Es war heller Tag. Die Tür des Stalles stand sperrangel offen, und auf der Schwelle lag ein Mann und schrie und blutete.
Der Bauernbursche. Er war nachsehen gekommen, was es mit dem Krämer sei, der so lange nicht erwacht war. Da faßte Tünder den Burschen mit den Zähnen, warf ihn zu Boden und trat unbarmherzig auf ihm herum – zwei Rippen gingen drauf, ehe Koloman begriffen hatte, was es gäbe.
Koloman zahlte den Arzt und Apotheker. Mit Freuden. Denn eine große Sorge war von ihm genommen: niemand wird ihm sein wehrhaftes Pferd stehlen können. Sein Herz gehörte dem mutigen Tünder mit allem, allem roten Blut, das drinnen schlug.
Der schüchterne, geizige kleine Krämer Koloman war ein Mensch geworden voll Feuer und Leben – wie sein Rappe.
Jetzt erst recht, da er ritt.
Er ritt. Einen leichten Sattel hatte er und Nickelbügel. Er ritt ganz gut. Ja, wenn er daherkam und der Rappe weit ausgriff mit den rehschlanken Beinen, da war's eine Pracht, ihn zu sehen. Die Mädels schauten nur so. Er aber auch. Sie begehrend, er hochmütig. Er machte sich nichts, gar nichts aus den Mädeln.
Da er sich nun einmal aufs Reiten geworfen hatte, studierte er und übte er, voltigierte und sprang, trainierte sich und das Pferd, ritt aus im Glanz und kehrte heim in die Armut – war draußen ein Graf und zu Haus der kleine

Krämer Koloman, der Gemüse und Brot aß und Kartoffeln mit Magermilch. – Er träumte immerfort von einer schönern Zukunft: er wär ein Edelmann und brauchte an nichts zu denken als an seinen Rappen.
Der Laden war den Tag über gesperrt, und die gutmütigen Bauern gingen in den Stall, wenn sie was kaufen wollten. Dort trafen sie den närrischen Koloman. Er wiegte sich auf dem Streifbaum, hatte den Kopf in Tünders Mähne vergraben und erzählte seinem Rappen von dem Schloß, das er erbauen wolle...
Ja, es dauerte gar nicht lang, so meinte er, das Schloß schon fertig zu haben – weit oben über den Bergen... in den Wäldern irgendwo.
Er sah das kupferne Dach in der Sonne glänzen und vor dem Tor einen Springbrunnen und über dem Tor eine große Uhr mit goldnen Zeigern und hinten einen Park mit Bosketten und Rabatten und... einem Teich... und Schwäne... und eine große, große Wiese für seinen Tünder... und... und...
Und... Koloman merkte, daß er den Verstand verloren hatte. »So ganz verrückt«, dachte er, »bin ich doch noch nicht, daß ich nicht wüßte, was zu tun ist.«
Und er nahm den Revolver und ging in den Stall, öffnete Rock und Hemd und schoß sich eine Kugel in die Brust. Tünder stand dabei und wieherte.
Als der kleine Krämer in die Streu sank, da kam das Pferd und schnob an seiner Wunde. Es zupfte wohl eine Stunde lang an ihm.
Als er aber durchaus nicht aufstand, ward Tünder ärger-

lich, packte den Leichnam mit den harten Zähnen und schleppte ihn umher.
Und endlich trat er gar auf ihn und stampfte ihm zwei Rippen ein – grade wie damals dem armen Bauernjungen.

Die Roda Roda-Gasse

Wo liegt Petrinja? Sie brauchen sich Ihrer Unkenntnis gar nicht zu schämen; auch ich hatte den Namen des Städtchens kaum gehört – bis mich, den Leutnant, einst das Manöverglück dahin verschlug.
Petrinja liegt nah der Save, in der ehemaligen Militärgrenze. Wohlgemerkt, in – nicht: an der Grenze; denn die kaiserlich-königliche Militärgrenze war nicht ein Strich, sondern ein Gebiet, eine Mark mit vielhunderttausend Einwohnern. Sie wand sich von Dalmatien her längs der Save und Donau bis Siebenbürgen, ja, bis nach der Bukowina – eine lebende Mauer gegen die bösen Türken. Zwischen den beiden Großmächten, der Türkei und Österreich-Ungarn – sollt mans glauben? – war ja Jahrhunderte durch fast unaufhörlich Krieg ...: Die Bewohner der Grenze, ›Sturmvögel der Schlacht‹, führten ihn allvoran, sie hielten immer den ersten Stoß aus; waren Soldaten von der Wiege bis zum – oft allzufrühen – Grab. Zum Lohn dafür zahlen sie keine Steuer, und, was noch mehr bedeutete: sie mußten sich nicht von den kaiserlich-königlichen Beamten verwalten lassen, sondern hatten auch daheim ihr militärisches Kommando; in der Stadt herrschte der hochgebietende Herr Feldobrist, im Marktflecken der Hauptmann, im Dorf ein leichtsinniger, eisgrauer Leutnant ... Wenn Seiner Ma-

jestät ein neuer Grenzer geboren war, trat die Hebamme mit ihm stramm in Reih und Glied und meldete beim Kompagnierapport ›den Zuwachs‹. Und wenn der Grenzer später seine Braut sitzen ließ, brauchte sie sich nur beim Herrän Hauptmann ›gehorsamst zu beschweràn‹ – so kriegte der Ungetreue vom Stationskommando auf der Stelle seine Fünfundzwanzig und hatte sein Mädel ›allsogleich zu ehelichän‹. Denn in der Grenze – bei aller österreichischän Gemütlichkeit – war strenge Ordnung, Zucht nach dem Koran, Dienstreglämänt – da ging nichts verlorän: kein Recht, kein Stecknadälkopf – nicht einmal ein stummes e im Wortä.

Petrinja war so was wie eine Provinzhauptstadt der Grenze, nämlich Regimentsstandort. 1895, als ich hinkam, allerdings nicht mehr, denn die k. k. Grenze war ja seit 1873 aufgehoben. Immerhin: die alten Bäume blühten noch, die der letzte Grenzobrist gepflanzt hatte, und die große Uhr tickte, auf die er so stolz gewesen war als sein Lebenswerk... Jedes Grenzobristen Ehrgeiz ging ja dahin: soviel Bäume wie irgend möglich in seiner Stadt zu haben und eine große öffentliche Uhr. Und rein mußte die Stadt sein, mit schnurgeraden, breiten Straßen, auf denen die Bataillone am Kaisergeburtstag in Kolonne mit Zügen defilieren konnten, und einen quadratischen Hauptplatz brauchte der Herr Obrist zum Abschreiten der Paradefront...

Das alles hatte Petrinja noch von den Zeiten her der Grenzerherrlichkeit, darum gefiel mir Petrinja gar wohl. Für des Kaisers Soldaten hegten die Menschen dort eine alte, allgemeine Liebe – Sofka aber, die doch erst achtzehn Jahr alt war, demnach lange nach Aufhebung der Militärherrschaft geboren, richtete ihre Neigung im besondern auf mich. Ich ging viel mit ihr unter den k. k. Kastanien spazieren, und wir redeten immerzu, immer leiser. Eines Abends – sie mußte um neun zum Zapfenstreich nach Haus – jenes Abends also wollten wir noch etwas besprechen, ich und Sofka, was wir einander noch nicht gesagt hatten – da vereinbarten wir: ich würde gegen elf an ihrem Fenster sein.

So geschah es. Damit wir aber ganz gewiß unbelauscht blieben – das Gespräch konnte sich hinziehen – öffnete sie den Fensterflügel und ließ mich in die Stube ein.

Nun hatte ich damals, als Leutnant, etliche Hunde, ich glaube: fünf. (Wovon sie lebten, ist mir heut ein Rätsel.) Vorsorglich hatte ich sie daheimgelassen, eingesperrt. Doch die treuen Tiere kamen aus – kamen, ob durch ihren Geruchsinn geleitet oder durch Verstand, ich weiß nicht – unter Führung des schlauesten von ihnen vor Sofkas Fenster und legten sich treu, stillwartend hin.

In der Offiziersmesse hatte ich Unpäßlichkeit vorgeschützt, was mir nicht einmal der jüngste Kadett glaubte. Die Herren schritten um Mitternacht weinfroh die Defilierstraße von Petrinja lang – da grüßten meine Köter vor Sofkas Fenster. Allsogleich erfaßte die Kameraderie den Zusammenhang... Und statt diskret wegzusehen, ordneten sich die Leutnante im Halbkreis – und Übermut, wenn nicht Geschlechtsneid gab ihnen ein, Sofka und mir ein vielstimmig Lied zu singen. Das war nicht schön – war am peinlichsten für die arme, hübsche Sofka... Sie mußte fort

aus Petrinja, nach Agram – aus der kleinen, reinen, schattigen Welt in eine große, sonndurchglühte.
Viele Jahre später, wo ich längst nimmer Leutnant war, sondern bei gradem Ablauf der Dinge Oberst hätte sein sollen und Korpsgeneralstabschef und keins von beiden war, sondern Schriftsteller in München – um diese Zeit also entsann ich mich der Petrinjer Idylle und beschrieb sie; besang die ärarischen Alleen und die große Uhr – die netten Straßen der netten kleinen Stadt – daß eine liebevolle Novelle daraus wurde mit der hübschen kleinen Sofka als Hauptperson.
Die Novelle erschien gedruckt in irgendeiner Zeitung. Die Zeitung kam nach Petrinja.
Und in Petrinja, das wußte ich aber gar nicht, lebte ein Schöngeist, im bürgerlichen Leben Rechtsanwalt. Wirklich: Rechtsanwalt und Schöngeist, überdies Lokalpatriot und Stadtältester. Er vergoß Tränen der Rührung über meine liebevolle Schilderung und stellte im Gemeinderat den Antrag: mich, den Sänger von Petrinja, besonders auszuzeichnen. Ich bekam nach etlichen Wochen die amtliche Verständigung: es wäre durch einhelligen Beschluß vom soundsovielten ›die Gasse zwischen den Anwesen Grundbuchs-Nr. 264/1203 und 763/1005 zu Petrinja in Kroatien mir zu Ehren Roda Roda-Gasse benannt worden‹.
Oberflächlich betrachtet, ein ganz alltäglicher Fall: fast in jeder Stadt Deutschlands gibt es einen Schillerplatz und eine Goethezeile; in Rußland haben sie sogar ein Dorf auf Puschkin getauft, in Ungarn eins auf Mikszáth, in Persien

eins auf Sadi; das alte Zabrze in Oberschlesien heißt Hindenburg.
Gut. Doch Schiller und Goethe, Sadi, Mikszáth und Puschkin sind Klassiker, überdies tot; Hindenburg ist ein Feldherr. Gewiß, München hat eine Ganghoferstraße: doch Ganghofer war Volksdichter. Die Gasse eines Satirikers aber? Bei seinen Lebzeiten? Diese Anerkennung steht einzig da.
Zunächst dankte ich dem Gemeinderat, wie sichs gebührt – dann aber wollt ich auch meinerseits etwas für Petrinja tun. Ich nahm all mein Barvermögen zusammen – 100 Kronen – schickte es nach Petrinja und bat den Gemeinderat: den Betrag gütigst anzunehmen und als ewige Stiftung zu verwalten, ›deren Zinsen alljährlich am Gedenktag des mir so denkwürdigen Beschlusses zu je einem Drittel wie folgt zu verteilen sein werden:
a) an eine unbescholtene, in Petrinja geborne Braut behufs Anschaffung einer Heiratsausstattung;
b) an einen strebsamen Jüngling zur Forthilfe beim Studium der neuen deutschen Literatur;
c) als Züchterpreis in einem zu veranstaltenden Rennen dreijähriger Mutterstuten.‹
Eine gleich hohe Gabe für ähnliche große Zwecke versprach ich der Stadt durch meinen letzten Willen zuzuwenden.
Mit Erlaß Zahl 15/18 genehmigte der Gemeinderat die hochherzige Spende, ließ aber durchblicken, er hätte mehr von mir erwartet.
Eines Tages im Krieg führte mich das Schicksal nach dem

Süden. Ich beschloß, Petrinja zu besuchen. Ich wollte mal in meiner Gasse wandeln, wo auf jedem Haus über dem Tor mein Name prangt.
In Steinbrück verließ ich den Triester Schnellzug. Mit der Kleinbahn gings – einmal umsteigen – bis Sissek. Dann trieb ich einen Wagen auf. Dann saß ich bei einer Munitionskolonne hinten auf. Dann ging ich zu Fuße weiter. Endlich war ich in Petrinja. Ein Fremder – und doch: wenn die Leute wüßten, wer da angekommen ist!
Ich erspähte einen uniformierten Mann und fragte, bebend im Innern:
»Ach bitte! Wo ist hier die Roda Roda-Gasse?«
Er sah mich verständnislos an.
»Sie sind wohl ebenfalls fremd?« fuhr ich lächelnd fort.
»Nein«, sagte er, »ich bin der Ortspolizist.«
Und er kannte meine Gasse nicht.
Ha, da ging ich aufs Rathaus.
Und der Stadtälteste, der Schöngeist... Soll ich sie wirklich zu Papier bringen, meine eigne Schmach, meine Enttäuschung?
Nach langer Wanderung – zuerst im Wagen, dann zu Fuß, kamen wir an einen weidenumkränzten Tümpel. Der Herr Stadtälteste entfaltete einen Plan. Stampfte auf den Boden und sagte:
»Von hier bis dahin, wo eben die zwei Frösche hupfen, wird einmal, wenn Petrinja sich in diese Wildnis ausgedehnt hat, ein schmales Gäßchen führen; das ist *Ihre* Gasse.«
Ich sehe ganz davon ab, daß die Frösche dicht vor uns ins Wasser gesprungen waren, die Roda Roda-Gasse also einst

so kurz sein wird, daß man meinen Namen aus Raummangel darin nicht wird verewigen können …
… aber der Gemeinderat hat sich auch jüngst, wiederum einstimmig, entschlossen, ›mit Rücksicht auf die geänderten politischen Verhältnisse aus der Liste der Ehrenbürger die Marschälle Conrad und Boroevich zu streichen, aus dem Stadtbild aber jene Straßenbezeichnungen, die an das frühere, österreichisch-ungarische Regime anknüpfen‹. Der Franz-Josephs-Platz von Petrinja heißt jetzt – man ist ja königlich serbisch: ›Karagjorgjev trg‹. Wie mag meine Gasse heißen? Ich schlage vor: Rana esculenta – nach den beiden Fröschen.

Bitte beachten Sie
die folgenden Seiten:

Roda Roda

Polo

Eine Liebesgeschichte

Ullstein Buch 22341

Das uralte, immer neue Thema der Liebe zwischen dem reichen Mädchen und dem armen jungen Mann, der sich schließlich doch als der Richtige erweist, hat Roda Roda mit unnachahmlich lockerem Strich um eine weitere Variante bereichert. Eine bezaubernde Liebesgeschichte aus dem Milieu des Polosports.

ein Ullstein Buch